新潮日本古典集成

建礼門院右京大夫集

糸賀きみ江　校注

新潮社版

目次

凡例

本書は、『建礼門院右京大夫集』の原典を、読みやすく味わいやすいかたちで提供する意図により、編集注解を試みたものである。およそ次の方針にもとづき、通読と鑑賞の便宜をはかった。

〔本　文〕

一、本文は、九州大学付属図書館細川文庫本を底本とし、他の諸本を参照しつつ適宜本文を改訂した。欠脱部分は、寛永二十一年刊板本《はんぽん》によって補った。

一、本文の表記は、底本通りでなく、濁点を施し、詞書《ことばがき》には句読点を打った。仮名遣いは歴史的仮名遣いに従い、仮名書きに適宜漢字を宛て、漢字には振仮名を加え、送り仮名を補った。その際、詞書には比較的多く漢字を宛て、和歌にはあまり漢字を宛てないようにした。なお、表記については必ずしも統一をはからなかった。

一、仮名、漢字の字体は、現行のものに改めた。

一、底本では、和歌は上句と下句とを二行分ち書きにするが、本書は、各句の間を一字あけた。

一、和歌には、底本の歌順に通しの歌番号を付した。底本に欠脱する二首を、板本によって七一・三四二の次に補い、それぞれ「他本」で示した。

一、寛永二十一年刊板本は、上冊・下冊の二冊本である。二〇三のあと、九六頁の五行目からが下冊となる。

〔注　解〕

一、頭注は、底本を他本によって改訂した場合（紙幅の関係上、重要な個所に限定した）、底本欠脱個所の指示、詞書の語釈、人名、地名、参考となる和歌・詩文・故事など、和歌の現代語訳、和歌の語釈、鑑賞に関する注などを記した。

一、適宜＊印を付して、鑑賞の要点、参考となる事柄などを記した。

一、頭注は見開き二頁の範囲に収め、収めきれない分は、解説・付録で補った。

一、詞書には、傍注（色刷り）として、文意のとりにくい個所、文脈のたどりにくい個所に限って現代語訳を施し、原典の通読、味読が容易になるよう心がけた。〔　〕内には、本文に省略されている主語、述語などを補い、（　）内には、会話の話者を示した。

一、作者の連想によって次々に展開する、作品の内容を分りやすくするため、連想の区切りと思われる個所の頭注欄に、色刷り小見出しを掲げた。

〔参考文献〕

一、本文の校訂にあたり、直接には、
井狩正司『建礼門院右京大夫集校本及び総索引』（昭和四十四年　笠間書院）所載の影印、校合に学

恩を蒙《こうむ》った。また、注解にあたり、諸先学の業績から多くの学恩を蒙った。とくに参照したのは、次の諸文献である。ともに記して謝意を表したい。

一、現行の諸書の説を略号で頭注に引用したが、参照した諸注釈の略号は次のとおりである。

全書　佐佐木信綱『中古三女歌人集』（『日本古典全書』昭和二十三年　朝日新聞社）

全釈　本位田重美『評注建礼門院右京大夫集全釈』（昭和二十五年、改訂版同四十九年　武蔵野書院）

大系　久松潜一『平安鎌倉私家集』（『日本古典文学大系』昭和三十九年　岩波書店）

集　　久徳高文『建礼門院右京大夫集』（昭和四十三年　桜楓社）

評釈　久保田淳「建礼門院右京大夫集評釈」（『国文学』昭和四十三年十月～四十六年三月　学燈社）

評解　村井　順『建礼門院右京大夫集評解』（昭和四十六年　有精堂）

文庫　久松潜一・久保田淳『建礼門院右京大夫集』（昭和五十三年　岩波書店）

なお、次の三書の説も参照させて頂いた。

島田退蔵『建礼門院右京大夫集』（昭和五年　平野書店）

冨倉徳次郎『右京大夫・小侍従』（昭和十七年　三省堂）

冨倉徳次郎「建礼門院右京大夫集評釈」（『国文学』昭和三十二年八月～三十三年一月　学燈社）

〔解　説〕

一、『建礼門院右京大夫集』が、成立よりほど遠くない時点ですでに注目され、今も愛読されている魅力を、それぞれの読者が、清新な感受性によって発掘される手引きになればと願いつつ、作者の人間像、作品の主題や編纂《へんさん》意識、表現上の特色、享受《きょうじゅ》と評価などの視角から解説を試みた。

〔付　録〕

一、作品の回想記的性格から、作者と交渉のあった人物が多数登場する。頭注で一応の説明はしたが、収めきれなかった分を「人名一覧」として掲げた。

一、頭注で指摘した勅撰集入集歌が、各勅撰集にどのようなかたちで撰入されているかが一覧できるように「勅撰集入集歌」としてまとめた。また、勅撰集ではないが、藤原長清撰の『夫木和歌抄《ふぼくわかしょう》』に撰入された詠歌も併載した。

建礼門院右京大夫集《けんれいもんゐんうきやうのだいぶしふ》

序――世に伝はらば

一家《いへ》の集《しふ》などいひて、二歌よむ人こそ書きとどむることなれ（歌よみといえる人は自作を書き残すものなのだが）、〔私の〕これは（この集は）、ゆめゆめさにはあらず（決してそんな大それたものではない）。ただ、あはれにも（感動的でもあり）、かなしくも（悲しくもあって）、なにとなく忘れがたくおぼゆることどもの（思われるさまざまのことが）、あるをりをり（折にふれて）、ふと心におぼえしを（浮んでくるのを）思ひ出でらるるままに（思い出されるに任せて）、三我が目ひとつに見むとて（自分ひとりの記念として）書きおくなり。

1 われならで　たれかあはれと　水茎《みづぐき》の　跡もし末《すゑ》の　世に伝はらば

雲の上に光見る

四高倉《たかくら》の院御位の頃（御在位の頃）、承安四年などいひし年にや（年であったろうか）、正月一日中五

一 家集《かしゆう》。個人の詠《よ》んだ和歌を、自撰（藤原俊成『長秋詠藻《ちようしゆうえいそう》』など）や他撰（『貫之集』『伊勢集』など）で集めた歌集。

二 歌人。この時代には、歌のじょうずな人と世間から認められている人をさす。右京大夫も歌合《うたあわせ》などの席に出ているから、この表現は謙遜《けんそん》である。

三 巻末三七の詞書《ことばがき》にも「これはただ、我が目ひとつに見むとて書きつけたるを、後に見て」とある。

1 〈いったい誰が　わたしだけのこの世の記念など　しみじみ見てくれるだろうか　いま　書きとどめる歌草が　もし後の世に残ったならば〉。「水茎」は筆の意、「水茎の跡」で筆蹟《ひつせき》になる。「水茎」の「みつ」と「あはれと見《み》（む）」とかけてある。

＊はし書きふうに編集の意図を述べた部分。かつて建礼門院に出仕した右京大夫は、『平家物語』に描かれた女性たちと同じように動乱の世を生きていた（右京大夫も『平家物語』巻六新院崩御に、「ある女房」として登場している）。愛する人を失った後、ひたすら「さめやらぬ夢」を追い続けつつも確かにその時代を生きた命の証《あかし》を、自分ひとりの記念として書き残したという。

四 八〇代高倉天皇。承安四年（一一七四）に高倉天皇は十四歳、右京大夫は十八歳。人名一覧参照。

五 高倉天皇の中宮徳子。平清盛の二女。当時二十歳。人名一覧参照。

宮の御方へ、内の上《うへ》、わたらせ給へりし、一おほんひきなほしの御姿、宮の御物の二具召したりし御さまなどの、いつと申しながら、目もあやに見えさせ給ひしを、三物のとほりより見まゐらせて、心に思ひしこと。

中宮の御所へ　主上が　〔主上の〕御引直衣の　中宮の　御正装なさった　御様子などが　いつものこととは申せ　まぶしいほど美しくお見えでいらしたのを　お見うけして〔私が〕心に思ったことは次のようなものだった

2 雲のうへに　かかる月日の　ひかり見る　身の契《ちぎ》りさへ
うれしとぞ思ふ

輝く雲の上にゐて

おなじ春なりしにや、四建春門院、内裏《だいり》にしばしさぶらはせおはしましが、この御方へいらせおはしまして、五八条の二位殿、御まゐりありしも御所にさぶらはせ給ひしを、六御匣殿《みくしげどの》の御うしろより、おづおづと見まゐらせしかば、七女院《にようゐん》、紫の八にほひの御衣《おんぞ》、九山吹の御表着《うはぎ》、一〇桜の御一一小袿《こうちき》、一二青色《あをいろ》の御一三唐衣《からぎぬ》、

同じ年の春だったろうか　御滞在になっていらっしゃったが　〔その折に〕中宮の御所へおいでなさって　参上なさっていたのも〔ご一緒に〕中宮の御所へいらっしゃったのを　おそるおそるそっと拝見すると

一 裾《すそ》を長く引いた直衣で、天皇が常服に用いた。
二 一揃《そろ》い完備したもの。宮廷女性の晴儀の正装。裳《も》唐衣《からぎぬ》の装束《しょうぞく》（略儀）の生袴《きばかま》を張袴《はりばかま》に替え、重ね袿《うちき》の上に打衣《うちぎぬ》と表着を加えた装束。
三 底本「とをりより」。廊下などの通路のことか。「とはりより」の異本に従えば帷《とばり》の蔭《かげ》からの意となる。
2 〈宮中にお仕えして　天上の日月の光のような　天皇中宮のお姿を拝することのできる　わが身のめぐりあわせまでが　こんなにもうれしい〉。「雲のうへ」は宮中。「雲のうへ」「かかる」「ひかり」は縁語。まだうら若い右京大夫は、自分の境遇を「うれしとぞ思ふ」と感激していた。
四 後白河院の女御《にょうご》滋子。高倉天皇の生母。当時三十三歳。人名一覧参照。
五 清盛室時子。中宮の母。従二位であった。建春門院の異母姉。人名一覧参照。
六 御匣殿（宮中の装束を調進する所）を受け持つ身分の高い女房。太政大臣藤原伊通《これみち》の女《むすめ》とも、花園左大臣源有仁《ありひと》の女かともいう。
七 天皇の生母、内親王、後宮の人たちのうち、特に院号を授けられた人のこと。ここは建春門院をさす。
八 「にほひ」は、重ね袿の色を上は濃く次第に下へ淡く、またはその逆にぼかす重ね方。「御衣」は、一般に衣《きぬ》の敬称。ここは表着の下に着る重ね袿をさす。
九 襲《かさね》の色目。表朽葉《くちば》、裏黄。春の衣裳としてもっと

蝶《てふ》をいろいろに《さまざまに》織りたりし召したりし《織り出したのをお召しになったのは》、いふかたなく《言いようもなく》めでたく、若くもおはします。宮は《中宮は》、一四つぼめる色の紅梅の御衣、一五樺《かば》桜《ざくら》の御表着、一六柳の御小袿、一七赤色《あかいろ》の御唐衣、みな桜を織りたる召したりし、にほひ合ひて《〔とりどりの色が〕互いに映えて》、今さらめづらしく《すばらしく》いふかたなく見えさせ給ひしに《お見うけしたうえに》、おほかたの《あたり一帯の》御所の御しつらひ《お飾りつけ》、人々の姿まで、ことにかがやくばかり見えしをり、心にかくおぼえし《こう思われた》。

3
春の花　秋の月夜を　おなじをり　見るここちする　雲のうへかな

貴公子との交流

一八頭《とうの》中将実宗《さねむね》の、つねに中宮の御方へまゐりて《御所へ参上して》、一九琵琶《びは》ひき歌う《歌など》たひ遊びて《音楽のお遊びをして》、ときどき、《〔私にも〕》「二〇琴《こと》ひけ」などいはれしを、「二一ことざ《興ざ》ましにこそ《めでございましょう》」とのみ申して過ぎしに《逃げていたところ》、あるをり文のやうにて《手紙のようにして》、

も愛好された色合。
一〇 襲の色目。表白、裏二藍《ふたあい》（赤みをおびた藍色）または紫。春に着用。
一一 重ね袿の上に着る袿。袿の裾を短く仕立てたもの。
一二 萌黄色《もえぎ》（薄緑）。麹塵《きくじん》。禁色《きんじき》（勅許なしには身につけられなかった装束の色）の一つ。
一三 礼装の表衣で丈《たけ》が短く、錦《にしき》・綾《あや》で袷《あわせ》に作る。
一四 莟紅梅《つぼみこうばい》のこと。表紅梅、裏蘇芳《すおう》（黒みをおびた赤色）の襲の色目で、春のはじめに着用。
一五 襲の色目。表蘇芳、裏赤花（紅色）。春に着用。
一六 襲の色目。表白、裏青。五節《ごせち》より三月頃まで着用。
一七 ねずみ色がかった赤という。禁色である。
3 〈春の咲き匂う桜花　秋のさやかに澄む名月を　同時に見るような　すばらしい宮中だこと〉。
一八 「頭中将」は近衛《このえ》の中将で蔵人頭《くろうどのとう》（天皇に近侍し、伝宣その他宮中の雑事を掌《つかさど》る蔵人所の長官）を兼ねている者。西園寺《さいおんじ》実宗。按察《あぜち》大納言公通の嫡男《ちゃくなん》。琵琶の名手で妙音院藤原師長《もろなが》の弟子。人名一覧参照。
一九 絃楽器の一つ。木製で楕円《だえん》形の平らな胴があり、四、または五絃で膝《ひざ》にかかえて撥《ばち》で絃を弾く。
二〇 琴《きん》、箏《そう》、琵琶などの絃楽器。ここは十三絃の箏のことであろう。
二一 「事」に「琴」をかける。この懸詞《かけことば》はしばしば用いられる。

ただかく書きて《次の歌だけ》おこせられたり《およこしになった》。

4 松風の　ひびきもそへぬ　ひとりごとは　さのみつれなき　音《ね》をやつくさむ

かへし《返歌》

5 世のつねの　松風ならば　いかばかり　あかぬしらべに　音もかはさまし

若き日の維盛

おなじ人《頭中将実宗が》の、四月みあれの頃《一 賀茂の祭の頃》、藤壺《二 ふぢつぼ》にまゐりて物語り《世間話》せしを、権亮維盛《三 ごんのすけこれもり》のとほりしを呼びとめて《〔実宗が〕》、「このほどに《近いうちに》、いづく《どこで》にてまれ、心とけて《のんびりと》遊ばむと思ふを、かならず申さむ《その時は必ずお誘いしよう》」などいひ契《ちぎ》りて《約束し》、少将《維盛は》はとく立たれにしが《すぐその場を立たれたが》、少し立ちのきて見《離れて姿全体が眺め》

4 〈松風の響きのような　妙《たえ》なる調べのあなたの箏の合奏もなく　独りかなでる私の琵琶はつれないあなたを恨んで　泣く音をかなでるでしょうよ〉。「ひとりごと」の「こと」は琵琶をさす。琴の音色を松風に譬《たと》えるのは、漢詩に多い比喩《ひゆ》。「第一第二ノ絃索索《ハさくさくタリ》　秋《ノ》風払《ツテ》レ松《ヲ》疎韻《ゐん》落《ツ》」(「五絃弾《ごげんたん》」『白氏文集《はくしもんじゅう》』巻三・『和漢朗詠集』管絃)、「琴の音《ね》に峰の松風通ふらしいづれのをより調べそめけむ」(斎宮女御、『拾遺集』雑上)。「つれなき」は「連れ(合奏)無き」の意。

5 〈せめて　人並みの箏の音ならば　どれほどか興のつきないあなたの調べに　合奏もいたしましょうものを〉。

＊ 当時琵琶では並ぶ者のない名手であった実宗から「琴ひけ」といわれて、作者は巧みに体をかわす、機智に富んだ優雅な宮廷女房の挿話。父母が箏の名手であった作者は、音楽的な資質もあったろうし母から妙技を授かってもいたに相違ない。作者の才能を見込んだ実宗からの誘いであろう。

一 「御生《みあれ》」「御形」とも書く。賀茂神社の祭神　別雷命《わけいかずちのみこと》の生れた日という。

二 宮中五舎の一、飛香舎《ひぎょうしゃ》。清涼殿の北、弘徽殿《こきでん》の西、壺(中庭)に藤が植えてあるのでこの称がある。当時中宮徳子が居住していたか。他に昭陽舎(梨壺《なしつぼ》)、淑《し》景舎《げいしゃ》(桐壺)、凝華舎《ぎょうかしゃ》(梅壺)、襲芳舎《しほうしゃ》(雷壺)で五舎。

三 内大臣平重盛の嫡男《ちゃくなん》。承安二年(一一七二)から右近衛少将兼中宮権亮《ごんのすけ》。当時十七歳か。人名一覧参照。

やらるるほどに立たれたりし《られるあたりにお立ちになっていた》、二藍《ふたあゐ》[四]の色濃き直衣《なほし》[五]、指貫《さしぬき》[六]、若《わか》[七]楓《かへで》の衣《きぬ》、その頃の《その季節の》単衣《ひとへ》[八]、つねのことなれど《あたりまえの衣裳だったが》、色ことに見えて《格別鮮やかに》、警固《けいご》[九]の姿、まことに絵物語いひたてたるやうに《絵入り物語に書きたてている人物のように》うつくしく見えしを、中将《実宗は》、「あれがやうなる身ざまと身を思はば《維盛のような美しい容姿の持主だとわが身を思ったなら》、いか《どんな》に《にか》命も惜しくて、[一〇]なかなかよしなからむ《かえってよくないことであろう》」などいひて、

6 うらやまし　見と見る人の　いかばかり　なべてあふひを　心かくらむ

「ただ今の《(実宗)》御心のうちも《あなたも内心》、さぞあらむかし《逢う日をとお思いでしょう》」といはるれば《言われたので》、物のはしに《手持ちの紙片に》書きてさし出づ《〔簾の間から〕》。

7 なかなかに　花の姿は　よそに見て　あふひとまでは　かけじとぞ思ふ

四 底本の「ふたえ」から、二重織物とか二重物とする解釈もあるが、ここは季節の上から類従本の「ふたあゐ」に改めた。「二藍」は一二頁注一〇参照。夏に着用し、若向き。

五 天皇をはじめ、貴族の常用の衣服。

六 裾《すそ》に緒《お》を指し貫いてある括《くく》り袴《ばかま》。

七 襲《かさね》の色目。表薄萌黄《うすもえぎ》、裏薄紅梅。夏四月に男女とも着用。

八 古く「ひとへぎぬ」といい、裏のない衣の総称であったが、のち略して「ひとへ」。装束の下の肌着として、四季ともに用いる。

九 賀茂祭の前々日未《ひつじ》の日から祭の翌日まで、近衛府の中将以下が、束帯《そくたい》または直衣に弓矢・剣を帯し、冠に巻纓《けんえい》をつける凛々《りり》しい服装で警固に当ること。

一〇『方丈記』にも「仏の教へ給ふおもむきは、事にふれて執心《しふしん》なかれとなり」とあるが、執心執着は、仏法では罪障と考えられていた。

6 〈羨《うらや》ましいことだ　維盛を見る女性という女性は誰も　恋人になれる日を　どれほど　ひそかに願っていることか〉。「見と見る」の「と」は、同じ動詞の間に用いて強調する用法。「逢ふ日」に「葵《あふひ》」をかける。賀茂祭の日に、葵《あおい》を社前・牛車《ぎっしゃ》・柱・簾《すだれ》などにかけ、衣冠にも挿すので「かく」は葵の縁語。

7 〈花のようなお姿は　手の届かぬものと自分にいい聞かせて　なまじっか　恋人になりたいなど　願うまいと思います〉。

といひたれば、「おぼしめしはなつしも《〔そのように〕おあきらめになるのこそ》、深き方にて《深く思っている証拠で》、心清《ぎよ》くやある《ご本心ではないでしょう》」と笑はれしも、さることと《なるほどそうだと》、をかしくぞ《面白いことだった》ありし。

[一]故建春門院《御母》の御ために《ご冥福を祈って》、御手づから御経書かせおはしまして《天皇がご自分で法華経をお書きあそばされて》、内裏にて[二]御八講《みはこう》おこなはれし[三]五巻の日、[四]女院たち、[五]后《きさい》の宮々、[六]三条の女御殿《にょうごどの》、[七]白河殿など、みな[八]御捧物《ほうもつ》たてまつらせ給ひし《さしあげなさった》。そなたに《それぞれの方に》縁ある[九]殿上人《てんじやうびと》、持ちて《〔捧物を〕》まゐりしけしき、おもしろくもあはれにもありしに《趣深くもあり感動的でもあったが》、中宮の御捧物は、[一〇]二枝《ふたえだ》を、[一一]宮亮《みやのすけ》しげひら、権亮《ごんのすけ》これもりなど持たれたりしとおぼゆ《お持ちになったと記憶している》。故女院、いらせ給ひて《内裏にいらした時に》おはしましし方《かた》を《お住まいになったお部屋の調度を片づけ》とりはらひて、道場にしつらはれたりし《法要の場所にととのえられていたのも》、あはれにて《感慨深くて》、

九重《ここのへ》に　御法《みのり》の花の　にほふけふや　きえにし露も　ひか

一 安元二年（一一七六）七月八日、三十五歳で崩御《ほうぎょ》。

二 ミハッコウとも。法華八講《ほけはこう》。法華経八巻を普通朝夕一巻ずつ四日間講説する法会《ほうえ》。この八講は安元三年七月五日から故女院一周忌の八日まで、閑院の内裏で講じられた。

三 法華経第五巻を講じる日。第五巻のうち、悪人成仏と女人成仏を説く提婆達多品《だいばだったほん》が重視され、朝座に行道《ぎょうどう》（参会者が捧げ物を持って講堂を練り歩くこと）を行った。

帝の写経による法華八講

四 この時参列の女院は、近衛天皇准母《じゅんぼ》の皇嘉門院聖子・後白河天皇准母の上西門院統子・二条天皇准母の八条院暲子（『玉葉』）。

五 近衛天皇皇后の太皇太后宮《たいこうたいこうぐう》多子・後白河天皇皇后の皇太后宮忻子・高倉天皇中宮徳子（『玉葉』）。

六 後白河天皇女御、従三位琮子。三条内大臣藤原公教の女《むすめ》。人名一覧参照。

七 高倉天皇准母、近衛基実の北の方、従三位盛子。平清盛の女、中宮徳子の妹。人名一覧参照。

八 ホウモチとも。仏前に捧げる物。袈裟《けさ》・香炉・華《け》鬘《まん》など仏事にちなんだ品を、作り枝に付けて捧げる。

九 後白河院の捧物は藤原光能、皇嘉門院は藤原泰通、上西門院は藤原頼実、八条院は源通親、太皇太后宮多子は藤原成家、皇太后宮忻子は藤原公守、三条女御は源雅賢、白河殿は藤原光長が捧げた（『玉葉』）。

一〇 捧物をつけた二本の作り枝。中宮の捧物と持ち人は「袈裟一帖、亮《すけ》左馬頭《まのかみ》重衡取《ル》レ之《ヲ》、水精念珠《すいしやうねんじゆ》、左少将

8

りそふらむ

近衛殿[二二]（基通〔まだ〕）、二位中将と申しし頃（申された時分）、隆房《たかふさ》[二三]、重衡《しげひら》、維盛《これもり》、資盛《すけもり》[二四]などの殿上人なりし（であったのを）、引き具せさせ給ひて（お引き連れになって）、白河殿の女房たちさそひて、所々の花御覧じけるとて（あちこちのお花見をなさったとのことで）、又の日（その翌日）、花の枝のなべてならぬを（桜の枝のたいそう美しいのを）、花見ける人々の中よりとて（〔お土産に〕）、中宮の御方《かた》へ（中宮様へ）まゐらせられたりしかば（さしあげなさったので〔次のように詠んだ〕）、

花見のみやげ

9 さそはれぬ　憂さも忘れて　ひと枝の　花にそみつる　雲のうへ人

返事《かへりごと》　隆房の少将

10 雲のうへに　色そへよとて　一枝を　折りつる花の　かひ

時実朝臣《ときざねあそん》取《ル》レ之《ヲ》（彼《ノ》宮職事《しきじ》）、三衣筥《さんえばこ》一合、権亮少将維盛朝臣取《ル》レ之《ヲ》」（『玉葉』）とあり、三人が捧げたので三枝のはずである。

二一 中宮亮平重衡。平清盛の五男。母は中宮徳子と同じ従二位時子。人名一覧参照。

8 〈宮中で　法華八講会の盛大に行われた今日　朝露のようにおかくれになった女院様も　きらめく仏果を得ていらっしゃることでございましょう〉。「御法の花」は法華経の訓読。「露」「花」は縁語。

二二 近衛基通。右中将。安元二年十七歳で従二位、二位中将と呼ばれる。白河殿は養母。人名一覧参照。

二三 藤原隆房。清盛の女婿。基通の従弟《いとこ》。人名一覧参照。

二四 平重盛の次男。高倉天皇と同年。人名一覧参照。

9 〈お花見に　誘われなかったつらさも忘れて　中宮の御方の人々は　一枝の桜に見とれております〉。中宮の仰せによって右京大夫が詠《よ》んだ歌。底本「花にそめつる」を、全釈・大系・全書・国歌大系・文庫は「花にぞめづる」と読む。「花にそみつる」「花に染つる」という、異本に見える本文により、花に心ひかれる、の意の「花にそみつる」と改めた。

10 〈中宮様のお美しさに　さらに花を添えたいと　手折った枝を　さしあげた甲斐《かい》がございました〉。

もあるかな

資盛《すけもり》の少将

11 もろともに　尋ねてをみよ　一枝の　花に心の　げにもうつらば

帝の御笛をほめる

いつの年にか、月明《あか》かりし夜、上《うへ》の御笛ふかせおはしましが、ことにおもしろく聞えしを、めでまゐらすれば、「かたくなはしきほどなる」と、この御方にわたらせおはしましてのちに、語りまゐらせさせ給ひたりけるを、「それはそら事を申すぞ」とおほせ事あるとありしかば、

いつだったろうか　ふいていらっしゃったその音色が　とりわけ　〔私が〕おほめ申しあげたところ〔中宮〕聞いていられないほどのほめようです　〔主上が〕中宮様の御所においであそばされてから　〔中宮が〕お話し申しあげなさると　〔主上〕右京大夫は嘘を申していたのだ　おっしゃられたということだったので

12 さもこそは　数ならずとも　一すぢに　心をさへも　なき

11 〈お贈りした桜のひと枝が　そんなにも　お気に召したのなら　この次は　ご一緒に　花の名所を尋ねてみませんか〉。

＊平家一門の公達《きんだち》と、平家にゆかりある人々が諸所の花を尋ねた翌日、中宮に美しい桜の一枝を贈ってくる。右京大夫が詠《よ》んだ九の歌に対して二首も返歌が来る必要はないので、資盛の歌は右京大夫に対する個人的な恋慕の情からという説がある（評解）。しかしここは「中宮の御方へ」贈られた桜の一枝をめぐる、中宮付き女房対殿上人《てんじようびと》の公的な贈答の挨拶《あいさつ》であろう。

一　高倉天皇。笛にすぐれた才能の持主であった。

12 〈それは　身分も低く　物の数でもないわたくしですが　真実お褒《ほ》め申した心まで　「そら事を申す」なんて　まったく無視なさいますこと〉。

二　三条内大臣、高倉の大臣と呼ばれた藤原公教の子中納言実綱（本名実経）の女《むすめ》。公教には孫だが、養女となったのであろう。一六九頁注二参照。

13 〈自分の笛のつたなさが　わたしには　よくわかっているのだ　そなたの真心を　どうして無視などするものか〉。

＊右京大夫の母方の祖父大神《おおみわ》基政は、不世出の笛の名人であった。音楽の才能にも恵まれた作者に、

になすかな

とつぶやくを《ぶつぶつ詠んだのを》、大納言の君と申ししは《申したお方は》、三条内大臣の御女と《ご息女とい》

ぞ聞えし《うことだったが》、その人、「かく申す《右京大夫がこう申します》」と申させ給へば、笑はせお《〔主上は〕お笑い》

はしまして《あそばされて》、御扇《あふぎ》のはしに書きつけさせ給ひたりし《次の御歌をお書きつけなさった》、

13 笛竹《ふえたけ》の　うきねをこそは　思ひ知れ　人の心を　なきにや

はなす

題詠四十首

なにとなく《何というわけもなく》よみし歌の中に、春たつ日《立春の歌》

14 いつしかと　氷とけゆく　みかは水　ゆく末遠き　けさの

はつはる

御笛の調べの分らないはずはなく、真実感動してお褒めしたのに、「お世辞を言ったのだ」と聞き捨てならぬ仰せであったので、自分のまごころをも疑われた形になった作者は、抗議の歌を口ずさむ。もともと天皇と中宮の会話は、右京大夫の才能を認めた上でのたわむれであったのに、作者だけがむきになっていた。

＊おおむね、院政期以降の家集は、出された題によって詠む題詠歌が主流を占めていた。こうした時代に『建礼門院右京大夫集』のような、作者の実人生の光と影を伝える家集は少ない。しかし作者は、全く時流の詠法に背をむけていたわけでもない。次の一四から五三までの四十首は、題詠歌群である。

14 〈立春の今朝　早くも氷がとけ　御殿のお庭の水も　遠くゆるやかに流れていく　君が御代も　み溝水《かわみず》のように　遠くお栄えになりますように〉。「みかは水」は「御溝水」と書く。宮中の御庭を流れる溝《みぞ》の水。「ゆく末遠き」は、御溝水が行く末遠く流れるのと、君が代の行く末遠くお栄えになるよう祈る心とをかけている。「春たちける日よめる　袖《そで》ひちてむすびし水の凍《こほ》れるを春たつ今日《けふ》の風やとくらむ」（紀貫之、『古今集』春上）、「岩間とぢし氷も今朝はとけそめて苔《こけ》の下水みちもとむらむ」（『西行上人集』春）のごとく、当時、氷は立春とともに解けると詠む習慣があった。

15　〈春になったと　いったい誰が　鶯《うぐいす》に知らせてやったの　竹藪《たけやぶ》の中の古巣は今朝　春が来たのもわからないだろうに　もう鶯が鳴いているよ〉。鶯が竹林で鳴く類作は、「西楼ニ月落チテ花ノ間ノ曲　中殿ニ燈残ツテ竹ノ裏ノ音」（『和漢朗詠集』鶯）、「御苑生《みそのふ》の竹の林に鶯はしば鳴きにしを雪は降りつつ」（『万葉集』巻十九）などがある。

一　鶯の声によろこびの響きがある、という題意。

16　〈平和な御代の　のどかな春に　生きとし生けるもの　歓喜にあふれ　竹の林の鶯の声にも慶びが満ちている〉。「よ」は「代《よ》」と「節《よ》」との懸詞《かけことば》。「節」は竹の縁語。

二　秋の月にむかいながら春の花を待つ、という題意。

17　〈桜の花よ　早く咲いておくれ　夜通し　わたしは心を二つに分けて　月を眺めながらも　一方で　春の花にあこがれる〉。「花」は桜の花。「心をわけて」は、月を愛《め》でる心と花を愛する心と、心を二つに分けて。「おなじくは月のをり咲け山ざくら花見る夜半《よは》の絶間《たえま》あらせじ」（『山家集』中雑）。

三　過ぎ去った昔の恋、という題意。

18　〈いったい誰がしみじみ思って　尋ねてきてくれようか　薄情な人を　恋い慕って　たとえこの身が　石になってしまっても〉。「石となるとも」は、望夫石《ぼうふのいわ》伝説による。人を恋う思いにたえかねて石となってしまった話は、当時世に知られていたようで

15 春きぬと　たれうぐひすに　告げつらむ　竹のふるすは　春もしらじを

一鶯有慶音《うぐひすによろこびのこゑあり》

16 のどかなる　春にあふよの　うれしさは　竹の中なる　こゑのいろにも

二対月待花《つきにたいしてはなをまつ》

17 はやにほへ　心をわけて　夜もすがら　月を見るにも　花をしぞ思ふ

三往《わう》事《じの》恋《こひ》

18 あはれしりて　たれか尋ねむ　つれもなき　人を恋ひわ

び　石《いは》となるとも

四
仙《せん》家《かの》卯《うの》花《はな》

19 露ふかき　山路《やまぢ》の菊を　ともとして　卯の花さへや　千代も咲くべき

五
片思ひをはづる恋

20 おきつなみ　岩うつ磯の　あはびがひ　拾ひわびぬる　名こそ惜しけれ

くもる夜《よ》の月

21 くもる夜を　ながめあかして　こよひこそ　千里《ちさと》にさゆる　月をながむれ

ある。永万二年「中宮亮重家朝臣家歌合《ちゆうぐうのすけしげいえあそん》」、同年「経盛卿家歌合」の判詞、『十訓抄《じつきんしよう》』、『古今著聞集《ここんちよもんじゆう》』巻五その他にこの伝説が見える。

四 仙人の家の卯の花、という題意。「卯の花」はウツギ、初夏山野に咲く白い花。生垣《いけがき》などにもする。

19 〈山路の　菊の露にぬれた衣をほす間に　千年もの年月が過ぎるという仙人の家では　庭の卯の花までも　しとどに露おく菊花の傍で　千年も咲くことだろう〉。「仙宮《せんきゆう》に菊をわけて人のいたれる形《かた》をよめる　ぬれてほす山路の菊のつゆのまにいつか千年《ちとせ》を我は経にけむ」（素性《そせい》法師、『古今集』秋下）をふまえた歌。

五 片思いを恥ずかしく思う恋、という題意。

20 〈沖から寄せる波が　岩にくだける荒磯《ありそ》では　あわび貝が拾えないで悩むように　「あの人は恋の思いがとげられず　悩んでいる」と　浮名のたつのが　口惜しい〉。「あはびがひ」は片貝であるから、片思いの譬《たと》えにされる。「伊勢の白水郎《あま》の朝な夕なに潜《かつ》くとふ鰒《あはび》の貝の片思《かたもひ》にして」（『万葉集』巻十一）。

21 〈曇っている夜空を　明け方ちかくまで　物思いにふけりながら眺めあかして　今こそは　千里の外まで澄みわたる　皎々《こうこう》とした月をながめることだ〉。「ながむ」は、「月を眺める」に、物思いにふける意をこめる。「こよひこそ」は、今こその意。「千里にさゆる月」は、「三五夜中新月ノ色、二《じ》千里《せんり》ノ外故人ノ心」（『白氏文集《はくしもんじゆう》』）による。

22
一 夕《ゆふべ》に過ぐる野の花
心をば　尾花《をばな》が袖《そで》に　とどめおきて　駒《こま》にまかする　野辺の夕ぐれ

23
二 互ひにつねに聞く恋
ありときかれ　われもききしも　つらきかな　ただ一《ひと》すぢに　なきになしなで

24
三 谷の辺《へん》の鹿
谷ふかみ　杉のこずゑを　吹く風に　秋のをじかぞ　こゑかはすなる

一 夕暮に野の花のそばを通りすぎる、という題意。

22 〈銀色にゆれる尾花　ひょっとしたら　あれはわたしを招いているのでは……　夕暮の野辺に心を残して　駒の歩みにまかせ　通り過ぎて行く〉。「尾花が袖」は、すすきの花穂が風に吹かれて靡《なび》く様子を、恋しい人を招く衣の袖にみたてたもの。

二 互いにいつも相手の噂《うわさ》を聞くだけで逢えない恋、という題意。

23 〈わたしの噂があの人に聞かれ　わたしも噂を耳にする　なんてつらいことでしょう　いっそ逢えないくらいなら　ひたすらいないと思えばよいものを〉。「きかれ」の「れ」は、受身。「ききしも」の「し」は、過去の助動詞。「なきになしなで」の「なで」は、……してしまわないで、の意。「なきになす」は、一六頁三参照。同じ詞を畳みかけるように用いるのは、作者の表現の特色。解説参照。

三 谷のあたりで鳴く鹿、という題意。

24 〈谷は深く　杉の梢《こずえ》を吹く秋風に　妻を恋う雄鹿は　哀《かな》しげな声を響かせる〉。「谷ふかみ」の「み」は、原因・理由を表す接尾語。一般に、鹿が鳴くのは、雄鹿が雌鹿を恋うて鳴く哀切なものとして意識されていた。「奥山にもみぢふみわけ鳴く鹿の声きくときぞ秋はかなしき」(よみ人しらず、『古今集』秋上)。

四 ねざめの擣衣《たうい》

25 うつ音《おと》に　ねざめの袖ぞ　ぬれまさる　衣《ころも》はなにの　ゆゑと知らねど

五 名をかへて逢ふ恋

26 いとはれし　うき名をさらに　あらためて　あひ見るしもぞ　つらさそひける

六 野亭夕《やていのゆふべ》の草

27 夕されば　夏野の草の　かたなびき　すずみがてらに　やすむ旅人

七 連夜《れんや》の水鶏《くひな》

四 寝覚めて聞く砧《きぬた》の音、という題意。「擣衣」は、「衣を擣《う》つ」で砧（衣板《きぬいた》の意。布地をのせて、柔らかくしたり艶《つや》を出したりするためにたたく木や石の台）を打つこと。その単調で物憂げな音は、秋の夜の寂しさを誘うものとして詠《よ》まれた例が多い。

25 〈夜半　一人ねざめて　砧の音を聞いていると　独り寝の涙でぬれている袖が　いっそうぬれまさる　あの衣には　涙を誘う　どんなわけがあるのか知らないけれど〉。砧の主は、独り寝のわびしさをまぎらして打っているのかもしれない、という想像が涙を誘う。

五 変名を用いて恋人に逢う恋、という題意。男性の立場に立って詠む題である。

26 〈以前きらわれた　つらいこの名をあらたに変えて　恋人と逢うにつけても　私の名がいかにきらわれているかがわかって　やりきれなさがつのることだ〉。「しもぞ」は、強意を表す。本名を名乗ったのでは逢えないので、『源氏物語』浮舟の巻で、匂宮《におうのみや》が薫《かおる》大将を装って浮舟に近づいたように、他の男性の名で女性に逢う例が、物語などに見られる。

六 野中のあずまやの夕方の草、という題意。

27 〈夕方になると　さすがに涼しい風が出て　日中の暑かった野原の草がなびいている　風に吹かれて　涼みかたがた　休んでいる旅の人よ〉。

七 毎晩鳴く水鶏、という題意。

28 〈荒れ果てて　訪《と》う人もなく　錠もささない　板の戸口に　水鶏ばかりが　夜毎に鳴き来るよ〉。「真木の戸」は檜《ひのき》・杉・松などの粗末な板戸。「夜離れず」は、毎晩休まず男が女のもとへ通うこと。水鶏の鳴くことを「たたく」といい、恋人（男性）のおとないにたとえられる。この歌も男を待つ女の発想。
一 私に約束し、同時に他の女性とも約束する恋、という題意。

29 〈「きっと行こう」　あの人がそう言って　わたしにあてにさせていた今宵は　どんなにか　あの人を待ったことだろうか　もしも　別の女《ひと》にあてた手紙を見なかったら……〉。「たのめ」は、下二段活用で、あてにさせる、の意。「所たがへのふみ」は、届け先の違った手紙。やはり今夜を約束した他の女性宛ての文が間違って届いたのである。『源氏物語』夢浮橋の巻に、俗世の人間関係を断《た》って仏によりすがろうとしている浮舟が、薫君《かおるのきみ》からの手紙を見て「今日は、なほ、持て参りたまひね。所違へにもあらんに、いとかたはらいたかるべし」と、返事を拒む個所がある。待つ女のイメージを髣髴《ほうふつ》させる物語的発想による歌。
二 稲荷《いなり》神社で歌合のあった時の歌。この歌合は、現在伝わらない。稲荷の社は伏見稲荷大社か。
三 神社のあたりの朝の鶯、という題意。

30 〈お社に参籠《さんろう》した翌朝　帰る道すがら　境内で鶯の声がした　心に深く　染《し》み透ったことよ〉。「まろね」は、丸寝。帯も解かず着たままで仮寝するこ

28
あれはてて　さすこともなき　真木《まき》の戸を　なにと夜離《が》れず　たたく水鶏ぞ

[一]我に契り人に契る恋

29
たのめおきし　今宵《こよひ》はいかに　待たれまし　所たがへの　ふみみざりせば

[二]稲荷《いなり》の社《やしろ》の歌合《うたあはせ》
[三]社頭朝鶯《しやとうのあしたのうぐひす》

30
まろねして　かへるあしたの　しめの中《うち》に　心をそむる　うぐひすのこゑ

[四]松間夕花《まつのあひだのゆふべのはな》

31 入日《いりひ》さす　峯《みね》のさくらや　咲きぬらむ　松のたえまに　たえぬしら雲

五 日中《にっちゅうの》恋《こひ》

32 契りおきし　ほどはちかくや　なりぬらむ　しをれにけりな　あさがほの花

六 夜深き春雨《はるさめ》

33 ふくる夜の　ねざめさびしき　袖のうへを　音にもぬらす　春の雨かな

七 遠き沢の春駒《はるごま》

34 はるかなる　野沢にあるる　放れ駒　かへさや道の　ほど

と。「しめの中」は神社の境内。

四 松の間から見える夕方の桜花、という題意。

31 〈山の峰の桜が　もう咲いたらしい　緑の松の間に　入日に白く輝いて　いつまでも消えないあの白雲は〉。遠山の桜を「しら雲」に見まちがえる類例は、「山の峡《かひ》たなびきわたる白雲は遠き桜の見ゆるなりけり」（『貫之集』一）など、『古今集』以来多い。この流れの中でさらに「たえまにたえぬ」という、作者の特色である繰り返し畳みかけの表現を用い、題意にかなう一首にしたてている。

五 昼ひなかの恋、という題意。

32 〈あの人が来ると約束した時刻は　もうすぐかしら　しおれてしまって　私にものを思わせる朝顔の花よ〉。「しをれにけりな」の「な」は、感動。

六 夜ふけの春雨、という題意。

33 〈夜ふけに寝覚めて　寂しさに袖をぬらせば　外にはかすかに音がして　さらに涙をさそう春の雨よ〉。

七 遠くの沢にいる春の馬、という題意。「春駒」は、春の野に放牧する馬。

34 〈とき放たれた若駒は　はるかな野沢へ　夢中で飛び跳ね駆けて行ったが　帰りの道は遠いだろうよ〉。「春駒」は、沢とか沼などとともに歌に詠《よ》まれることが多い。「かへさ」は「かへるさ」の転。帰る折。「春駒の野沢になるるけしきにて葦《あし》の若葉のほどぞ知らるる」（藤原俊成、『新続古今集』春下）。

も知るらむ

一 くらき空の帰る雁《かり》

35 花をこそ　思ひもすてめ　ありあけの　月をもまたで　かへるかりがね

二 あかつきの呼子鳥《よぶこどり》

36 夜をのこす　ねざめにたれを　呼子鳥　人もこたへぬ　しののめの空

山田の苗代《なはしろ》

37 やまざとは　門田《かどた》の小田《をだ》の　苗代に　やがてかけひの　水まかせつつ

一 暗い夜空を帰ってゆく雁、という題意。

35 〈桜の咲く春をあきらめ　帰るとしても　有明の月の出も待たずに　暗い空を飛んで行く心ない雁よ〉。初句・二句は、「春がすみ立つを見すててゆく雁は花なき里に住みやならへる」（伊勢、『古今集』春上）に拠《よ》る。雁は日本で冬を越し、春に北へ戻ってゆく。「ありあけの月」は、月の出が遅く、夜明け頃に空にかかる月。ここでは雁の帰るのに間に合わないほど出るのが遅い月の意。「かりがね」は、「雁が音《ね》」で、雁の鳴く声、転じて雁。『新後拾遺集』春上に入集。

二 鳴き声が人を呼ぶように聞える鳥。今の郭公《かっこう》という。春・晩春の景物として歌に詠まれる。『夫木《ふぼく》和歌抄』春五に「稲荷社歌合、暁喚子鳥」として入集。

36 〈夜明けの前に　目覚めて聞けば　誰を呼ぶのか　呼子鳥が鳴いている　答える人もいない　明け方の空に〉。「夜をのこす」は、まだ夜の明けないこと。「たれを呼ぶ」と「呼子鳥」をかける。「山ざとにたれをまたこはよぶこどりひとりのみこそ住まむとおもふに」（『山家集』上春）。

37 〈ここ山里は　門の前の苗代田に　筧《かけひ》の水をそのままおとす〉。「苗代」は、稲の苗を育てるところ。「かけひ」は、水を導くため、地上にかけ渡した樋《とい》。山里は水の便が悪く、飲み水を引く筧の水で田を作っているということのおもしろさに着目した作。

38　〈水が浅くなってしまった　すがたの池の杜若は　いったいどれほど　遠い昔からあるのだろうか〉。「あす」は、浅くなる意の下二段動詞。「すがたの池」は、奈良県大和郡山《やまとこおりやま》市筒井町にある池で、杜若の名所、歌枕。池の名に「姿」をかける。『夫木和歌抄』春六に「稲荷社歌合、古池杜若」として入集。

39　〈意味がはっきりしないことよ　ならびの岡はふたり双《なら》んで住むという名ばかりで　ひと本《もと》のすみれの花が　ひとり住みを嘆いて　露の涙をためていた〉。「ならびの岡」は、京都市仁和寺《にんなじ》の南にある双ヶ岡《ならびがおか》。「すみれ」は、ひとり住みの「住み」に言いかけてある。「ならぶ」と「ひとり」の対比など詞のあやの歌。

40　〈わたしの家の八重山吹　夕陽の中で照り輝き名高い「井手のあたり」の山吹を　見る心地がする〉。「井手のわたり」は京都府綴喜《つづき》郡にある、山吹と蛙《かわず》の名所で、歌枕。「かはづ鳴く井手の山吹散りにけり花のさかりにあはましものを」（よみ人しらず、『古今集』春下）。

古き池の杜若《かきつばた》

38 あせにける　すがたの池の　かきつばた　いく昔をか　へ
だてきぬらむ

名所のすみれ

39 おぼつかな　ならびの岡の　名のみして　ひとりすみれ
の　花ぞつゆけき

ところどころの山吹

40 我がやどの　八重やまぶきの　夕ばえに　井手《ゐで》のわたり
も　見る心ちして

一　海路の春の夕暮、という題意。

41　〈船を泊め碇をおろす　金色の波間に　ゆらゆらと沈む大きな夕陽　晩春の海の　日暮れのながめよ〉。「くれゆく春」は、春の一日の暮れ方と、春という季節の暮れ方とを重ねた表現。上の句は絵画的、下の句が説明的ではあるが、晩春の日暮れの寂寥《せきりょう》感が揺曳《ようえい》している。

二　滝のあたりの残雪、という題意。

42　〈氷は　立春を知っていて　春風に　いちはやくとけはじめ　激しく流れているが　岸辺の雪は　まだ残っているよ〉。「滝つせ」は、水の激しく流れる瀬。「氷こそ春を知りけれ」は、一四参照。

43　〈紫の塵ほどの大きさに　自然に　あちこち芽を出しはじめた　わらびよ〉。「さわらび」は、芽を出したばかりの蕨《わらび》。「むらさきの塵」は、早蕨《さわらび》の穂を覆っている紫褐色《しかっしょく》の細毛を見立てたもので「紫塵《しぢん》嫩《わかキ》蕨《ハ》人拳《にぎルレ》手《ヲ》」（小野篁《おののたかむら》、『和漢朗詠集』早春）による。「紫の塵うちはらひ春の野にあさる蕨のものうげにして」（藤原顕季、「堀河院御時百首和歌」）。

三　船の碇泊《ていはく》場の花、という題意。

44　〈高砂の峰の春景色に眼をやると　船漕《こ》ぐ手許《てもと》はお留守になる　桜のあたりは　まさに　船のとまる　湊《みなと》であるよ〉。「高砂」は、兵庫県高砂市、加《か》古川《こがわ》河口の桜の名所。歌枕。「高砂の尾上《をのへ》の桜咲きにけり外山《とやま》の霞立たずもあらなむ」（大江匡房《おおえのまさふさ》、『後拾遺

海のみちの春の暮[一]

41　碇《いかり》おろす　波間にしづむ　入日《いりひ》こそ　くれゆく春の　すがたなりけれ

滝の辺《へん》の残りの雪[二]

42　氷こそ　春を知りけれ　滝つせの　あたりの雪は　なほぞのこれる

早《さ》蕨《わらび》

43　むらさきの　塵《ちり》ばかりして　おのづから　ところどころに　もゆるさわらび

船の泊りの花[三]

44 高砂《たかさご》の　尾上《をのへ》の春を　ながむれば　花こそ船の　とまりなりけれ

45 とも船も　こぎはなれゆく　こゑすなり　霞《かすみ》ふきとけ　余《よ》呉《ご》の浦風

四 花落ッレ衣ニ

46 さそひつる　風は梢《こずゑ》を　すぎぬなり　花はたもとに　ちりかかりつつ

老人を恋ふ

47 つくもがみ　恋ひぬ人にも　いにしへは　おもかげにさへ　見えけるものを

集』春上)。吉水神社本に二句目「をのへのはなを」とあるが、四句目の「花こそ」と重複するので「春」がよい。花の美しさが船をとめてしまい、碇泊場になるという機智に富んだ発想。

45 〈深い霞にまぎれて　ともに連れだつ船も　よその方向へ　離れて行くような　櫓《ろ》の音がする　早くこの霞を吹きはらっておくれ　余呉の浦風よ〉。「余呉の浦」は、滋賀県伊香《いか》郡余呉町にある湖。なお、佐佐木信綱氏は「この歌には花の意が乏しい。歌の前に題が落ちたのであらう」(全書)といわれた。

四 花が衣に散りかかる、という題意。

46 〈花を誘って散らした風は　はやくも梢を過ぎたようだ　花びらは　わたしの袂《たもと》に　いまもちりかかる〉。「さそふ」は、「花さそふ比良《ひら》の山風吹きにけりこぎゆく舟の跡みゆるまで」(宮内卿、『新古今集』春下)のようにしばしば用いられた。

47 〈昔の物語では　とりわけ恋うていない人にも　白髪の老女の姿さえ　髣髴《ほうふつ》として　見えたというのに　なぜあの方の面影が　わたしの眼の前に見えないのか〉。「つくもがみ」「おもかげ」は、「ももとせに一年《ひととせ》たらぬつくもがみわれをこふらし面影にみゆ」(『伊勢物語』六十三段)による。「つくもがみ」は、老人の白髪。「つくも」は、水草の名で、老人の白髪がつくもに似るため、また、つぐもも(次百)の約で百に一画足りない白の意、という説もある。「……ものを」は、逆接的な気持がふくまれる感動の助詞。

48 〈花薄《すすき》の穂が招いているのに　そ知らぬ顔で通り過ぎてゆく人は薄情だこと　招いている袖に雨さえ降ってきて　泣きぬれているよ〉。「まねく」は、三参照。「つらしな」の「な」は、詠嘆の終助詞。「真袖」の「真」は、接頭語。四八・四九・五〇は、「高松女院姝子内親王家歌合」に見られるという指摘がある（萩谷朴『平安朝歌合大成』）。「稲荷社歌合、雨中草花」として『夫木《ふぼく》和歌抄』秋二に入集。

一 月光も場所によりとりわけ明るい、という題意。

49 〈やっぱり　月の名所　姨捨山の　山峡《やまかい》で見るせいだろうか　月の光が　ひときわ明るく見えるのは〉。「姨捨山」は、長野県善光寺平《だいら》の南部にある山、観月の名所。「わが心慰めかねつ更級《さらしな》や姨捨山に照る月を見て」（よみ人しらず、『古今集』雑上）。「かひ」は、山峡の「峡《かひ》」と、ききめ、効果の意の「甲斐《かひ》」の懸詞《かけことば》。『夫木和歌抄』秋四に入集。

二 へだてがあって逢い難い恋、という題意。

50 〈恋しさに堪えかねて　書く恋文も　隔てがあって先方へ届かない　いったい　いつになったら　隔てがとれて　逢うことのできる縁なのか〉。「たまづさ」は、「たまあづさ」の約。梓《あずさ》の杖《つえ》は使者の持物だった。古く文字のない社会では、使者が伝言などを口で伝えたところから、使者の持つ杖が手紙とか便りの意となった。「文字の関」は、「文字」と「門司《もじ》が関」（福岡県にあった関所）がかかっている。「契り」は男女の縁。

雨中ノ草花

48 過ぎてゆく　人はつらしな　花すすき　まねく真袖《まそで》に　雨はふりきて

一 月依《リテ》レ所《ニ》明《カナリ》

49 名にたかき　姨捨山《をばすてやま》の　かひなれや　月のひかりの　ことに見ゆらむ

二 関《せき》をへだつる恋

50 恋ひわびて　かくたまづさの　文字の関　いつか越ゆべき　契りなるらむ

[三]山家ノ初雪

51 春の花　秋の月にも　おとらぬは　みやまの里の　雪のあけぼの

[四]催馬楽《さいばら》に寄する恋

52 見し人は　かれがれになる　東屋《あづまや》に　しげりのみする　わすれ草かな

[五]山家花を待つ

53 山ざとの　花おそげなる　梢《こずゑ》より　またぬあらしの　おとぞ物うき

三 他本に「山ざとのはじめの雪」とある。

51 〈春の桜の色　秋の月の光　それにも劣らないのは　深山《みやま》の里の　雪のあさぼらけの美しさ〉。「みやま」は、深山・山奥。

四 奈良時代の民謡を、平安時代になって雅楽《ががく》の管絃の影響によって歌曲にしたもの。

52 〈かつて逢《お》う瀬《せ》を重ねた人は　まるで疎遠になってしまって　東屋に忘れ草が生《お》い繁るように　忘れられてゆくばかり〉。「見し」は、男女の契りの意。「かれがれ」は、「枯れ枯れ」と訪れの絶えがちな意の「離《か》れ離《が》れ」の懸詞。「かれ」と「草」は縁語。「東屋」は、四方葺《ふ》き下ろしの簡素な建物。亭《ちん》。「わすれ草」は萱草《かんぞう》。『詩経集伝』に「諼草合歓、食《セバ》レ之《ヲ》令《レム》二人《ヲシテ》忘《レ》レ憂《ヲ》一者」とあるが、転じてこの歌のように「人を忘れる草」にも用いられる。「東屋の　真屋《まや》のあまりの……鎹《かすがひ》も　錠《とざし》もあらばこそ　その殿戸　我鎖さめ　わすれ草　押開いて来ませ　我や人妻」（催馬楽「東屋」）。なお、評釈は「歌林苑《かりんえん》十首歌合の詠ではないか」とする。「稲荷社歌合、寄催馬楽恋」として『夫木和歌抄』雑十八に入集。

五 他本に「山ざとのはなをまつ」とある。

53 〈山里の　遅い桜が咲かないうちに　花の梢を吹き鳴らす　待ってもいない嵐の音が　気がかりなこと〉。花を待つ心の、嵐への心配を詠じた。「吉野山桜が枝に雪散りて花おそげなる年にもあるかな」（『西行上人集』春・『新古今集』春上）。

もの思ふ女房へ

中宮の御方にさぶらふ人を（お側にお仕えしている女房に）、公衡《きんひら》一の中将のせちに（しきりに）いひし頃、二（その女房が）物をのみ思ふよしかへすがへす（何度も何度も私に）愁《うれ》へられしに（訴えられたので）、秋のはじめつ（次の歌を送った）かはしける。

54 秋きては　いとどいかにか　しぐるらむ　色ふかげなる　人のことの葉

かへし

55 時わかぬ　袖のしぐれに　秋そひて　いかばかりなる　色とかはしる

小松の大臣《おとど》へ

小松のおとど三の菊合《きくあはせ》四をし給ひしに（なさった時に）、人にかはりて（代作して）、

56 移しうゑる　やどのあるじも　この花も　ともに老《おい》せぬ

一 大炊御門《おおいのみかど》右大臣藤原公能の四男、母は俊成の妹。人名一覧参照。

二 言い寄っていた頃。底本「いひしらふ」を、他本によって改めた。

54 〈秋になって時雨《しぐ》れると　涙でぬれている袖《そで》がどんなにかぬれまさることでしょう　悩み深そうなあなたのお言葉から　そう思われます〉。「しぐる」には、時雨が降る、と、涙を流す、の意がある。「色ふかげ」は、時雨にぬれて「紅葉《もみじ》の色が深くなる」のと、「深く物思いをする言《こと》の葉の色」をかける。評解は、好色な男性の言葉とする。「しぐる」「色」「ふかげ」「葉」は縁語。恋の歌ではしばしば季節の「秋」に「飽き」をかけるが、ここは単純に秋の意であろう。

55 〈物思いのために　わたしの袖は　季節定めぬ時雨のような涙でぬれていますが　そのうえ寂しい秋になって　どんなに深くなやんでいるか　おわかりでしょうか〉。

三 平重盛。東山小松谷に邸があったので、小松殿とか小松内大臣と言われた。人名一覧参照。

四 歌などをつけて左右二組から菊の花を出しあい、優劣を競う催し。寛平《かんぴょうの》菊合、上東門院菊合などが知られる。この菊合の時期は不明。

56 〈菊の花を　移し植える宿のあるじも　この花も　ともども不老の秋を重ねることでしょう〉。「移しうゑる」は、菊合の菊を洲浜《すはま》（浜辺の形にかたどった台の上に、岩

秋ぞかさねむ

おなじおとどの、[五]大臣の大将にて[六]よろこび申し給ひしに、[七]おとうとの右大将、御供し給へりし《お供をしておいでになった》、いきほひゆゆしく見え《ご威光がすばらしく見えたので》しかば、

57 いとどしく　さきそふ花の　こずゑかな　三笠のやまに　枝をつらねて

いづれのとしやらむ《いつの年だったろうか》、[八]五《ご》節《せち》のほど《頃》、内裏《だいり》ちかき火の事ありて《火事があって》、すでに《もう少しで》あぶなかりしかば、[九]南《な》殿《でん》に[一〇]腰輿《えうよ》まうけて、大将《重盛公》をはじめて、[一一]衛《ゑ》府《ふ》のつかさのけしき《武官たちの様子などが》ども、心々《それぞれ》におもしろく見えし《立派に見えたので》

木・花鳥・瑞祥《ずいしょう》のものなどを置いて作った飾り物）に移し植えて出すのでいう。菊は不老長寿の賀の花。『風雅集』賀に入集。

五 大臣で近衛《このえ》府の大将兼官。重盛は安元三年（一一七七）正月左大将になり、同年三月内大臣を兼ねた。

六 官位の昇進した御礼言上のための拝賀。

七 平宗盛。清盛の三男。安元三年兄重盛のあとをうけ、右大将。

平家一門の栄え

57 〈ご兄弟が　そろって近衛の大将になられ　さらにいっそう　花の咲きそう梢《こずえ》のような　ご一門のお栄えですこと〉。「さきそふ花のこずゑ」は、平家一門の栄花をたとえ、「枝をつらねて」はその縁語。「三笠」は天皇の御《み》蓋《かさ》として近き衛《まもり》をする意で、近衛の大将・中将・少将の別称、歌語。

八 朝廷で、大嘗《だいじょうさい》祭・新嘗祭に行われた五人の舞姫による舞楽。十一月の二度目の丑《うし》の日から寅《とら》・卯《う》・辰《たつ》の四日間にわたる。初日は五節の舞姫による「帳台の試み」、第二日は「殿上の淵酔《えんずい》」と夜は舞姫の「御前の試み」、第三日は「童女御覧《わらわごらん》」、第四日は「豊明節会《とよのあかりのせちえ》」。

九 紫宸《ししんでん》殿の別称。

内裏近き火事に

一〇 手で轅《ながえ》を腰の辺りに持ち上げて行く輿《こし》。軽便で、非常時の行幸や、貴人の急坂登行などに用いた。手輿《たごし》。底本「えうまうけて」を諸本により改めた。

一一 宮中を警固する官庁。左右近衛、左右衛門、左右兵衛の六衛府の総称。

に、おほかたの世のさわぎも《〔火事のような〕一般にもある騒ぎも》、ほかにはかかることあらじと《宮中以外では立派に思うことはあるまい》おぼえしも、わすれがたし。宮《中宮》は御手ぐるま[一]にて行啓[二]あるべし《なさるはず》とぞ聞えし《だということだった》。小松のおとど《〔その時〕重盛公は》、大将にて《近衛の大将で》、直衣《なほし》に矢負《お》ひて、中宮の御方へまゐり給へりしことがらなど《参上なさったご様子など》、いみじうおぼえき《たいそうご立派に思われた》。

58 雲のうへは　もゆるけぶりに　たちさわぐ　人のけしきも　目にとまるかな

宗盛との贈答

八島《やしま》[三]のおとどとかや、このごろ人は聞ゆめる《お呼びするようだが》、その人の中納言[四]と申しし頃、〔五節に〕櫛《くし》[五]をこひ聞えたりしを《下さいと申しあげていたので》、たぶとて《くださると》、紅《くれなゐ》の薄様《うすやう》[六]に、あしわけ[七]小舟《をぶね》[八]むすびたる櫛さしたるが、なのめならぬに《並々でなく立派なのに》、書きておしつけられたりし《無理に受け取らされた》。

59 あしわけの　さはるをぶねに　くれなゐの　ふかき心を

一 輿《こし》の形の屋形に車輪をつけ、人の手で引く車。轅《ながえ》を腰の辺りまであげて引くので「腰ぐるま」ともいう。「輦《てぐるま》の宣旨《せんじ》」を受けた者だけが乗用。輦車《れんしゃ》。

二 三后（太皇太后《たいこうたいごう》・皇太后《こうたいごう》・皇后）・皇太子・皇太子妃・皇太孫の外出。

58 〈宮中では　火事の煙に騒ぎたてる　人の様子さえすばらしくて　目にとまることである〉。『清獬眼抄《せいかいがんしょう》』に「安元元年乙未《きのとひつじ》十一月廿日丁卯《ひのとう》。天晴。未剋許《ノこくばかり》東寺僧正禎喜壇所焼亡。風起リ二東北一。余炎及ブ二禁裡一。已《すで》ニ至リ二于押小路東油小路西一、為リ二灰燼《くわいじんト》一了《をはんぬ》。其間主上出《しゅつぎょ》二御南殿一。公卿殿上人群参云々」と見え、この時の火事らしい。『平家公達《きんだち》草紙』に類似の記事がある。

＊ 火事のような非常事態にも作者は、殿上人の優雅さに陶然としていたのである。

三 平宗盛。平家一門は、寿永二年七月都を落ち、十月に八島（香川県屋島）に行宮《あんぐう》を造営していたので、宗盛は「八島のおとど」とも呼ばれた。人名一覧参照。

四 宗盛は嘉応二年から治承二年まで権中納言。

五 五節に櫛を贈ること。公の行事としては御前の試みの行われる際、舞姫が、櫛を畳紙《たとうがみ》に包んで御前に奉る（『建武年中行事』）。私的にも、親しい人の間で櫛の贈答が行われた記事がある（『明月記』など）。

六 薄く漉《す》いた鳥の子紙や雁皮《がんぴ》紙。手紙の用紙等として、季節に合った色合いや色の組み合せが使われ、紙の場合も、衣服の襲《かさね》の色目に準じてきまりがあった。

七 繁った葦《あし》の間を分けて行く小舟。障害の多いことにたとえる。「湊《みなと》いりの葦《あしわ》分け小舟さはりおほみわが思ふ人に逢はぬ頃かな」（柿本人麿、『拾遺集』恋四）。

八 精巧に作った。葦分け小舟の模様を彫刻か象嵌《ぞうがん》した櫛を、宗盛が作者に贈ったのである。

59 〈繁る葦間を分け　障《さわ》りを押しのけながら　進む小舟の文様に　あなたへの　燃える思いを託していることを　わかってください〉。「よするとをしれ」の「を」は、強めの助詞。

60 〈葦間を分けて進む小舟のように　障りを押しのけ　寄せてくださる心の深さは　薄様の　紅の色の深さで知りました〉。

＊ 五節の頃の内裏の火事から、連想が展開し、宗盛から插櫛を贈られたことなど、華麗な宮仕えの思い出の記録。

のがれ難き契り

九 恋愛めいた歌の贈答や、言い寄る男性の言葉を見たり聞いたりするたびにいつも。「見聞くことに」とする説（評釈）もある。

一〇「人のことを見聞きても」は插入句。

一一 恋の「物思ひ」の初出。この後、亖・亝・亣・亠に も見られ、兵の詞書《ことばがき》「とかく物思はせし人の殿上人なりし頃、父おとどの御供に、住吉にまうでて」などによって、平資盛《すけもり》との交渉が始まったことが知られる。治承年間（一一七七〜八一）の初め頃か。

一二 宮に対する里で、宮仕えをする人の自宅。

よするとをしれ

かへし　　　　白き薄様《うすやう》に書きて

60 あしわけて　心よせける　をぶねとも　くれなゐふかき
いろにてぞしる

なにとなく見聞くごとに[九]心うちやりて過ぐしつつ、なべての人のやうにはあらじと思ひしを、あさゆふ、女どちのやうにまじりゐて、みかはす人あまたありし中に、とりわきてとかくいひしを、あるまじきことやと、人のことを見聞きても[一〇]思ひしかど、契りとかやはのがれがたくて、思ひのほかに物思[一一]はしきことそひて、さまざま思ひみだれし頃、里《さと》[一二]にてはる

日常のうちに　気にもとめないで過しながら　普通の人のよ
うには恋愛などするまいと思っていたのに　女同士のように隔てな
くつき合って　顔を合わせる男性が大勢いた中で　「あの方が」特別あれこれ言
い寄って来たのを　恋なんて決してしてはならぬと　一〇 他人の恋愛問題を
前世からの因縁とかいうものは逃れられず　一一 恋
の悩みがわが身にも起って

かに西の方《かた》をながめやる、一こずゑは夕日《ゆふひ》のいろしづみてあは《光が弱々しくさして胸にせ》れなる《まるところへ》に、またかきくらししぐるるを見るにも、《空がかき曇って時雨れてくるのを見るにつけても》

61 夕日うつる　こずゑの色の　しぐるるに　心もやがて　かきくらすかな

秋の暮、二御座《おまし》のあたりに鳴きし三きりぎりす《こおろぎの》の、こゑなくなり《声が聞えなくなって》て、ほかには《よそでは》きこゆるに、

62 床《とこ》なるる　枕のしたを　ふりすてて　秋をばしたふ　きりぎりすかな

つねよりも思ふことある頃、四尾花《をばな》が袖の露けきをながめいだ《露にぬれているのを部屋の中》

一 景色を眺めながらつくづくと自分の心の中を見つめて、物思いにふけること。

61 〈夕日の色が　だんだん薄れる梢《こずえ》に　時雨《しぐれ》が降りかかって　わたしの胸の中も　そのまま　暗く曇ってゆく〉。『玉葉集』恋四に入集。

＊「なにとなく忘れがたくおぼゆることども」を書き連ねる家集に、最初宮中での華やかな回想を配置した作者は、このあたりから、資盛との、悩み多く、やがて悲劇に終る恋の追憶の中に身を浸す叙述を、展開しはじめる。

二 御座所《おましどころ》。天皇または貴人の日常居る所で、寝所にもなる。ここは中宮の御座所。

秋を慕ふ虫

三 今の蟋蟀《こおろぎ》をこの時代には「きりぎりす」と言った。「なけやなけよもぎが杣《そま》のきりぎりす過ぎゆく秋はげにぞ悲しき」（曾禰好忠《そねのよしただ》、『後拾遺集』秋上）、「きりぎりす夜寒に秋のなるままによわるか声の遠ざかりゆく」（西行、『新古今集』秋下）。

62 〈臥《ふ》し馴《な》れた　御座所の床下を飽きてふり捨て　去り逝《ゆ》く秋を　一途《いちず》に慕っている　こおろぎよ〉。「秋」には「飽き」が響いている。六一・六二は詞書《ことばがき》に「さまざま思ひみだれし頃」、「つねよりも思ふことある頃」とあり、六一の「やがて」という表現に見られるように叙景が抒情《じょじょう》に連続している。六三も、同じ時期の物思いの状況からの詠出と考えられるが、きりぎりすに託した寓意《ぐうい》が不可解で

秋の憂愁

ある。奔放《ほんぽう》に振舞う資盛に対する、作者の恋心の動揺かもしれない。
四 薄《すすき》の穂の風に靡《なび》く様子が人を招く袖に似ているのでこう表現する。二〇頁三参照。

63 〈泣きぬれた袖のような　露にぬれた花薄を眺めると　身につまされて　涙がすぐにこぼれてくる〉。「たぐふ」は、一緒になる、伴うの意。露に濡《ぬ》れて靡く薄は、来ない人を待ちあぐんで涙に濡れる女性のように思われ、作者はついそのような風景にも自分の物思いの感情を移入して涙にくれる。

64 〈物を思いなさい　嘆きなさい　という眺めだこと　あてにならない　秋の夕暮の空の景色は〉。「たのめぬ」は、頼りにならない、の意。頼みにならない恋人と、晴れ曇りの定めやらぬ変りやすい秋の空が重なっている。「四・五句に『男ごころと秋の空』式の感懐をこめている」(集)。秋の夕暮の空を眺めて待っていても、あの人はあてにならず、物思いと嘆きが深まるばかり。それでつい秋の夕暮の空が「物思へなげけ」と勧めるように思ってしまう。これも作者のなかにある感情を、夕暮の空に投影して見ているのである。

月あかき夜

65 〈名月で名高いふた夜のほかも　秋はいつも磨《みが》いたように透明な　月の光だこと〉。「ふた夜」は、中秋の名月(陰暦八月十五日)と、のちの月(九月十三日)との二つの名月の夜をいう。『夫木《ふぼく》和歌抄』秋四に入集。

しつつ《から見ながら》、

63
露のおく　をばなが袖を　ながむれば　たぐふ涙ぞ　やがてこぼるる

64
物思へ　なげけとなれる　ながめかな　たのめぬ秋の　ゆふぐれの空

秋の月あかき《明るい》夜

65
名に高き　ふた夜のほかも　秋はただ　いつもみがける月のいろかな

66 〈特別の思いを抱いて見たというのでもなく　古歌のように　橘《たちばな》の香を　なぜか　袖に染めました〉。「あやな」は、「あやなし」の語幹で、筋が立たない、わけもなく、の意。「袖にしめつる」は、袖に香《こう》などをしみこませること。「さつき待つ花橘の香《か》をかげばむかしの人の袖の香ぞする」（よみ人しらず、『古今集』夏）による。類従本などには詞書《ことばがき》が「たちばなをみつ人のみよとて」とある。

橘の香を袖に

恋に悩む女心

一 異文「かけはなれいへば」。第三者の立場からいえば（全釈）、遠い過去となった今からいってみれば（評解）、などの解がある。

67 〈思い悩んで　心も晴れず　春になったとも思えない　そんなわたしのところに　鶯《うぐいす》は何を知らせに来たというの〉。『玉葉集』雑一に入集。

68 〈とにかくに　心を離れぬもの思い　いっそ忘れてしまおうと思えば　さらに思いがつのる〉。「さてもとおもへば」は、「さてもあらむやと思へば」の略で、そのままでよいだろうか（忘れた方がよい）と思うと、の意。

二 兄《せ》人《ひと》の音便。女性からその兄弟を呼ぶ称。右京大夫の兄弟は『尊卑分脈』によれば、伊経《これつね》・行家・尊円

橘《たちばな》を見よとて、人のつかはしたりしかへしに、

ご覧なさいと　或る人が贈ってくれたその返事として

66 心ありて　見つとはなしに　たちばなの　にほひをあやな　袖にしめつる

一 かけはなれいくは、あながちにつらきかぎりにしもあらねど、なかなか目にちかきは、またくやしくも、うらめしくも、さまざま思ふことおほくて、年もかへりて、いつしか春のけしきもうらやましう、鶯《うぐひす》のおとづるるにも、

恋人が遠ざかっていくなら　必ずしも　ひどくつらいとは思わないが　なまじ目先でちらちらされるのは　思い悩むことが　〔そうこうするうち〕年が変って　いつの間にか訪れた春景色　も　鳴き声がするにつけても

67 ものおもへば　心のはるも　しらぬ身に　なにうぐひすの　告げにきつらむ

68 とにかくに　心をさらず　おもふことも　さてもとおもへ

の三人。伊経と尊円は後年まで生存しているので、この「失せにしせうと」は行家か。
三 死者が極楽往生するよう、経文《きょうもん》を書き写すこと。仏の力により死者が他界で迷わず、救済されると信じられていた。写経は当時よく行われ、八の詞書には建春門院追善の写経が、三七の詞書には、資盛の後世《ごせ》を弔う作者の写経が出ている。

亡兄のために写経

69 〈兄が迷うであろうあの世の闇路も　前もって仏の光に照らされているであろうか　私がお写しする　お経の文字のご功徳で〉。「闇路もやがて」の異文もある。「かねて」は、前もって、あらかじめの意。「闇」と「ひかり」は縁語。「法のひかり」は、仏法のご利益《りやく》。

四 主君のそば近く仕える者。お側付。
五 公卿《くぎょう》のこと。関白・大臣・大、中納言・参議をいう。位は三位以上。
六 昇殿を許された人。四位・五位以上の人および六位の蔵人《くろうど》をいう。
七 高倉天皇付きの女房。当時、宮廷の才女として有名。父は石清水《いわしみず》八幡宮別当大僧都《だいそうず》紀《きの》光清。母は歌人の小大進《こたいしん》。人名一覧参照。

才女小侍従との花見の贈答

70 〈せっかくお誘いしたのに　お出でにならなかったあなたのお気持はさびしいけれど　独占するには惜しい花の美しさですから　お目にかけます〉。

ば　さらにこそおもへ

失《う》せにしせうと[二]のために（供養のために）、阿弥陀《あみだ》[三]経書くにも（書写するにつけても）、

69 まよふべき　闇もやかねて　はれぬらむ　書きおく文字《もじ》の　法《のり》のひかりに

内の御方の女房（主上付きの女房）、宮の御方の女房（中宮付きの女房）、車あまたにて、近習《きんじゅ》[四]の上達部《かんだちめ》[五]、殿上人[六]具して花みあはれしに（連れ立って一緒にお花見をされた折）、なやむことありてまじらざりしを（からだの具合が悪くて同行しなかった時のこと）、花（桜）の枝に紅《くれなゐ》の薄様《うすやう》に書きて〔歌をつけ〕、小侍従[七]とぞ（からといって届いた）。

70 さそはれぬ　心のほどは　つらけれど　ひとり見るべき　花のいろかは

71 〈満開の桜のあたりは　花を散らす風は禁物と存じまして　風邪《かぜ》気味のわたしは　よそながら美しい花を思いやっておりました〉。「風をいとふ」は、「風邪」と、花を散らす「風」を重ね合せた機智表現。この贈答歌は、ともに『風雅集』春中に入集。

他本 〈とるにたりない　つらいことの多い私でも人に劣らずうれしいのは　美しく咲いた花を見る　春の心ちですよ〉。この詞書・歌、底本になく、板本などによって補う。

花見る春の心地

一 式子《しきし》内親王のこと。「しきし」は「しょくし」とも読む。後白河天皇の第三皇女。『新古今集』の歌人としても有名。人名一覧参照。「斎院」は、天皇の即位ごとに選ばれ、賀茂神社に奉仕する未婚の内親王または女王。斎院の居所の称でもある。

二 一条以北の有栖川《ありすがわ》(京都市北区紫野大徳寺町)にあった斎院の御所。紫野院ともいう。宮中に設けられていた初斎院《しょ》に対する語。

三 斎院の御所に仕える中将と呼ばれた女房。彰考館本の注に「皇太后宮大夫俊成女、前斎院女別当号《にょべつとう》二中将一」

中将の君との贈答——右京大夫少女時代の詠

風の気《け》ありしによりてなれば(風邪気味で行かれなかったので)、返しに、かく聞えし(次のように詠んだ)。

71 風をいとふ　花のあたりは　いかがとて　よそながらこそ　思ひやりつれ

花を見て

他本 数ならぬ　うき身も人に　おとらぬは　花見る春の　心ちなりけり

[一]大炊御門《おほひのみかど》の斎院《さいゐん》、いまだ本院[二]におはしまし頃(おいでになられた頃)、かの宮の中[三](斎院に仕える)将の君のもとより、[四]「御垣《みかき》の内の花」とて、折りてたびて(折ってくださって)、

と記すが不詳。
四 神社・皇居の垣のことだが、ここは、斎院の御所の垣の内。
72 〈神に仕える斎院の御所の内では　桜花は　散るも散らぬも神の思召《おぼしめ》しのまま　花を惜しんで　身をくだくほど　思い悩みはいたしませぬ〉。「しめ」は、標縄《しめなわ》の略。二三頁三〇の注参照。「しめのうち」は、詞書《ことばがき》の「御垣の内」に同じ。
73 〈斎院の御所の外も　花という花は全部　神の思召しにお任せして　散らさずにおいてほしいものです〉。この贈答は、作者の宮仕え以前のことで、『右京大夫集』中最も詠出年時の古い作になる。詠出時の下限を式子内親王の斎院退下《たいげ》の嘉応元年（一一六九）春として、作者が十三歳の年と推定されている（集略年譜）。贈答歌はともに『風雅集』雑上に入集。
五 左中将平清経。重盛の三男（『山槐記《さんかいき》』によれば四男）。人名一覧参照。
74 〈あなたの袖に　お嘆きの涙がどんなにこぼれていることでしょう　露を散らして葦垣をわたって行く風のように　あの方が心移りしたとか伺いましたが〉。「吹きわたる風」は、清経の愛のうつろいを風に託していった。「風にこぼれる露」は、袖にこぼれる涙を暗示する。

72 しめのうちは　身をもくだかず　桜花　をしむこころを
神にまかせて

かへし

73 しめのほかも　花としいはむ　花はみな　神にまかせて
散らさずもがな

清経の中将の愛のうつろひ

〔斎院の〕この中将の君に、清経《きよつね》五の中将の物いふと聞きしを（言い寄るという噂を聞いたが）、ほどなく、おなじ宮のうちなる人に思ひ移りぬと聞きしかば（斎院に仕える女房に心を移したと聞いたので）、〔中将の君へ〕文《ふみ》のついでに、

74 袖の露や　いかがこぼるる　葦垣《あしがき》を　吹きわたるなる　風
のけしきに

かへし

75 吹きわたる　風につけても　袖の露　みだれそめにし　こ
とぞくやしき

とかく物思はせし（何かと私に物思いさせた）人の一殿上人《てんじやうびと》なりし頃、父おとどの御供に（父の内大臣重盛の御供をして）、二住吉《すみよし》にまうでてかへりて（参詣をして帰ってから）、三洲浜《すはま》のかたむすびたるに（形に精巧に作った盤の上に）、貝ども（さまざまの貝を）をいろいろにいれて、四わすれ草をおきて、五それに六縹《はなだ》の薄様《うすやう》に書きて、むすびつけられたりし（〔次の歌を〕結びつけてあった）。

76 浦みても　かひしなければ　住《すみ》の江《え》に　おふてふ草を　た
づねてぞみる

75 〈吹きわたる風のような　あの人の心変りにつけても　あの人の言葉を真にうけて　気持の乱れ始めたわたしが口惜しいことです〉。

一 平資盛。資盛が殿上人であったのは、仁安元年（一一六六）十一月従五位下に叙せられてから、寿永二年（一一八三）七月従三位に叙せられるまで。直後都落ちした。右京大夫は治承二年（一一七八）秋に退任している。

二 大阪市住吉区住吉町にある住吉大社。当時は海に面していた。

住吉詣でした資盛から

三 三〇頁三六の注参照。

四 萱草《かんぞう》の異名。恋や憂いを忘れるという言い伝えがあった。二九頁三三の注参照。

五 その「わすれ草」に。「それに縹の薄様に書きて」は、類従本などで補った。

六 染め色の名で薄い藍《あい》色。

76 〈つれないあなたを　恨んだところで　どうなるものでもなし　せめて　忘れようと　住の江の岸に生えていると聞いた　「忘れ草」を尋ねたことです〉。「みち知らば摘みにも往《ゆ》かむ住の江の岸に生《お》ふてふ恋忘れ草」（紀貫之、『古今集』墨滅歌）による。住吉には忘れ草が多く野生し、名高い。「浦み」は「恨み」と、「かひ」は「貝」と「甲斐」との懸詞《かけことば》。「浦み」

かへし

秋のことなりしかば《秋のことだったので》、七紅葉《もみぢ》の薄様に、

77 住の江の　草をば人の　心にて　われぞかひなき　身をうらみぬる

亡父の画賛を見て

八太皇太后宮より、おもしろき《趣の深い》絵《ゑ》どもを、中宮の御方《かた》へまゐら《さしあげ》せさせ給へりしなかに《なさったなかに》、むかし、九てて《父》のもとに人《人が》の手習《てなら》ひして、一〇ことばかかせし《〔父に〕賛を書かせた》絵のまじりたる、いとあはれにて《しみじみと感慨深く》、

78 めぐりきて　見るにたもとを　ぬらすかな　絵島《ゑじま》にとめし　水ぐきの跡

山里で聞くほととぎす

四月ばかり、親しき人具して《親しい人と一緒に》、山里にありし頃《行っていた頃》、ほととぎす

「かひ」は縁語。

七 染め色。表裏とも赤色、また表は紅、裏は濃紅など諸説がある。

77 〈住の江の岸の　恋忘れ草は　あなたのお心では　ございませんか　わたしの方こそ　思ってもかいのないわが身を　恨んでおります〉。忘れ草に結びつけた贈歌は、作者の女心を刺激《しげき》して余りある極めて巧みな歌。返歌で一応は応酬するが機先を制され、下の句に思わず作者の本心をのぞかせてしまう。

八 近衛天皇の皇后多子。右大臣徳大寺公能の三女。後に二条天皇の永暦元年（一一六〇）迎えられて再び入内《じゅだい》した、いわゆる二代后《にだいのきさき》。底本には「大皇大后宮」とあるが、類従本等の「太皇太后宮」の表記がよい。先々代の天皇の皇后をいう。

九 作者の父、世尊寺伊行《これゆき》。解説参照。

一〇 底本次に「とて」があるが、類従本などにより除いた。

78 〈めぐりめぐって　中宮の御許《おんもと》に届いた　絵に残る亡き父の筆蹟《ひっせき》　見るになつかしくて　袂《たもと》を濡《ぬ》らしたことよ〉。「絵島」は、兵庫県津名《つな》郡淡路町岩屋の海岸にある小さな岩礁。島には松が生え、岩礁が色とりどりなのでこの名がある。「絵島」に「絵」をかける。

のつねに鳴きしに、

79 みやこ人　まつらむものを　ほととぎす　鳴きふるしつる　みやまべの里

[一]花たちばなの、雨はるる風ににほひしかば、（雨あがり際の風につれて匂って来たので）

80 たちばなの　花こそいとど　かをるなれ　風まぜにふる　あめのゆふぐれ

[二]五月五日、[三]宮の権大夫《ごんのだいぶ》時忠のもとより、[四]薬玉《くすだま》まき（蒔絵にした）たる[五]はこのふたに、[六]菖蒲《しやうぶ》の薄様《うすやう》しきて、おなじ薄様に書きて（〔次の歌を〕）、なべてならず（普通よりもずっと）[七]ながき根（〔菖蒲の〕）をまゐらせて（のせて中宮へ献上して）、

夕暮に花橘かをる

79 〈都の人は　さぞ初音を待っているだろうに　ほととぎすがしょっちゅう鳴いていて　珍しげもなくなった　ここ山そばの里よ〉。「み」は美称の接頭語。平安時代にはほととぎすの鳴き声は珍重され、人より先に聞こうと待ちあぐみ、たどたどしい忍び音を聞きつけては季節の情趣に興じた（『枕草子』二段）。

一 花が咲いているたちばな。橘の一種で、果実の小さいもの。また、夏蜜柑《みかん》の異称ともいう。

80 〈どこからか　花橘の香が　きわやかに匂ってくるようだ　風をふくんだ雨の降るこの夕暮に〉。ふだんから香りの高い花橘が、雨あがり際の、湿気を帯びた風につれて一そう匂い立っているという感覚的な歌。「風まぜにふる」の用例は「風まぜに雪は降りつつしかすがに霞《かすみ》たなびき春は来にけり」（よみ人しらず、『新古今集』春上）がある。「枝《えだニハ》繫《かケタリ》二金鈴《ヲ》一春雨《ノ》後　花《ハ》薫《くんズ》二紫麝《じゃヲ》一颽風《がいふうノ》程」（後中書王、『和漢朗詠集』橘花）。また『枕草子』三十四段に「……橘の、葉の濃く青きに、花のいと白う咲きたるが、雨うち降りたる早朝《つとめて》などは、世になう心あるさまに、をかし」と見え、これら先行文芸の摂取によって一首が成立したとも考えられる。

時忠へ菖蒲の代詠

二 菖蒲の日といい五節句《せつく》の一つ。あやめの日とも。古くから菖蒲は邪気を払うとされ、宮中では内薬司《ないやくし》と典薬寮とから献上した。人々もこれを贈答し、軒にさし袖にかけ、菖蒲縵《かずら》をつけて延命長寿を願った。

三　中宮職《しき》の権大夫、平時忠。清盛室時子、後白河天皇の女御《にようご》建春門院滋子の兄。人名一覧参照。
四　種々の薬や香料を玉にして錦《にしき》の袋に入れ、菖蒲や蓬《よもぎ》またはその造花を飾り付け、五色の糸を垂らしたもの。不浄を払い邪気をさけるとされ、五月五日に魔よけとして身につけたり、柱や簾《すだれ》にかけた。
五　貴人に物を贈る時、筥《はこ》の蓋《ふた》に入れる習慣があった。
六　表萌黄《もえぎ》、中倍《なかべ》薄紫、裏紅梅。表萌黄、裏濃紅梅とも。
七　菖蒲の根の長さを競ったり（根合《ねあわせ》の行事）、長寿を願う呪《まじな》いとして献上し、贈答したりした。

81　〈中宮の御齢《よわい》の長さにひきくらべますと　菖蒲のこの長い根も　もの足りなく存じます〉。「ひきくらぶ」は、根を泥《どろ》の中から「引き抜く」と、「ひき比べる」との懸詞《かけことば》。「ひき」「根」は縁語。
八　表朽葉《くちば》、裏青の薄様。

82　〈贈られた菖蒲の根には　御厚意が充分感じられます　中宮の御長寿の例として　引いて下さったのですから〉。中宮の代りに詠《よ》んだ歌。

籠居を慰めてくれた人に

83　〈ひたすら悲しみにくれていて　菖蒲を葺《ふ》く日にも　気づかずにいる私に　菖蒲の根を下さって　今日はいつか　五日ですよ　とあなたは知らせて下さいましたこと〉。「あやめふく」は、端午の節句に菖蒲を軒先に插し邪気を払うこと。「あやめふく月日もおもひわかぬまに」に、「あやめ（文目）もわかぬ」深い嘆き悲しみの意をこめる。母を失った嘆きか。

81　君が代に　ひきくらぶれば　あやめ草　ながしてふ根も　あかずぞありける

かへし

[八]花たちばなの薄様にて

82　心ざし　ふかくぞみゆる　あやめ草　ながきためしに　ひける根なれば

嘆くことありて《不幸があって喪に服して》、こもりゐたりし頃《家にひき籠っていた頃》、菖蒲《さうぶ》の根おこせたる人《贈ってよこした人に》に、

83　あやめふく　月日もおもひ　わかぬまに　けふをいつかと　君ぞ知らする

成親《なりちか》[一]の大納言の女君《むすめぎみ》の、権亮維盛《ごんのすけこれもり》の上《うへ》[二]なりし人は、知るゆかりありしもとより、薬玉《くすだま》おこすとて、

北の方だった人は（私と）縁故があった人だがその人から　よこすといって

84 君に思ひ　深き江にこそ　ひきつれど　あやめの草の　根こそあさけれ

返し

85 ひく人の　なさけもふかき　江に生《お》ふる　あやめぞ袖にかけてかひある

すずりのついでの手習ひに、

思い浮ぶまま書き流した歌に

86 あはれなり　身のうきにのみ　ねをとめて　たもとにかか

一 権大納言藤原成親。鹿ヶ谷《ししがたに》で平家追討を謀議して平清盛に捕えられ、備前に流されて殺された。人名一覧参照。

二 成親の二女。母は藤原俊成の女《むすめ》で、定家の異母姉後白河院京極局《きょうごくのつぼね》。建春門院に仕えた女房で、建春門院新大納言と呼ばれた人（『建春門院中納言日記』）。『平家物語』巻七維盛都落は、この北の方との別れの話である。

維盛北の方との交歓——あやめ

84 〈御縁のあるあなたを　深くお慕いして　深い入江で引いた　あやめの根ですが　私の思いにくらべましたら　ずっと短いものです〉。「深き」は、「思ひ深き」と、「深き江」との懸詞《かけことば》。「江」と「縁《えにし》」の「え」も懸詞。「あさけれ」は、「深き」と対応する表現。

85 〈根を引いた方のお気持と　同じくらい深い入江に　生えていたあやめの根は　袖にかけてかけ甲斐がございます〉。

＊ 維盛北の方との贈答歌は、八三と同時期の詠出なのか、女同士だからなのか、互いにいたわり合う情愛が感じられる。

袂に涙かかる憂き身

86 〈泥土に根を下ろし　節句ともなれば　袂《たもと》にかけられる菖蒲　それにつけても　あわれ　ひたすら身の憂さに泣き　袂《たもと》に涙の落ちかかる　わが身よ〉。「うき」は、泥《どろ》の深い土地の「うき」と「憂き」との、「たもとにかかる」のは菖蒲《あやめ》と涙との、「ね」は、泣く「哭《ね》」と「根」との懸詞。作者の、人生に対する寂寥《せきりょう》感を垣間《かいま》

見《み》させる歌。

三 一〇頁注四・人名一覧参照。

四 お帰りになることになって。「還向」は、諸本では「還幸」もしくは「還御」。

五 宮中で、御湯殿《おゆどの》・台盤所・殿司《とのもりづかさ》等に仕える、身分の低い下《げ》臈《ろう》女房をいう。

六 「葦手書き」の略。平安時代に行われた装飾文字の書法。文字を葦の生えている絵のように技巧的に書いたもの。

七 その上に歌や詩文を書くため、紙・絹などに地模様として書いた絵。

八 厚手で白色の和紙。みちのく紙とも。

九 書状の形式の一。包み紙で書状を縦に包み、余った上下をひねった。ひねりぶみ。ここは名詞の動詞化で、立文の形式に包む、の意。

87 〈去りゆく秋に先立ち　お暇《いとま》せねばなりません　逝《ゆ》く秋への別れも添って　お名残り惜しさが一杯です〉。陰暦では十月から冬になるので、「かへりゆく秋」といった。

一〇 菊襲には種類が多く、表白の菊の場合は裏蘇芳《すおう》、一説に裏青とも紫とも。秋の用。

一一 左近衛中将、平知盛。清盛の四男。人名一覧参照。

88 〈お帰りの名残り　逝く秋の名残り　どうしてお惜しみになられますの　千秋万歳の平和な世に　またお逢いする日もございましょうし　秋も再びめぐってまいりますのに〉。

建春門院の思ひ出

る　あやめとおもへば

秋の末《すゑ》つかた（終りの頃）、[三]建春門院いらせおはしまして（内裏においであそばされて）、ひさしくおなじ（〔中宮と〕しばらく同じ）御所なり（御所にいらした）。九月尽くるあす（九月も終る明日は）、[四]還向《くわんかう》あるべきに（〔女院方から〕）、[五]女官《にようくわん》して（使として）、[六]葦手《あしで》の[七]下絵《したゑ》の[八]檀紙《だんし》に、[九]たてぶみて（立文にして）、紅《くれなゐ》の薄様《うすやう》にて、

87 かへりゆく　秋にさきだつ　なごりこそ　をしむ心の　かぎりなりけれ

かへし（その返事は）、[一〇]うへ白き菊の薄様《うすやう》に書きて（〔歌の贈り主が〕）、たれとしらねば、女房（〔建春門院方の〕）のなかへ、[一一]知盛《とももり》の中将のまゐられしに（ちょうど来られたので）ことづく（ことづけた）。まことに世のけしき（あたりの様子は）、なごりをしげにうちしぐれて（時雨など降って）、物あはれなれど（ものさびしい風情だったが）、

88 たちかへる　なごりをなにと　をしむらむ　ちとせの秋に　またもあひなむ

の　のどかなる世に

維盛北の方との交歓――紅葉

三位中将維盛《さんみのこれもり》の上のもとより《北の方から》、紅葉《もみぢ》につけて、一青《あを》もみぢの薄《うす》様《やう》に、

89 君ゆゑは　をしき軒端《のきば》の　紅葉をも　をしからでこそ　かくたをりつれ

かへし

二くれなゐの薄様に

90 われゆゑに　君が折りける　紅葉こそ　なべての色に　いろそへてみれ

＊平家一門の人々との、和歌の贈答の回想が並ぶ。このあたりは、いわゆる平家文化圏の中で、宮廷女房として活躍していた右京大夫の姿を生き生きと伝えている部分である。

一　表青、裏朽葉《くちば》色の薄様紙。秋の用。

89　〈あなたのためなら　手折《た》るのが惜しい軒端の紅葉も　惜しくは思いませんから　こうして折って　さしあげましょう〉。

二　紅花の汁で染めた鮮やかな赤色。

90　〈わたしのために　あなたが手折ってくださった　軒端の紅葉　その美しい色に　あなたのお心の色を重ねて　一そう美しく拝見します〉。「なべての色」は、紅葉の美しい色のこと。「いろそへて」は、相手の優にやさしい心を色と表現した。

＊維盛の北の方から、五月には菖蒲の根が贈られている（㊹詞書《ことばがき》参照）。儀礼的な贈答歌ではあるが、情愛の深さが見られる。

薩摩守忠度との贈答

忠度《ただのり》[三]の朝臣《あそん》の、「西山[四]の紅葉みたる（見てきました）」とて、なべてならぬ（とりわけみごとな）枝をおこせて（よこして）、結びつけたる（〔それに〕結びつけてあった歌）。

91 君に思ひ　深きみ山の　紅葉をば　あらしのひまに　折りぞしらする

かへし

92 おぼつかな　折りこそしらね　たれに思ひ　深きみ山の　紅葉なるらむ

風のたよりにいかが散らさむ――御匣殿へ

御匣殿《みくしげどの》[五]の、里《さと》にひさしくおはせし頃（自宅に長く下がっていらした頃に）、弁の殿《との》[六]の、その御里へ（御匣殿の）まゐりて（参上して）かへりまゐられたりし（帰ってこられた時のことづてに）、「などかこのたよりにもおとづれはせぬ」（〔御匣殿〕どうして弁の殿が来られたついでに手紙をよこさないのか）とのたまひしかば、

三 平清盛の異母弟。歌人としても有名であった。人名一覧参照。

四 京都市の西郊に南北に並ぶ、嵐山《あらしやま》・愛宕山《あたごやま》などの連山。紅葉の名所。

91 〈深くお慕いしているあなたに　奥深い山の紅葉を　嵐の吹かない間に手折って贈り　この機会に　私の気持のほどをお知らせします〉。「深き」は、(四)にもあったが、思いの「深さ」とみ山の「深さ」をかける。「あらし」は、「嵐山」と「嵐」との、「折り」は、「手折る」と「折（機会）」との懸詞《かけことば》。

92 〈はっきりいたしませんこと　「この折」と言われても　わかりませんが　いったいどなたを深く思って　深山《みやま》の紅葉を折られたのでしょう〉。

五 一〇頁注六参照。『建春門院中納言日記』に「みくしげ殿　花園左大臣殿の御むすめ、西の御方（八条院の女房）のおととて、それも上西門院の人」とあり、源有仁の女《むすめ》か。太政大臣藤原伊通《これみち》の女とも。

六 弁という女房が。「弁の殿」は未詳。

93 なほざりに　思ひしもせぬ　言の葉を　風のたよりに　いかが散らさむ

うたげの追憶

[一]春頃、宮《中宮が》の西八条[二]に出でさせ給へりしほど《〔宮中から〕お里帰りしておられた時》、大方にまゐる人《当然参上する人々は》はさることにて《いうまでもなく》、御はらから《〔中宮の〕ご兄弟》、御甥《をひ》たちなど、みな番《ばん》にをりめ《当番に詰め》て、二、三人はたえずさぶらはれしに《いつもお側に控えておられたが》、花のさかりに月明《あか》かりし夜を、「ただにやあかさむ《何もしないで明かしてよかろうか》」とて、権亮《維盛》[三]朗詠《らうえい》し、[四]笛吹き、[五]経正《つねまさ》琵琶《びは》ひき、御簾《みす》のうちにも《〔女房たちが〕》琴《こと》かきあはせなど《合奏するなど》、おもしろくあそびしほどに《管絃を楽しんでいる所へ》、内より《宮中から》[六]隆房《たかふさ》の少将の、御文《ふみ》《〔主上の〕》もちてまゐりたりしを、やがてよびて《そのまま呼び寄せて》、さまざまのことどもつくして《いろいろな音楽の遊びをし尽して》、のちにはむかし今の物語りなどして、あけがたまでながめしに《〔あたりの景色を〕》、花は散り散らずおなじにほひに《散るも散らぬも同じように色美しく映え》、[七]月もひとつにかすみあひつ《〔花と〕一色に霞みあいながら》

93 〈あなたへのお手紙は　いつも　おろそかには　思っておりませんので　ちょっとしたついでにことづけて　人に見られたりなど　どうしていたされましょうか〉。「なほざり」は、深く気にもとめないさま。「葉」「風」「散らす」は縁語。

一 いつのことか不明であるが、安元年間（一一七五〜七七）の末か、治承年間（一一七七〜八一）の初め頃であろう。平家の全盛時代。

二 平清盛の別邸。「清盛の館　西八条と号す。……八条より北にて、坊城よりは西の方一町の亭ありしゆゑなり。かの入道うせられし暁に焼けにき。大小の棟《むね》数《かず》五十余におよべり」（『都名所図会《ずゑ》』巻二）とある。「現在の国鉄梅小路貨物駅およびその南に続く東海道本線の敷地にあたる」（『都名所図会』解説）。『平家物語』に頻出《ひんしゅつ》し、「ニシハッデウ」とも読む。

三 漢詩文の一節や和歌などに、節をつけて吟じたもの。儀式・饗宴《きょうえん》・管絃の遊びなどの際にうたわれた。

四 笛は横笛。維盛は笛が巧みで、安元の御賀の船楽の折、笛の役を勤めている（『安元御賀記』）。

五 清盛の弟経盛の嫡男《ちゃくなん》、敦盛《あつもり》らの兄。和歌と琵琶が巧みであった。人名一覧参照。

つ、[八]やうやうしらむ《だんだん白んでくる》山ぎは、いつといひながら《いつものこととは言いながら》、いふかたなくおもしろかりしを《情趣が深かったので》、〔中宮の〕御返し給はりて、隆房出でしに《退出する折に》、「ただにやは《このままでは帰せない》」とて、扇のはしを折りて、書きてとらす《渡した》。

94 かくまでの　なさけつくさで　おほかたに　花と月とを
ただ見ましだに

少将《隆房は》、かたはらいたきまで《傍で聞いても恥ずかしいほど》詠《えい》[九]じ誦《ずん》じて、すずりこひて、「こ《この》の座なる人々《席にいる人々は》、なにともみな書け《何でもいいから皆歌を書きなさい》」とて、〔まず〕わが扇《自分の扇》に書く。

95 かたがたに　忘らるまじき　こよひをば　たれも心に　と
どめてを思へ

権亮《維盛》は、「歌もえよまぬ者はいかに《〔自分のように〕歌も詠めない者はどうしよう》」といはれしを、なほせめられて《なおも催促されて》、

六　一五頁注一三・人名一覧参照。
七　「あさみどり花も一つにかすみつつおぼろにみゆる春の夜の月」(『更級《さらしな》日記』)とある。
八　「春は、あけぼの。やうやう白くなりゆく山ぎは、すこしあかりて、紫だちたる雲の、細くたなびきたる」(『枕草子』一段)をふまえたか。
94　〈これほどの風流をつくさないで　普通に　花と月とをただ見たとしても　趣が深いでしょうに　まして今夜のお遊びは　言いようもなく　印象深うございます〉。「おほかたに」は、一通りにの意。「ただ見ましだに」の次に「あはれ深からまし」などの詞が省略されている。
九　「詠ず」は、詩歌を声に出して吟ずること。「誦ず」は、経・詩文などを一定の節回しで、声を出して読むことで、二語とも同じような意。何度も読み上げて。
95　〈あれこれ　忘れられない今宵を　みな　心にとどめて　記憶してください〉。「とどめてを思へ」の「を」は、語の下につけ加えて話し手の意向を相手に強く訴えたり、歌の調子を整えたりする間投助詞。他本によって補う。二にも「尋ねてをみよ」という用法があった。

96 心とむな　思ひいでそと　いはむだに　こよひをいかが
やすく忘れむ

経正《つねまさ》の朝臣《あそん》

97 うれしくも　こよひの友の　数にいりて　しのばれしの
ぶ　つまとなるべき

と申ししを、《(人々)》「われしも《自分だけが》、わきてしのばるべきことと心やりたる《とりわけ懐かしく思い出されるであろうといい気になっているよ》」など、この人々の笑はれしかば、「《(経正)》いつかはさは申したる《いつそんなことを申しましたか》」と陳《ちん》ぜしもをかしかりき《弁解したのもおもしろかった》。

一 また、二 月のまへの恋、月のまへの祝といふことを人のよませ

96 〈心に留めおくな　思い出すなといっても　どうして　楽しかった今宵のことを　あっさり忘れることができましょうか〉。「心とむな」は、禁止の意をもつ「な」が文末におかれたもの。「思ひいでそ」は、「そ」だけで禁止を表した例。

97 〈うれしいことにも　私も今夜のお仲間の数に入ったことで　のちのちなつかしく　思い出されたり思い出したりする　糸口になることでしょう〉。「つま」は、物の本体の脇の方、はしの意。ここでは手がかり、端緒、きっかけなどの意。

一 底本は前文「……をかしかりき」のあとに書き続けているが、場面が変るので改行した。

二 「月のまへの恋」と「月のまへの祝」という歌題と二首の歌とは、順序が逆になっている。吉水神社本、内閣文庫本では九八の歌が、九九の歌の次にある。

98 〈こののち　数千年も栄える御代で　秋空の月も　いっそう澄みわたっていくことでしょうが　やはり　それでも今宵の　月を詠む

しに、

98 千代《ちよ》の秋　すむべきそらの　月もなほ　こよひのかげや　ためしなるらむ

99 つれもなき　人ぞなさけも　しらせける　ぬれずは袖《そで》に　月を見ましや

涙の露

ゆかりある人《縁故の者が》の、かぜ《風邪》のおこりたるをとぶらひたりし《見舞ってくれた》返しに、

100 なさけおく　言の葉ごとに　身にしみて　涙の露ぞ　いとどこぼるる

月の光は　澄んだ月の例になることでしょう〉。「千代の秋」は千秋、千歳、長い年代のこと。「すむ」は、月が「住む（空にかかっている）」と「澄む」との懸《かけ》詞《ことば》。秋は千秋万歳という祝の意と、月の澄む秋の両意があり、「月のまへの祝」という題の本意にかなう。

99 〈薄情な人こそ　かえって情趣を　知らせてくれた　もしも　つれない仕打ちを嘆く涙で袖が濡《ぬ》れなかったら　濡れた袖に月がうつるなどの風情《ふぜい》を見たであろうか〉。「袖に月」は、「涙」という詞がなくても涙に濡れた袖であり、濡れた袖に月がうつる、という和歌の慣用的な表現。「まし」は、実際とは反対の事柄を仮に想像する意の語。「や」は、疑問を表す。

＊傾斜した気持を、無理に方向転換させている逆説的な歌。資盛への恋が思いのままにならない頃の作か。題詠であるが、泣き笑いのような作者の表情が浮んでくる。

100 〈葉に置く露が風にこぼれるように　お情けのこもった　ひと言　ひと言が　身にしみてうれしく　いっそう涙がこぼれることです〉。「おく」「葉」「こぼる」は、「露」の縁語。「かぜ」をひいたことを機智的に扱ったユーモラスな歌。

服喪の人へ

服《ぶく》[一]になりたる人《喪に服している人を》、とぶらふとて《お見舞するというので》、

101 あはれとも　思ひしらなむ　君ゆゑに　よそのなげきの
露もふかきを

重盛の北の方へ

[二]小松のおとど失せ給ひてのち《内大臣重盛がおなくなりになって》、[三]その北の方の御もとへ、十月《十月頃》ばかり聞ゆ《におくやみ申しあげた》。

102 かきくらす　夜の雨にも　色かはる　袖《そで》のしぐれを　思ひ
こそやれ

103 とまるらむ　古き枕に　塵《ちり》はゐて　はらはぬ床《とこ》を　思ひこ
そやれ

一 喪《も》に服すること。この期間、衣服も調度も黒や鈍色《にびいろ》を用い、喪が明けると禊《みそぎ》をする。

101 〈あわれとも分っていただきたいものです　あなたのため　よそながら流す涙の　深い嘆きを〉。この弔問歌は、次の北の方への弔問とほぼ同じ頃の歌か。とすると「服になりたる人」は、父重盛を失った資盛ということになろう。

二 平重盛は治承三年（一一七九）五月二十五日（『山《さん》槐記《かいき》』）四十三歳で薨《こう》じた。清盛が院の近臣を解官《げかん》し、後白河院を鳥羽殿に幽閉した、いわゆる治承のクーデターは、その三カ月後に起った事件で、以後の平家は没落の一途をたどる。

三 中御門《なかみかど》中納言家成女《むすめ》。権大納言成親の妹。清経・有盛・師盛・忠房らの母か。「御もとへ」は、底本に「かとへ」、諸本によって改めた。

102 〈空も心もかき乱し暗くして降る　夜の雨につけても　喪服の袖が色あせるほど　涙をお流しのことと　お察ししております〉。「色かはる」は、服喪中喪服を着ることと、涙で袖の色が変ることとをかける。歌では、時雨《しぐれ》と涙とを重ねて用いることが多い。

＊『源氏物語』葵《あおい》の巻に「人の世をあはれと聞くも露けきにおくるる袖を思ひこそやれ」「見し人の雨となりにし雲ゐさへいとど時雨にかきくらすころ」という、葵の上の死を悼《いた》む歌がある。この歌

を意識しているか。

103 〈ご主人の　在りし日のまま　残っている枕に塵は積って　それを払おうともなさらない　お床のご様子をお察ししております〉。『長恨歌《ちょうごんか》』に拠《よ》って悲しみを述べた、葵の巻の光源氏の歌「亡き魂《たま》ぞいとど悲しき寝し床のあくがれがたき心ならひに」の影響がみられる（評釈）。

104 〈私の袖には　涙が時雨と先をあらそって落ち　泣き泣き夜半を明かすのは　かなしいことです〉。この返歌にも「風荒らかに吹き時雨さとしたるほど、涙もあらそふ心地して」（『源氏物語』葵）が意識されている。

105 〈かつては　美しく磨いた玉のように　立派だった寝床に塵が積って　枕が　在りし日のままにあるのを見るのは　かなしゅうございます〉。

四 四四頁注一・人名一覧参照。成親は、治承元年鹿《しし》ケ谷《がたに》の隠謀が露見し、同年七月九日備前の配所で殺された。

大納言成親の流罪を嘆く京極殿との贈答

五 後白河院京極局《きょうごくのつぼね》。藤原俊成の女《むすめ》で権大納言成親の北の方となり、信濃守《しなののかみ》公佐・平維盛北の方などをもうけた。

106 〈どんなにか　流れる涙で　枕の下が　こおることでございましょう　嘆くことのない者の袖さえも　寒さに冷える　この頃には〉。「なべての袖」は、悲しみのない一般の人の袖。「さゆる」は、冷たく凍ること。

かへし

104 おとづるる　しぐれは袖に　あらそひて　なくなくあかす　夜半《よは》ぞかなしき

105 みがきこし　玉の夜床《よどこ》に　塵つみて　古き枕を　見るぞかなしき

四 成親《なりちか》の大納言の、とほき所へくだられにしのち、五 院の京極殿《きやうごくどの》の御もとへ、

都から遠い流罪の地にお下りになった後

106 いかばかり　枕の下《した》も　こほるらむ　なべての袖も　さゆるこのごろ

107 旅衣　たちわかれにし　あとの袖　もろき涙の　露やひまなき

かへし　京極殿

108 床《とこ》のうへも　袖も涙の　つららにて　あかす思ひの　やるかたもなし

109 日にそへて　あれゆく宿を　思ひやれ　人をしのぶの　露にやつれて

賀茂の祭に参り得ず

一安元といひしはじめの年の冬、二臨時《りんじ》の祭《まつり》に、宮《中宮》の、三上の御つぼねへのぼらせ給ふ御供《参上なさるお供に》に、さはること《差しつかえのため》ありてえまゐらで《参ることができず》、

107 〈遠国へ旅立たれたご主人に　お別れになって以来　袖には　押えきれない涙の露が　たえないことでございましょう〉。「たち」は、「裁ち」と「立ち」との懸詞《かけことば》。「旅衣」は、「たちわかれ」の序詞。「旅衣」「たち」「袖」は縁語。

108 〈お言葉のように　床の上にも　袖の上にも　涙のつららができて　飽かず悲しみ一夜を明かす　この思いは　はれる時とてありません〉。「あかす」は、夜を「明かす」と「飽かず」との懸詞。「やるかた」は、思いを晴らす方法。

109 〈日毎に荒れゆくわたしの住まいを　ご想像ください　夫を恋しく偲《しの》ぶ涙に身はやつれ　庭に繁るしのぶ草にはしとどに露が置いております〉。「しのぶ」は、「夫を偲ぶ」と「しのぶ草」との懸詞。「露」は、涙の露としのぶ草の上の露を重ねる。

＊資盛への弔問（一〇一）→小松内大臣北の方（成親の妹）弔問（一〇三〜一〇五）→成親のもとの北の方慰問（一〇六〜一〇九）という、連想の配列であるが、時間的には逆で、重盛の没年は成親流罪の二年後。

一 安元元年（一一七五）の冬。

二 ここは、陰暦十一月下の酉《とり》の日。賀茂神社の臨時祭。

三 中宮や女御《にょうご》が清涼殿へ参上した時の部屋、「藤壺の上の御局《つぼね》」と「弘徽殿《こきでん》の上の御局」とがある。中宮徳子は、藤壺の上の御局を使用したらしい。一二頁注二参照。

さしも心にしむ（あれほど感動的な）かへりだち[四]の御神楽《みかぐら》もえ見ざりし（見られなかったのが）、くちをしくて、〔中宮様の〕御すずりのはこに、薄様のはしに書きつけておく（入れた）。

110 朝倉《あさくら》や　かへすがへすぞ　うらみつる　かざしの花の　をりしらぬ身を

紅葉の造り葉に

里《さと》なりし女房の（自宅にいた女房が）、藤壺《ふぢつぼ》の御まへ（前庭にある）の紅葉ゆかしき（紅葉を見たいと）よし〔手紙で〕申したりし（言って来たが）を、散りすぎにしかば（散ってしまっていたので）、[五]むすびたる紅葉をつかはす枝に書きつく（造りものの紅葉を送ってやるその枝に歌を書いて結びつけた）。

111 ふく風も　枝にのどけき　御代《みよ》なれば　散らぬ紅葉《もみぢ》の　いろをこそみれ

四 賀茂社頭の祭が終り、奉仕した勅使・舞人などが内裏に帰って、もう一度天皇の前で歌舞を奏すること。そのあとで賜宴などがある。

110 〈插頭《かざし》の花をさして舞う　還立《かえりだち》の御神楽《みかぐら》が見られなかった私は　時期を知らず　差しつかえのできたわが身を　くり返し　くり返し　残念に思います〉。「朝倉」は、神楽の曲名。「かへすがへす」の序詞。「神楽に朝倉をうたふ時は、笛も和琴《わごん》も別に調《しらべ》て、さいばら拍子にてうたふをかへすといへり」（『梁塵愚案抄《りょうじんぐあんしょう》』）。また「朝倉や　木の丸殿《まろどの》に　我が居れば　名宣《の》りをしつつ　行くは誰」をくり返し歌うから（評解）ともいう。「かざしの花」は、臨時の祭に祭使が藤、舞人が桜を冠に插した造花のこと、「をり」を導くための序詞。儀式の插頭の花は、金属の造花が多かったから「をりしらぬ花」であり、「をり」は、花を「折る」と時期、機会の「をり」とをかける。

五 三三頁注八参照。編みつくる、の意で、細工物。

111 〈吹く風も　木々の枝を鳴らさない　のどかな太平の御代ゆえ　いつまでも散ることのない紅葉のこの美しさを御覧下さい〉。「太平之世、五日一風、十日一雨、風不レ鳴《ラサ》レ枝《ヲ》、雨不レ破《ラ》レ塊《ヲ》」（王充『論衡』）。「散らぬ紅葉」は、造り葉だからこういった。『新勅撰集』雑一に入集。

＊ この話は『平家公達草紙《きんだちそうし》』博物館本第二段と極めて類似、その段には小侍従《こじじゅう》の歌もある。

中宮お還りの夜の月

宮の《中宮が》、[一]六波羅殿《ろくはら》にしばし出でさせ給ひて《短期間ご退出あそばされて》、いらせ給ひし《宮中にお帰りの折》行啓《ぎやうけい》の[二]出車《いだしぐるま》にまゐりたりし人の《乗ってお供をした女房が》、その夜の月おもしろかりしを、[三]登花殿《とうくわでん》のかたなどにて《あたりなどで》、人々具して見て《連れ立って見て》、その暁出でて《退出し》つとめて《早朝》、「よべの月に《昨夜のみごとな月に》心はさながらとまりて《そのまま残ってしまいまして》」と申したりしか《言ってきたので》ば、

112 雲のうへを　いそぎいでにし　月なれば　ほかにこころは　すむとしりにき

不思議な贈り物

[四]兼光の中納言の[五]職事《しきじ》なりし頃、[六]むくを六包《むつ》みておこせたるに《よこしたのに》、[七]「いかがいふべき」《何と返事したらよいでしょう》と播磨《はりま》の内侍《ないし》のいはれしかば、

113 六《むつ》の道を　いとふ心の　むくいには　ほとけのくにに　ゆかざらめやは

一 清盛が、祖父正盛以来の六波羅の屋敷を大拡張した本邸。西は賀茂川のほとりから東は東山山麓《さんろく》の小松谷、北は現在の松原通の辺から南は正面通に及ぶ二・二キロ四方の広大な範囲（今の京都市東山区の半ば）を占めた。

二 行啓などの時、お供の女房の、袖口や裳裾《もすそ》などを簾《すだれ》の下から押し出して（出衣《いだしぎぬ》）飾った牛車《ぎっしゃ》。

三 平安京内裏後宮の一殿で、皇后・女御《にょうご》などの部屋として用いられた。登華殿とも書く。

112 〈月の見事な宮中を　あんなに急いで　退出なさったあなたですもの　「心残りだ」とおっしゃいますが　よその事に気をとられているのだとちゃんとわかりましたよ〉。「すむ」は、月が「澄む」と「住む」の懸詞《かけことば》。「雲」「いで」「月」「すむ」は縁語。

四 藤原兼光。中納言資長の子。人名一覧参照。

五 蔵人頭《くろうどのとう》および五位、六位の蔵人の総称。

六 無患子《むくろじ》に同じ。種子を羽子《はご》の球に用い、また果皮は石鹼《せっけん》の代用・食用とする。

七 不詳。「内侍」は、内侍司《ないしのつかさ》の女官。特に掌侍《ないしのじょう》の称。

113 〈六道に堕《お》ちないように　仏道修行に励む心の報いとしては　極楽浄土に　必ず生れ変るでしょう〉。「六の道」は、一切の衆生《しゅじょう》が善悪の業《ごう》によって赴き住む地獄・餓鬼・畜生・修羅《しゅら》・人間・天上の六種の迷界をいう。「むくい」は、善行悪行の結果として

身にはねかえってくる事柄。「無患子《むく》」との懸詞。「むく」の音は、仏語の無垢《むく》（煩悩《ぼんのう》を離れ清浄なこと）に通じる。
八 雪で道もなくなってしまったこんな日、訪れる人があったらどんなに感慨深く思うことか。「山里は雪ふりつみて道もなし今日来む人をあはれとはみむ」（平兼盛、『拾遺集』冬）。
九 くちずさむこと。ここは、古歌をつぶやいたこと。
一〇 襲《かさね》の色目。「やなぎ」（一一頁注一六参照）に似て裏が薄青色のものか。春の用なので季節はずれか。
一一 表紅、裏紫または蘇芳《すおう》、あるいは中倍萌黄《なかべもえぎ》。十一月の五節から二月まで着用。「うすぎぬ」は、薄い生地で仕立てた衣。柳に紅梅を重ねると、くすんだ感じになりあまりぱっとしない。
一二 襲の色目。表黄、裏薄青。または表黄、裏青とも。主として冬の用。
一三 絹糸で文様を織り出したもの。豪華な衣料。
一四 黒みがかった紅色。
一五 一三頁注六参照。
一六 若々しい、新鮮である。後世では転じて、つやっぽく美しい、あだっぽい意になった。
一七 昨日のことのようにありありと目に浮ぶ、の意。
114 〈あれから　ずいぶん歳月が過ぎてしまったけれど　あの折の雪の朝の驚きといったら　やはり恋しく思われる〉。「つもり」と「雪」は縁語。

雪の朝の追憶

雪の深くつもりたりしあした（朝）、里にてあれたる庭を見いだし（部屋の中から）て（見て）、[八]「けふこむ人を」と[九]ながめつつ（詠じながら）、[一〇]うす柳《やなぎ》の衣《きぬ》、[一一]紅梅のうすぎぬなど着てゐたりしに、[一二]枯野《かれの》の[一三]織物の狩衣《かりぎぬ》、[一四]蘇芳《すはう》の衣《きぬ》、紫の織物の[一五]指貫《さしぬき》きて、ただひきあけていりきたりし（すっと引き戸をあけて入って来た）人のおも（資盛のあの時）かげ（の姿が）、わがありさまには似ず（私のくすんだ様子とは違って）、いと[一六]なまめかしく見えしなど（若々しく美しく見えたことなど）、つねは忘れがたくおぼえて（いつも忘れられず思い出されて）、年月《としつき》おほくつもりぬれど、[一七]心にはちかきもかへすがへすむつかし（困ったことだ）。

114 とし月の　つもりはてても　そのをりの　雪のあしたは
なほぞ恋しき

山里のあさがほ

山里《ざと》なるところにありしをり、艶《えん》なる有明に起き出でて《風情のある明け方に起き出て》、まへちかき《庭先の》透垣《すいがい》[一]に咲きたりしあさがほを、「ただ時のまのさかり《ほんのしばらくの間の盛り》こそあはれなれ《と思うとあわれだこと》」とて見しことも、ただ今の心地するを《ついこの頃のことの気がするが》、「[二]人をも花は、げにさこそおもひけめ、なべてはかなき《普通にはかないといえる》ためし《例》[三]にあらざりける《ではなかったことよ》」など、思ひつづけらるることのみ《あれこれ思い続けられることばかり》さまざまなり。

115 身のうへを　げにしらでこそ　あさがほの　花をほどなき　ものといひけめ

116 有明の　月にあさがほ　見しをりも　わすれがたきを　いかでわすれむ

一 「すきがき」の音便。竹と竹との間、また板と板との間を透かして作った垣。

二 「あさがほを何はかなしと思ひけむ人をも花はさこそ見るらめ」(藤原道信、『拾遺集』哀傷)を受けて、あの時には気付かなかったけれど古歌にもあるとおり、見ていた私たちを、花は全くそう思っただろう、という共感の表現。

三 後の資盛と自分とのはかない別れ、資盛の戦死などをさす。

115 〈私たち自身の　身の上のはかなさをじつに知らないからこそ　朝顔の花の生命《いのち》を　短くてあわれと言ったりしたのでしょうよ〉。

116 〈有明の月の光で　朝顔を見た時のことも忘れられないが　いっそ　忘れてしまえたら……〉。

「あさがほ」には、朝の寝起きの顔の意もあり、朝顔の花と資盛の後朝《きぬぎぬ》の顔とを重ねている。

*「雪の朝」と「艶《えん》なる有明」とは、時間の繋《つな》がりはないが、それぞれ資盛と一緒に過した時間の回想で、記事が連続している。「年月おほくつもりぬれど、心にはちかき」鮮明な影像を伴う作者の思い出。時間の隔たりは作者の記憶にはかかわりなく、むしろ昨日の出来事のように思われるのがつらく、できれば忘れてしまいたいと、執拗《しつよう》な自身の感情をもてあましている。

四 尊円法師。世尊寺伊行《これゆき》の子で作者の兄。人名一覧

兄を思ふ

四せうとなりし法師《ほふし》の、ことにたのみたりしが、五山深くおこなひて、みやこへも出でざりし頃、雪の降りしに、

四 兄の　法師で〔私が〕特に頼りにしていた者が　五 比叡山に籠って修行に励み

117 いかばかり　山路の雪の　ふかからむ　みやこのそらも　かきくらすころ

賀茂の社の冬の月

冬の夜、月明《あか》きに、賀茂にまうでて、

明るい折　賀茂神社に

118 神垣《かみがき》や　松のあらしも　おとさえて　霜にしもしく　冬の夜の月

恋人が信じられず

人の心の思ふやうにもなかりしかば、「すべて六知られず知らぬむかしになしはててあらむ」など思ひし頃、

資盛の愛情がこちらの期待するようでもなかったので　昔のような状態にしてしまおう

参照。

五 「山」といえば、比叡山と延暦寺を意味した。

117 〈どれほど　比叡の山路の雪は　深いことでしょう　都の空もかき曇り　雪の降る今ごろは〉。

118 〈御社《やしろ》の境内は　松吹く激しい風も冷えきった音をたて　霜の上に霜が降り敷いたように　冷たく照らす冬の月よ〉。「神垣」は、神域をほかの土地と区別するための垣。「松のあらし」の語は中古よりも中世に多い（評釈）。「霜にしもしく」のように同音を重ねる繰り返し畳みかけ表現は作者の詠法の特色。解説参照。『夫木和歌抄』冬一に入集。

＊ 冬の月の美は「花もみぢの盛り」よりもまさるものとしてとりあげられているが（『源氏物語』朝顔）、平安時代の一般的感覚としては、むしろ「すさまじきためし」として、美の対象にはならなかった。中世になると、定家が冬の月を眺めて歌を練った（『明月記』）というように、美意識に変遷があった。一一八は、平安時代では「すさまじきためし」であった「冬の夜の月」を、室町中期の「冷え寂びたるかた」（心敬）の美を先取りして詠出した作品である。

六 「うとくなる人を何とてうらむらむ知られず知らぬ折もありしに」（『西行上人集』恋・『新古今集』恋四）による。

119 つねよりも　面影にたつ　ゆふべかな　今やかぎりと　思ひなるにも

120 よしさらば　さてやまばやと　思ふより　心よわさの　またまさるかな

おなじことを一とかく思ひて（あれこれ思って）、月の明《あか》き端つ方にながめゐたる（端近に坐り物思いに沈み眺めていると）に、むら雲はるるにやと（雲が晴れるのだろうかと）見ゆるにも、

121 見るままに　雲ははれゆく　月かげも　心にかかる　人ゆゑになほ

（雲ははれても）

119〈いつよりも　あの人の面影が　はっきり浮ぶ　この夕暮　もう会うまいと　やっと心を決めたのに〉。

120〈よしそれなら　いっそやめてしまおう　と思うそばから　心弱くて　また未練がつのることよ〉。

一 底本「よく」。諸本によって改めた。

121〈見ているうちに　雲は晴れて　明るい月影も　心にかかるあの人のせいで　わたしには　やはり雲がかかって見えるよ〉。全釈は「その月影も私にとっては気掛りなあの人ゆえにやはり胸の思いをはらしてくれません」とし、大系・集も「胸の曇りを、やはり晴らしてはくれない」としているが、「なほ」の次に、「雲は晴れやらぬ気がする」が省略されているとみて、月の曇りと考えた方がよい。結句の「人ゆゑになほ」と言いさした形でとめている独特な表現について、全書は「古くはなかつた結句のとぢめ方」と指摘する。「雲」「はれ」「月」「かかる」は縁語。

二 まだ夜の明けない、夜半頃から夜明け前まで。

三 底本は「物をおもふ」。諸本により「物を思ふに」とした。

四 「縹色《はなだいろ》」の略。露草で染めた薄い藍《あい》色。花色とも。

五 ここでは枕をおおっている枕紙のこと。

六 落ちた涙で、枕紙の色が変っていたのである。

122 〈わずかに　枕に残っていたあの人の移り香も　わたしの涙に洗い流され　枕紙も涙に色あせ　恋の形見にすべき色さえ　もはやなくなってしまった〉。

枕の移り香

七 自分の気持と違って。右京大夫が不本意ながら宮仕えを退いたのは、「かくてもへにけり」「秋のみやま」とあるので、治承二年（一一七八）の秋以前であろう。宮仕えをやめた理由については、資盛との恋愛が人の噂《うわさ》になったためとか、或いは母の夕霧が病気でその看病のためとかの説もあるが、不明。出仕の時期を承安三年（一一七三）十七歳と推定すると、彼女の宮仕えの年月は五年間ぐらい（集年譜）。

八『源氏物語』の「見るにだに飽かぬ御さまを、いかで隔てつる年月ぞ、とあさましきまで思ほすに」（明石）、「かくても月日は経にけりと、あさましう思しめさる」（桐壺）の影響があるか。

宮仕へなつかしく

123 〈お慕わしさに　思いわずらっている私の心を暗闇にさせたまま　秋の深山《みやま》に　月が美しく澄んでいるように　中宮は　私の嘆きなぞ御存じなく相変らずお美しく　御所にお暮しでいらっしゃるでしょう〉。「秋のみやま」は、皇后・中宮を「秋の宮」というからその連想であろう。「月」は中宮をさす。「すむ」は、「澄む」と「住む」との懸詞《かけことば》。

〔あの人が〕いと久しくおとづれざりし頃《訪ねてこなかった頃に》、[二]夜深《ふか》く寝覚めて、とかく《あれこれ》物を[三]思ふに、おぼえず《ひとりでに》涙やこぼれにけむ《涙がこぼれたのだろうか》、つとめて《翌朝になって》見れば、[四]縹《はなだ》の薄様《うすやう》の枕の[五]、ことのほかに《ひどく》[六]かへりたれば《色があせていたので》、

122 うつり香も《が》　おつる涙に　すすがれて　かたみにすべき
色だにもなし

[七]心ならず宮にまゐらずなりにし頃《中宮の御所に出仕しなくなった頃》、れいの《いつもの通り》月をながめて明かすに、[八]見てもあかざりし御おもかげの《見飽きることのなかった中宮の御顔が浮び》、「あさましく《あきれたことに》、かく《お目にか》てもへにけり」と《からぬ状態でも月日はたつと》、かきくらし《悲しみにくれ》恋しく思ひまゐらせて、

123 恋ひわぶる　心をやみに　くらさせて　秋のみやまに　月
はすむらむ

その頃、塵《ちり》つもりたる琴を、「弾かで《弾かないで》多くの月日経にけり」と見るもあはれにて《見るのもしみじみ寂しくて》、宮にて《中宮の御所で》、つねに近くさぶらふ人の笛に《お側近くお仕えしている人々の笛と》あはせなど遊びしこと《合奏して楽しんだ管絃のお遊びが》、いみじう《たいそう》恋し。

124 をりをりの　その笛竹の　おとたえて　すさびしことの
行方《ゆくへ》しられず

一宮の御産《ごさん》など、めでたく聞きまゐらせしにも、涙をともにて《〔宮中恋しさに〕涙がちの》過ぐるに《毎日だったが》、皇子むまれさせおはしまして、二春宮《とうぐう》立ちなど聞えしにも、思ひつづけられし。

125 雲のよそに　きくぞかなしき　昔ならば　たちまじらま
し　春のみやこを

琴にも塵つもり

124 〈花や月の　折ごとの　笛の音も聞かれず　笛に合わせて私が琴を弾いたのも　今はみんな　遠い昔の夢になってしまった〉。「笛竹」は、竹で作った笛の意で「笛」に同じ。「すさびし」は、遊び慰んだ、の意。「こと」は「琴」と「事」との懸詞《かけことば》。

＊塵の積った琴から、全盛の平家の象徴のような中宮に仕えた日々のこと、時空の彼方《かなた》に消え失せた月日のイメージが立ちのぼる。

一 中宮徳子二十四歳の治承二年（一一七八）十一月十二日、言仁《ことひと》親王（安徳天皇）誕生。

二 公式に皇太子に立つこと。立太子、立坊。この春《とう》宮《ぐう》立ちは治承二年十二月十五日。

中宮の御栄えにも遠く

125 〈中宮の御出産　立太子式など　おめでたいことを　宮中の外で聞くのは　悲しいことだ　昔のように宮仕えのわたしだったら　さぞかし春のような宮中で　人々に立ち交《まじ》っていたろうに〉。「春のみやこ」は、春宮を「はるのみや」ともいう関連でいった。

三 「庭燎」とも書き、庭でたく篝火《かがりび》。特に禁中で神楽《かぐら》の時などにたく篝火のことであるが、ここは神楽歌の曲名。詞章は「深山《みやま》には　霰《あられ》降るらし　外山《とやま》なる　まさきの葛《かづら》　色づきにけり」。

四 底本は「ふゑおと」。諸本により「の」を補う。

庭火の笛の音に昔を偲んで

となりに[三]庭火《にはび》の[四]笛の音《おと》するにも、[五]としどし《毎年の》、[六]内侍所《ないしどころ》の御神楽《みかぐら》に、維盛《これもり》の[七]少将、[八]泰通《やすみち》の中将などのおもしろかりし音《ね》ども、まづ思ひ出でらる。

126 きくからに　いとどむかしの　恋しくて　庭火の笛の　音《ね》にぞ泣くなる

遠く流される人の縁者へ

おほやけの御かしこまり《朝廷のおとがめを受けて》にて[九]遠く行く人、そこそこ《どこそこで》に昨夜《よべ》は泊るなど聞きしかば、そのゆかりある人《〔流人に〕縁故のある》のもとへ、

127 ふしなれぬ　野路のしのはら　いかならむ　思ひやるだに　露けきものを

五 底本は「こと」。諸本により改めた。

六 宮中の温明殿《うんめいでん》の別名。八咫鏡《やたのかがみ》を安置し、内侍が守護したからいう。毎年十二月吉日を選んで、その庭上で夜、庭火をたいて神楽が奏せられた。

七 維盛が少将であったのは、嘉応二年（一一七〇）から治承五年（一一八一）までの十二年間。

八 底本は「やすたか」。諸本に従う。藤原氏。神楽の名手。安元二年（一一七六）後白河法皇五十賀の折、維盛とともに笛の役を勤めている（『安元御賀記』）。人名一覧参照。

126 〈お隣りの　庭火の笛を聞くだけで　一そう宮仕えの昔恋しく　つい　声をあげ　泣いてしまう〉。「音にぞ泣く」は、「笛の音」と「音に泣く（声を出して泣く）」をかけている。

＊この作品に似た情景が『文選《もんぜん》』巻八の向子期「思旧賦並序」に描かれている（評釈）。

九 遠国へ流される人。藤原師長の配流かという推定説（島田退蔵氏）がある。

127 〈臥したこともない　野路の篠原の旅寝は　草の露　涙の露　どんなにおつらいことでしょう　都で想像するだけでも　袖《そで》は涙で濡《ぬ》れますのに〉。「野路のしのはら」は、野中の路にある篠原。近江《おうみ》の国の歌枕、現在の滋賀県野洲《やす》町の、「野路の篠原」とをかけた。「露」は、「しのはら」の縁語。

知りたる人のさまかへたるが《出家をした人が》、来むといひておともせぬに《訪ねてくると言って音沙汰もないので》、

出家さへ偽る

128 たのめつつ　来ぬいつはりの　つもるかな　まことの道に　入《い》りし人さへ

つきに映る月

炭櫃《すびつ》[一]のはたに《そばに》、小御器《こごき》[二]に水の入《い》りたるがありけるに《入っているのがあったが》、〔それに〕月のさし入りてうつりたる、わりなくて[三]、

129 めづらしや　つきに月こそ　やどりけれ　雲ゐの雲よ　たちなかくしそ

128 〈期待させておきながら　来ないで嘘《うそ》が重なることですね　あなたのように　出家して真実の道を求める人でさえ〉。「たのめ」は、下二段動詞の連用形で、頼みにさせる、あてにさせる、の意。

＊出家を「いつはりのつもる」人と批評する作者は、後に「神も仏も恨めしく」（三三詞書《ことばがき》）とも書く人である。「明確な自意識を持った後宮女房」（文庫解説）という見方があるように、王朝時代の女性とは違った、動乱の時代の子らしい、自らを恃《たの》む性格であったのかもしれない。

一 いろり。炉。一説に、角火鉢。

二 小さな御器《ごき》。食物を入れて食べる器物。蓋《ふた》のある椀《わん》。古くは合器、五器とも。

三 言うに言われず感動させる。つきに月が映り、非常におもしろかったことをいった。

129 〈めずらしいこと　つきに月が映っている　空の雲よ　月を隠さないで〉。「つき（坏）」は、飲食物を盛る器で「小御器」に同じ。四句、底本には「雲ゐの空よ」とあるが、書陵部本等諸本により改めた。「な……そ」の形で、禁止を表す。

＊食物を盛る器の坏《つき》に、はからずも月が映っているという言葉のしゃれたおもしろみと、その小さな器の中に位置を占めた自然の美しさに感嘆する作者のみやびの歌。

何事もへだてなくと申し《〔いたしましょう〕》契りたりし人[四]のもとへ、思ひのほか《意外にも》に身[五]の思ひそひてのち《物思いが私に加わって後に》、さすがに、かくこそともまた聞えに《これこれですともやはり申しあげに》くきを《くいのを》、いかに聞き給ふらむとおぼえしかば《いったいどう聞いていられるだろうかと思われたので》、

130 夏衣　ひとへにたのむ　かひもなく　へだてけりとは　思はざらなむ

131 さきの世の　契りにまくる　ならひをも　君はさすがに　思ひ知るらむ

はじめつかたは《資盛との恋の初め頃は》、なべて《世間一般に》あることともおぼえず、いみじう物《たいそうすべて》のつつましくて《につけて恥ずかしくて》、あさゆふ見かはすかたへの人々も《顔を合わせる身近の女房たちも》、まして男《をとこ》たちも、知られ《〔二人の間を〕》なばいかにとのみ《何と思うだろうとばかり》かなしくおぼえしかば、

恋にゆれ動くこころを友へ

四　女友達か。さらに勝手な想像が許されるなら、一六三詞書の人か、一七四詞書の友かとも考えられる。

五　「身の思ひ」は、資盛との恋愛問題をさす。

130　〈ひたすらお頼りしているのですが　その甲斐《かい》もなく　打ちとけないで　あなたを敬遠しているのだとは　どうぞ　お思いにならないで下さいまし〉。「夏衣」は単《ひとえ》であるから、「ひとへに」を導く序詞となる。

131　〈前世の約束には　どうしても勝てない世の慣《なら》いを　あなたはさすがに　おわかりでいらっしゃいましょう〉。

忍ぶ恋の思ひ出

＊　三三頁六二の詞書には、作者と資盛との恋愛関係のはじまりを思わせる、心の襞《ひだ》をたたむ詞がみられたが、この章段からも呼応する表現がとりあげられよう。「思ひのほかに身の思ひそひてのち」（この章段）、「思ひのほかに物思はしきことそひて」（六二）、「さきの世の契りにまくるならひ」（この章段）、「契りとかやはのがれがたくて」（六二）など。この章は、作者退任後の、治承二年秋の中宮御産のあとに配置されている。しかし作者と資盛との恋愛の始まりは安元の終りから治承の初め頃（三三頁注一一参照）、作者が中宮のもとへ出仕中のことと思われるので、この歌もその頃のものと考えられる。

132 〈見られないで下さい　見られたらどんなに恥ずかしいことでしょう　忍ぶ上にも人目を忍んだこの手紙を〉。「しのぶの山」は、陸奥《みちのく》の歌枕「信夫《しのぶ》山」に「忍ぶ」をかけ、次の「しのぶ言の葉」の序とする。「しのぶの里」という本文もある。「しのぶ言の葉」は、「忍ぶ」と「しのぶ草」とをかけた。「散る」「葉」は縁語。「散らすなよ散らさば」、「しのぶの山にしのぶ言の葉」のような繰り返し畳みかけ表現は、作者の歌の特色である。解説参照。

133 〈恋の路には　絶対迷いこむまいと思っていたのに　つらい宿縁に　とらえられてしまったことだ〉。「恋路」と「こひぢ（ひぢは泥《どろ》）」は懸詞《かけことば》。「まよひいらじ」はその縁語。「うき」は、「憂き」と「泥《うき》（どろ深い地）」の懸詞。

134 〈こうして恋に苦しんでいるわたしの生命《いのち》はあと幾年もあるまい　そう思って　われとわが身をなぐさめているが　やはりこの恋がかなしくてならない〉。「いくよしもあらじ」は「いく世しもあらじわが身をなぞもかく海人《あま》の刈る藻《も》に思ひ乱るる」（よみ人しらず、『古今集』雑下）による。

＊　ここにも六一の詞書と類似の表現が見られる。「まよひいらじ」（一三三）、「人のやうにはあらじ」（六一）、「うき契りにもひかれぬる」（一三三）、「契りとかやはのがれがたくて」（六一）。この点からしても、ここで作者の心を捉えているのは資盛と考える。

手習ひにせられしは、《手習いに思い浮ぶまま書いた歌は》

132 散らすなよ　散らさばいかが　つらからむ　しのぶの山に　しのぶ言《こと》の葉

133 恋路には　まよひいらじと　思ひしを　うき契りにも　ひかれぬるかな

134 いくよしも　あらじと思ふ　かたにのみ　なぐさむれども　なほぞかなしき

藤原隆信に思はれて

そのかみ《その昔》、思ひかけぬところにて《予想もしなかったところで》、よ人よりも《世間の人よりも》色好むと聞く[一]人、よしある尼と《風流のたしなみのある尼と》物語りしつつ、夜もふけぬるに、近く人の《近くに私のい》

あるけはひ《る気配が》のしるかりけるにや《よくわかったのだろうか》、頃はうづき《四月》の十日なりけるに、（隆信）「月のひかりもほのぼのにて《かすかで》、けしきえ見えじ《〔自分たちの〕様子も見えないでしょう》」などいひて、人につたへて《後に人にことづけてきた歌》。二その男《をとこ》はなにがしの宰相中将とぞ《とのことである》。

135 思ひわく　かたもなぎさに　よる波の　いとかく袖《そで》を　ぬらすべしやは

と申したりしかへし

136 思ひわかで　なにとなぎさの　波ならば　ぬるらむ袖の　ゆゑもあらじを

137 もしほくむ　あまの袖にぞ　沖つ波　心をよせて　くだくとはみし

一 藤原隆信。人名一覧参照。

二 隆信は宰相中将にはならなかったので、この一文は後人の書き入れか。「宰相中将」は、参議で近衛の中将を兼ねたもの。底本には六六頁八行目末尾に「実家宰相中将とぞ」という傍書がある。

135 〈干潟《ひがた》をなくして渚《なぎさ》に寄る波が　袖をぬらすように　分別もなくして　あなたへ寄せる思いで　このように袖を　ぬらさねばならないのでしょうか〉。「どうぞ私の恋心を受け入れてください」という、中年の好色家の言葉巧みな誘いかけ。「かた」は、「干潟」と「方」を、「なぎさ」は「無き」をかける。「かた」「なぎさ」「よる」「波」「袖をぬらす」は縁語。一三五・一三六の二首、『藤原隆信朝臣《あそん》集』恋五にある。

136 〈どこと区別しないで渚に寄せる波のように　誰かれの分別なく　心をお寄せになったのなら　濡《ぬ》れた袖は　私のせいではありませんでしょう〉。「なにとなぎさ」は、「なにということなき」に、「渚」をかけた。

137 〈藻塩《もしお》を汲《く》む蜑《あま》の袖に　沖つ波がよせてくだけるように　あなたはあの尼《あま》さんに　お心を寄せて思いわずらっていらっしゃると見えました〉。「もしほくむ」は、海藻から塩をとるため海水を汲むこと。「あま」は、海で魚貝をとり藻を刈り塩を作るなど漁業に従事する人。「蜑」と「尼」とをかけた。「くだく」は「波が砕ける」と「心をくだく」との懸詞。

隆信との応酬

また、返し

138 君にのみ　わきて心の　よる波は　あまの磯屋に　立ちも　とまらず

一 そぞろきぐさなりしをついでにて、まことしく申しわたりしかど、「よのつねのありさまは、すべてあらじ」とのみ思ひしかば、心強くて過ぎしを、この思ひのほかなることを、はやいとよう聞きけり。さて、そのよしほのめかして、

（一 とりとめもないやりとりをしたのをきっかけに〔隆信が〕真実らしく言いよってきたが／〔私は〕二 世間にありがちな恋愛関係には一切なるまい／心を許さず過していたところ　三／〔隆信が〕早くもくわしく聞いたらしい／〔隆信は〕知っていると）

139 浦やまし　いかなる風の　なさけにて　たく藻《も》のけぶり　うち靡《なび》きけむ

かへし

138 〈あなただけに　とりわけ心を寄せていますので　あの尼の家なんかに　立ちどまりも致しませんよ〉。「磯屋」は、磯のほとりにある漁夫などの家。

一 「そぞろきぐさ」は「すずろきぐさ」に同じ。「すゝろきくさ」「すゝろくさ」の異文がある。とりとめもないこと。

二 六一の詞書《ことばがき》の「なべての人のやうにはあらじと思ひし」とか「あるまじきことや」と類似の表現で、自分だけは、世間並みの恋愛関係には決して陥るまい、恋愛問題をひきおこしてはならないと、作者は強く心にきめていた。

三 資盛との交渉のこと。一三〇詞書に、資盛への恋心を「思ひのほかに身の思ひ」と記している。

139 〈羨《うらや》ましいことです　どこの　どんな人の情けにひかれて　あなたは靡いたのでしょうか〉。「風のなさけ」は、男性の情愛をいったもの。「かたらひ侍《はべ》りける女の、こと人に物いふとききてつかはしける　浦風になびきにけりな里のあまのたく藻の煙心よわさに」（藤原実方《さねかた》、『後拾遺集』恋二）とあるように、焚《た》く藻《も》の煙が風に靡くという表現は、女性が他の男性に靡くことの例に用いられる。『藤原隆信朝臣《あそん》集』恋五にある歌。

140 消えぬべき　けぶりの末《すゑ》は　浦風に　靡きもせずて　ただよふものを

愛のもつれについて

また、〔隆信は〕おなじことをいひて、四

141 あはれのみ　深くかくべき　我をおきて　たれに心を　かはすなるらむ

かへし

142 人わかず　あはれをかはす　あだ人に　なさけしりても　見えじとぞ思ふ

＊隆信との出会いへの回想。かりそめのやりとりをきっかけにして、隆信は作者の心に踏みこもうとするが、世間並みの恋愛関係にはなるまいと拒否していた頃、早くも資盛との噂《うわさ》を耳にして作者にあてこすりを言う。

140 〈消えてしまいそうな　藻を焼く煙の末は　浦風に靡きもしないで　空に漂っている　そのように　消えてしまいそうに心細い私は　誰にも靡きもしないで　思いためらっていますのに〉。

四 注三と同じく、作者と資盛との交渉のことをほのめかしたのである。

141 〈私にだけ　深い愛情をかけるべきなのに　私をさておいて　いったい　あなたは　誰に心を通わしているのですか〉。

142 〈誰でもかれでも　情愛をかわす　あなたのような浮気っぽい人に　たとえ私が恋の情趣を解する女であるとしても　そうは見られぬようにと思いますよ〉。うるさそうに、はねかえす調子が、感じられる。

祭《賀茂祭》の日、おなじ人《隆信》、

143 ゆくすゑを　神にかけても　祈るかな　あふひてふ名を
あらましにして

かへし

144 もろかづら　その名をかけて　祈るとも　神のこころに
受けじとぞ思ふ

かやうにて《このようにして》、一何事もさてあらで、かへすがへす二くやしきこと
を思ひし頃、

145 越えぬれば　くやしかりける　逢坂《あふさか》を　なにゆゑにかは
踏みはじめけむ

逢ふ日を祈つても

143 〈わたしたち　二人の恋の将来を　社前に葵をかけひたすら神に祈ります　今日の祭にちなむ葵の「逢う日」という名を心頼みにして〉。「神にかけても」は、かけても神に祈るの意で、「かけても」は、「葵を掛けて」と、「心にかけて」がかかる。「葵」は、賀茂神社の祭（葵祭）の日に、社前・牛車《ぎっしゃ》・柱・簾《すだれ》・几帳《きちょう》などにかけ、插頭《かざし》（花などを髪にさすこと、またその花や枝または造花）にもした。歌語として使われ、男女の逢う日にかけて用いることが多い。六参照。「あらまし」は、「あらましごと」とも言い、こうありたいという願い、希望することの意。

144 〈「逢う日」に通じる葵を添えた諸《もろ》かずらを　社前にかけてお祈りしても　神は　お聞きとどけなさらないと思いましてよ〉。「もろかづら」は、賀茂祭に、桂《かつら》の枝に葵を添えて簾にかけたり頭にかざしたりしたもの。「葵かづら」とも。「かけて」は、諸かづらの縁語。「受けじとぞ思ふ」は一四三の「見えじとぞ思ふ」に似通った表現。

恋の関を越えた頃

一 執拗《しつよう》に誘いかける隆信を、或る時ははぐらかし、或る時は気強く拒み続けてきたが、何もかも今までのように拒み続けるというわけにはいかなくなってしまって。

二 隆信の誘いに負けて逢ってしまったあと、どう考えても悔やまれてならないと痛感した頃に。

車《迎えの車をよこすたび》おこせつつ、人のもとへ行きなどせしに《隆信の家へ行って逢いなどしていたが》、「[三]主《ぬし》つよく定ま《正妻がはっきり》るべし《決るだろう》」など聞きし頃、なれぬる《使い馴れた》枕に、硯《すずり》の見えしをひきよせて、〔枕紙に〕書きつくる。

146 たれが香に　思ひうつると　忘るなよ　夜な夜ななれし
枕ばかりは

「かへりてのち見つけたりける《あなたが帰ってから見つけましたよ》」とて、やがて《すぐ》あれより《隆信から》、

147 心にも　袖にもとまる　うつり香を　枕にのみや　契りお
くべき

145 〈いったん関を越えて逢ってしまうと　こんなに悔やまれるのに　どういうわけで　わたしは　越えてしまったのでしょう〉。「逢坂」は、逢坂山にあった関所、歌枕。男女が相逢う（契りを結ぶ）の意をかけて用いる。『堤中納言物語』の「逢坂越えぬ権中納言」は、貴公子の悲恋物語の題名。「越え」「踏み」は「逢坂」の縁語。

隆信との日々

三「主」は、特定の異性の意。ここは正妻がはっきり決ったこと。

146 〈あの人が　誰かの香にひかれて　思いが移ろうとも　わたしのことを　忘れないでおくれ　夜ごと使い馴《な》れた枕ばかりは〉。「香」「うつる」は縁語。

＊隆信との恋の関を越えた後は、迎えの車に乗って男の家に通い逢《お》う瀬《せ》を重ねた。折も折正妻が決るという噂を聞いて、うつり香の染《し》みとおった枕紙にそっと書きつける、傷ついた哀《かな》しい女心のうた。

147 〈わたしの心にも　袖にも　あなたの移り香は染み透っているのに　枕にばかり　「忘るなよ」と約束させればよいのですか〉。

＊一四七は『玉葉集』恋三に「かたらひける女の枕に、『たれがゝに思ひうつると忘るなよ夜な夜ななれし枕ばかりは』と書《か》きつけて侍《はべ》りけるを、後に見つけて、よみてつかはしける　前右近中将資盛」と、資盛の歌になっているが、撰者京極為兼の誤認と指摘されている（全釈・評解・文庫他）。前後の関係から、隆信との贈答歌と見ておく。

ほととぎすの贈答

一おなじ頃、二夜《よ》床《どこ》にて《〔隆信と二人で〕》ほととぎすを聞きたりしに、ひとり《〔後になって〕》寝覚めに、また《〔ほととぎすが〕》かはらぬ声にて過ぎしを《鳴き過ぎたので》、そのつとめて《〔隆信から〕翌朝》文《ふみ》のありし《手紙の来た返事に添えて》ついでに、

148 もろともに　こと語らひし　あけぼのに　かはらざりつる　ほととぎすかな

かへしに、「三われしも思ひ出づるを《私こそあの時を思い出していたのに》」など、四さしもあらじと《そんなはずはあるまいと思われる》おぼゆることどもをいひて、

149 思ひいでて　ねざめし床《とこ》の　あはれをも　行きてつげける　ほととぎすかな

橘の枝の未練

また《〔隆信から〕》しばし音せで《便りがなく》、文《〔やっと〕》のこまごまとありしかへしに、などや《どうした》

一 隆信の正妻が決るという噂《うわさ》のあったその頃。「ひとり寝覚め」に続く。

二 以前の隆信との逢う瀬の折。

148 〈以前あなたにお逢いした時　あの夜明け方にご一緒に聞いたのと　ちっとも変らない声で時鳥《ほととぎす》が鳴いていきましたよ〉。私に対するあなたの気持は変ってしまったけれど……という皮肉がこめられている。「こと語らひ」は、契りをかわした、の意。

三 「あなたに先をこされてしまった」というような言葉が略されているか。「しも」は強意の助詞。

四 必ずしも信用できぬような、心にもない調子のよいことを言ってきた。

149 〈それは　あの夜明けを思い出して　眠れずにいる　しみじみとした私の気持を　あなたの所へ行って　告げたほととぎすなんですよ〉。一四八・一四九の歌は、『藤原隆信朝臣《あそん》集』恋五には「時々物申しわたりし女のもとより『ねざめに郭公《ほととぎす》をきゝて、かくなんおぼえつる』とて、諸共《もろとも》にことかたらひしあか月のおなじ声なるほとゝぎすかな　かへし　思ひ出《いで》てねざめし床の哀《あはれ》をもゆきてつげゝるほとゝぎす哉」とある。

＊ 「かはらざりつるほととぎす」と、作者はこの句に精一杯の皮肉をこめたつもりが、隆信はこの句をたてにとって、自分の恋心を逆に強調する極めて巧智な返歌をよこす。隆信の方が一枚上手《うわて》の贈答である。

らむ《わけか》、いたく心の乱れて、ただ見えし《偶然目についた》橘《たちばな》を、一枝つつみてや《〔隆信に〕》りたりしに《送ったところ》、「えこそ心得ね《なんの意味か分りませんね》」とて、

150 むかし思ふ　にほひかなにぞ　小車《をぐるま》に　入れしたぐひの　我が身ならぬに

かへし

151 わびつつは　かさねし袖《そで》の　うつり香に　思ひよそへて　折りしたちばな

残酷なあいさつ

絶え間久しく《長い間ほうっておいて》五思ひ出でたるに、「ただやあらまし《行かないでおこうかしら》」とかへすがへす《何度も》思ひしかど、心よわくて行きたりしに《意志が弱くて出かけて行ったところ》、《〔私が〕》車より降るるを見て、「世にありけるは《おや生きていたのだね》六」と申ししを聞きて、心ちにふと

150 〈あの橘は　古歌のように　昔の恋人の袖の香を　なつかしんでなのですか　それともほかに　意味があるのでしょうか　わたしは　道行く女性が皆憧れて　橘の枝を車に投げ入れた　晋《しん》の潘安仁《はんあんじん》のような　才人とも違いますのに〉。「むかし思ふにほひ」は「さつき待つ花橘の香をかげばむかしの人の袖の香ぞする」（よみ人しらず、『古今集』夏・『伊勢物語』六十段）による。「小車に入れしたぐひ」は『唐物語』の潘安仁の故事による。

151 〈昔の人の袖の香とはいっても　つらいと思いながらお逢いしていたあなたの袖の移り香に　思いなぞらえて折った　橘の枝ですのよ〉。

＊ 一五〇・一五一の贈答は、『藤原隆信朝臣集』恋五にも所載。女の返歌が「何《いつ》れとは思ひもわかずなつかしくとまる匂のしるし計《ばかり》に」と、甘美な情熱の吐露になっていて、悩みの揺曳《ようえい》する一五一とはまるで様相が異なる。どれがこの場合の真実の返歌か不明であるが、『隆信集』の右京大夫の歌は、男の優越感を満足させるのに充分であるし、『建礼門院右京大夫集』では、弱みを見せたくない女の自尊心が表現され家集はそれぞれ自分をよく見せたい意識が働いて、改変しているとも考えられる。

五 思い出したように隆信が迎えの車をよこしたので。

六 「は」は詠嘆の終助詞。

152 〈「生きていたのだね」あの人のひどい言葉に　つらさのまさることよ　今まで彼が　わたしのことなど　この世にいないものとして　過して来た日日のことが思われて〉。

＊思い出したようによこした迎えの車に、行こうか行かないでおこうか、作者は思いわずらうが、女心のかなしさに「心よわく」も車に乗ってしまう。「世にありけるは」は、隆信の他意ない挨拶《あいさつ》であったかもしれないが、作者のプライドはさらに深く傷つく。

夢

一 恋の相手を夢に見るのは、先方が自分のことを想っている心が夢の中で通ってくるから、と考えられていた。

153 〈あなたをどのくらい思っているかは　夜毎の夢に　私の姿が見えていることと　考え合わせてごらんなさい〉。一五三・一五四は、前右近中将資盛と右京大夫との贈答として『玉葉集』恋五に収められているが、前から続けて隆信との贈答と考えられる。

154 〈ほんとに　そのお心の程度が現れたのでしょうよ　夢の中でまで　あなたは　まったくつれないご様子でしたわ〉。

おぼえし。

152 ありけりと　いふにつらさの　まさるかな　無きになしつつ　過ぐしつるほど

一夢に《〔隆信が〕》いつもいつも見えしを、「心の通ふにはあらじを《私を思っていて下さるはずはないのに》、あやしうこそ《おかしいですね》」と申したるかへり事に《言ってやったその返事に》、

153 通ひける　心のほどは　夜をかさね　見ゆらむ夢に　思ひあはせよ

かへし

154 げにもその　心のほどや　見えつらむ　夢にもつらき　けしきなりつる

人の女をいふ人に、《ある人の娘に求婚した男に》二五月過ぎてと契りけるを、〔男が〕三心いられ《あせって》して、〔女の所へ〕しのびて入《い》りにけり四と聞く人のもとへ《という噂のある男のところへ》、人にかはりて《父親の代作で詠んだ》、

155 みな月を　まてとちぎりし　若草を　むすびそめぬと　聞くはまことか

せんなきことをのみ思ふ頃《どうしようもない恋の悩みで思い惑っていた頃》、「いかでかかからずもがな《どうかしてこんな思いをしたくない》」と思へど、かひなき《かいのないのが》、心憂くて、

156 思ひかへす　道をしらばや　恋の山　は山しげ山　わけいりし身に

二 正月・五月・九月は忌み月（『源氏物語』藤袴参照）で、結婚するのをきらったので、五月を過ぎてからと約束していた。
三「いらる（苛る・焦る）」は、思いこがれてじれること。
四 過去の事実を回想して述べる場合に用いる助動詞。「き」と対照的に、話し手（ここでは作者）自身が体験しなかった事実を回想することが多い。

恋を急ぐ人へ

155 〈六月になってから　結婚するようにと約束した　若草のような少女の許《もと》へ　通いはじめたということですが　それは　本当ですか〉。「むすびそめぬ」は契りをかわし始めた。「草」と「むすび」とは縁語。「うら若みねよげに見ゆる若草を人の結ばむことをしぞ思ふ」（『伊勢物語』四十九段）。

恋の山分け入りし身

156 〈思いなおして　ひき返す道はないものか　恋の山へ　悩み苦しみ奥深く　迷い込んだわたし〉。「恋の山」は、積る恋の思いを山に喩《たと》えた。また恋は迷いやすいので山路に喩える。「恋の山には孔子《くじ》の倒れまねびつべき気色に愁へたるも、さる方にをかし」（『源氏物語』胡蝶）。「は山」は端山で、山の麓《ふもと》のあたり。外山《とやま》とも。「しげ山」は繁山で、草木の繁った山。奥山とも。「筑波山端やま茂山茂けれど思ひ入るにはさはらざりけり」（『源重之集』『新古今集』恋一）による。

みだれる心

いづかたにか（どこからか）、経の声ほのかに聞えたるも、いたく世の中しみじみと物がなしくおぼえて、

157 迷ひ入りし　恋路《こひぢ》くやしき　折にしも　すすめがほなる　法《のり》のこゑかな

冷たくなつた資盛

（〔資盛が〕父大臣の供をして）父おとどの御供に、熊野《くまの》[一]へまゐると聞きしを（参詣したと聞いたのに）、帰りてもしばし音《おと》なければ（音沙汰がないので）、

158 忘るとは　聞くともいかが　み熊野の　浦のはまゆふ　うらみかさねむ

と思ふもいと（大そう）[二]人わろし（外聞が悪い）。一《ひと》とせ（先年）[三]、難波《なには》の方《かた》より帰りては、や（早）

157 〈深く入ってしまった　恋の迷路　悔やんでいるちょうどその折　出家して仏におすがりしなさいと　すすめるような　読経《どきよう》の声であることよ〉。「すすめがほなる」は、いかにも出家を勧めるかのような、の意。「……顔《がほ》」は、接尾語的に用いて、いかにも……の様子、の意。「なげけとて月やは物を思はするかこちがほなるわが涙かな」（『山家集』中恋）など。「法」は、仏法のこと。

一　熊野川流域と熊野灘《なだ》にのぞむ地方全体で、熊野三社（本宮・新宮・那智《なち》）がある。熊野詣では、院政期に始まって諸国からの参詣があった。資盛の父重盛が治承三年三月に熊野詣でをしたことは、『山槐記』『百練抄』にある。『平家物語』巻三医師問答には、維盛以下の公達《きんだち》が供をしたとあるので、資盛も一行に加わっていたであろうと思われる。

158 〈わたしのことなぞ　忘れてしまったと聞いても　どうしてくどく恨んだりしようか〉。「み熊野」の「み」は接頭語。「はまゆふ」は、ヒガンバナ科の常緑多年草、暖地の海浜砂地にはえる。浜木綿《はまゆう》の葉が茎を重なり包むところから「うらみかさねむ」を導く序になる。「うらみ」は「浦見」と「恨み」との懸詞《かけことば》。「忘るなよ忘るときかばみ熊野の浦の浜木綿うらみかさねむ」（道命法師、『後拾遺集』雑一）をふまえ、人は忘れられたと聞けば恨むが、逆に、私は恨まないと転じた。

二　他人に対して体裁が悪い。ことさら「恨みません」

よ」ということが、まだ恨んでいる証拠だから、今さらそんなことを言うこと自体、外聞が悪いと思った。
三 一五六・一五七詞書参照。資盛が住吉詣でした時のこと。
159 〈以前には　帰られるとすぐ　お便りがあったのに　今は　どんな女の人に　便りを送っていらっしゃるのか〉。「沖つ波」は沖の波。岸に寄せかえるので、「かへる」を導く序の詞。「袖の浦」は出羽の国（山形県最上川口）の歌枕。「浦」「よる」は、波の縁語。「浦」と「うら（裏）」は懸詞。「袖」は、他の女性を暗示している。
四 冬も葉の落ちない木。常緑樹。
160 〈物思うごとに眺められる空　暗い部屋にて　はっきり見えないほど鬱蒼《うつそう》と木が繁り　わたしも絶え間ない嘆きに目がくれて　空も見えず　悲しくてならない〉。「しげき」は「繁木」と「繁き」、「なげき」は「嘆き」と「木」との懸詞。「ながむべき」は「大空は恋しき人のかたみかはもの思ふごとに眺めらるらむ」（酒井人真《ひとざね》、『古今集』恋四）によっている。
五 京都市東山区円山に現存する寺。「在二安養寺南一古天台宗也。……斯寺一代住職阿正坊印西《あしやうばういんぜい》（印誓とも）上人」（『雍州府志《ようしゆうふし》』）。
六 あれこれした。ここは葬った、火葬にしたの意。
七 死者の追福のために墓に立てる塔形の細長い板。梵字《ぼんじ》・経文など記す。　雲も物がなし
八 「ながめ」は、つくづくと見つめて物思いにふける、の意。

がて《速》おとづれたりしものを《便りがあったのに》などおぼえて、

159 沖つ波　かへれば音は　せしものを　いかなる袖《そで》の　浦に
よるらむ

つねに向ひたる方は《いつも部屋から見える方角は》、常葉木《ときはぎ》[四]ども木暗《こぐら》う、森のやうにて、空
もあきらかに《はっきり》見えぬも、なぐさむかたなし。

160 ながむべき　空もさだかに　見えぬまで　しげきなげき
も　かなしかりけり

ひんがしは《東の方角は》、[五]長楽寺の山の上見やられたるに、親しかりし人、
とかくせし《火葬にした》[六]山のみね、[七]卒塔婆《そとば》の見ゆるもあはれなるに、[八]なが《部》

めいだせば（屋から外を眺めると）、やがてかきくらして（たちまち空が一面に曇って）、山も見えず、雲のおほひたるも、いたく物がなし。

161 ながめいづる　そなたの山の　木ずゑさへ　ただともすれば　かきくもるらむ

雲の上もかけはなれ（宮仕えをやめ宮中も遠のいたが）、そののちもなほときどきおとづれし人[一]をも、たのむとしはなけれど（頼みにするというわけではないが）、さすが[二]に武蔵鐙《むさしあぶみ》とかやにて過（過し）ぐるに（ているうち）、なかなかあぢきなきことのみまされば（かえって面白くないことばかりが増してくるので）、あらぬ世の（以前と違う二人の間）心ちして（柄の気がし）、心みむとてほかへまかるに（〔隆信の〕心を確かめようとよそへ移るために）、反故《ほうぐ》[三]どもとりしたたむるに（整理していると）、いかならむ世までもたゆむまじきよし（[四]心変りはするまいと）、かへすがへすいひたる言の葉のはしに（記している古い手紙の言葉の端に）書きつけし。

162 ながれてと　たのめしことも　水茎《みづぐき》の　かきたえぬべき

161 〈物思いにふけりながら眺めている　あちらの山の梢《こずえ》までが　ややもすれば一面に曇るのは物思いの涙で眼の前が暗くなるからだろうか〉。「かきくもる」は、情景と作者の心情を重ねた表現。「らむ」は、現実の事柄に心を動かし言外にその原因理由を疑う意。

一 藤原隆信。詞書に見られる武蔵鐙の話が、『藤原隆信朝臣集』恋六に「女のもとへ文つかはしたりし返事に、『むさしあぶみとおぼえて』とばかり書きたりしに……」とあり、以下この語を用いた四首の贈答歌があって、情況の類似が認められる。

二 『伊勢物語』十三段「武蔵鐙さすがにかけてたのむには問はぬもつらし問ふもうるさし」による。訪《たず》ねて来てくれないのはつらくて恨めしい、さりとて来ればわずらわしいという、どっちつかずの状態。

古い手紙の空しい約束

三 文字など書いて、不用になった紙。古い手紙の類など。ほぐとも。

四 持続する緊張がゆるむ、愛情が弱まる、の意。

162 〈生きている限りと　あの人を頼みに思わせたこともあった　この手紙　二人の間がきれぎれになりそうな今見ると　どうにも空《むな》しい〉。「ながれて」は、生き永らえての意を、水の縁でこういった。「水の泡の消えで憂き身といひながら流れてなほも頼まるるかな」（紀友則《きのとものり》、『古今集』恋五）。「ながれ」と水茎の「水」と「たえ」は縁語。「かきたえ」に、「書き」をかけた。「たのめし」は、たのみにさせた、信じさせたの意。『新続古今集』雑下に入集。

五「その人」は、前からの続きで隆信かとも思われるが、隆信は「雲の上もかけはなれ、そののちもなほときどきおとづれ」（前頁）ていたらしいので、資盛と見ておく。

友に答へる

163 〈宮仕えを辞《や》め　御所を離れた　憂き身の上の　わたしの所には　あの人は訪ねて来ず　噂《うわさ》さえも　聞えては来ません〉。「吹きかふ風の」は「音」を導く序。「雲」「風」「音」は縁語。

六 高倉・安徳帝治世の年号。一一七七〜八一年。

七 豊明節会《とよのあかりのせちえ》のこと。三一頁注八参照。

八 統子内親王。鳥羽天皇第二皇女で母待賢門院璋子。女院が、通盛を拒み続けた小宰相を諭《さと》して仲をとりもった話が、『平家物語』巻九小宰相身投にある。

九 底本は「子ぐるまばかり」。諸本により改めた。

一〇 刑部卿《ぎようぶきよう》藤原憲方の女《むすめ》。人名一覧参照。

一一 女性の額および鬢《びん》から、頰《ほお》のあたりに長くたれる左右の髪。額髪。

一二 平教盛《のりもり》の長男。越前守兼中宮亮《ちゆうぐうのすけ》。人名一覧参照。

小宰相をしのぶ

＊ 一六三から一六四へは、華やかであった出会いの頃の情況にくらべ、今は音沙汰すらない自分の恋に対して、最初はあだごとのように思ったのに、後を追って投身するほど深く思い合うようになった、小宰相の恋への連想が働いたか。

跡のかなしさ

宮にさぶらふ人の、（中宮にお仕えしている女房で）つねにいひかはすが、（言葉をかわす人が）「さても[五]その人は この頃はいかに」といひたりし返事のついでに、

163 雲のうへを　よそになりにし　憂き身には　吹きかふ風の　音も聞えず

[六]治承などの頃なりしにや、豊《とよ》[七]の明《あか》りの頃、上西門院《じやうさいもんゐん》[八]女房、物見に車[九]二つばかりにてまゐられたりし。（牛車二輌ほどで）とりどりに見えし中に、（それぞれ美しく）小宰相《こざいしやう》[一〇]殿といひし人の、[一一]びんひたひのかかりまでことに（鬢のそぎ具合額髪のさがりようまで）目とまりしを、（目がひかれたが）としごろ心かけていひける人の、（年来〔小宰相に〕恋心を抱き言い寄っていた人が）通盛《みちもり》[一二]の朝臣《あそん》

にとられてなげくと聞きし。げに思ふもことわりと（本当に嘆くのももっとものことと）おぼえしかば、その人のもとへ、

164 さこそげに　君なげくらめ　心そめし　山のもみぢを　人に折られて

かへし

165 なにかげに　人の折りける　もみぢ葉を　こころうつして　思ひそめけむ

など申ししをりは、ただあだごととこそ（ほんの戯れ事とばかり）思ひしを、それゆゑ（〔小宰相が〕通盛のため）一底の藻《も》屑《くづ》とまでなりしを（投身したと聞いた折の）、あはれのためしなさは（感慨の比類なさといったら）、二よそにてなげきし人に折られなましかば（結ばれていたならば）、さはあらざらまし（そうはならなかっただろうに）。かへすがへすためしなかりける契りの深さ（類例のない通盛との宿縁の深さは）もいはむかたなし（何とも言いようがない）。

164 〈さぞかしほんとうに　お嘆きでしょう　心に深くかけていた　山の紅葉のような　美しいあの女《ひと》を　人に手《た》折られて〉。小宰相を「山のもみぢ」にたとえた。「山」は、大内山（皇居）を暗示。「折る」は、美女を手に入れること。「そめし」「もみぢ」「折られ」は縁語。

165 〈どうして私は　人が手折ったあの女《ひと》に　心を傾け　思いはじめてしまったのでしょうか〉。「なにか」は、なぜ……だろうか、の意。

一 小宰相は、都落ちの平家一門とともに海上を屋島に逃れる船中で、夫の通盛が一の谷の合戦で討死したことを聞き、嘆きのあまり懐妊の身を海に投じた（『平家物語』巻九小宰相身投）。

二 「彼女に相当親しい人で、しかも平家所縁でない、例えば泰通や親宗のような人」（全釈）か。

＊ 小宰相を通盛に横取りされ、作者の歌で慰められた人の話は、『八坂《やさか》本平家物語』にも見られ、横取りされた人が資盛になっている。資盛が小宰相を見そめ、年月恋い慕ったがなびく気色もなく通盛の北の方になってしまった。「資盛の北方《きたのかた》右京の大夫の局《つぼね》とて、中宮の御方にさぶらはれけるが」この噂《うわさ》を聞き、ねたみ心から資盛に歌を贈ったと作る。『八坂本平家物語』の作者が『右京大夫集』によって、私意をまじえて記したのであろう。

大方《おおよそ》の身のやうも（おおよその身のふり方も）、つく方なきにそへて（定まらない心細さに加えて）、心の中《うち》もいつとなく（いつという時なく）物のみかなしくてながめし頃（物思いに沈みがちな頃）、秋にもややなりぬ（いくらか秋らしくなった）。風の音《おと》はさらぬだに身にしむに（そうでなくてさえ身にしむ上に）、たとへむかたなく（今までよりいっそう）ながめられて、[三]星合《ほしあひ》の空見るも（見ても）、物のみあはれなり（しみじみ）。

166 つくづくと　ながめすぐして　星あひの　空をかはらず　ながめつるかな

[四]西山《にしやま》なる所に住みし頃、身のいとまなさにことづけてや（身辺の多忙ということにかこつけてか）、〔資盛は〕ひさしく音《おと》もせず。[五]枯れたる花のありしに、ふと、〔目につき詠まれた〕

167 訪《と》はれぬは　いくかぞとだに　かぞへぬに　花のすがた

三 牽牛《けんぎゅう》・織女《しょくじょ》の二星が会う七夕《たなばた》の夜の空。

166 〈ぼんやりと物思いに沈んだ日々を過して　七夕の二星の相会う今宵も　夜空をいつに変らず　寂しく眺めたことです〉。底本の「ながめすぐして」は、「おもひすぐして」の異文もあるが、「ながめ」の語が二度用いられているのは、作者の特色である繰り返し畳みかけ表現とも思われる。この歌は『右京大夫集』にはじめて見える星の歌である。二七一以下の七夕の歌で作者は資盛と自身を七夕の二星にたとえているが、ここも資盛が意中にあったかもしれない。解説参照。

七夕の空心細く

＊ このあたりの作者の動静は、隆信がどっちつかずの状態のため誠意を確かめようと転居の決心（一六二）をするが、資盛も音沙汰なく（一六三）、小宰相が羨《うらや》ましい（一六四・一六五）、母の死はこの頃らしく「身のやうも、つく方な」（一六六）いことから、どこにも行きようがなくて、結局西山の兄の許《もと》へ行くことになった（一六七）か。

四 京都市の西郊を南北に走る連山。嵐山、愛宕山《あたごやま》など。「西山善峰寺の僧坊か何かであろう。ここに兄の尊円がいたと思われる」（全釈）が、妥当であろう。

枯れたる花に

五 「枯れたる花」が何の花かは不明。

167 〈訪《たず》ねてくれない日が　幾日と数えなくても　枯れてしまった花の姿が　ちょうど　あの人の離《か》れた日数を　知らせるような　様子をしている〉。

ぞ　知らせがほなる

この花は、十日余りがほどに見えしに（前頃に〔資盛が〕来た時に）、折りて持《も》たりし枝を、すだれにさして出でにしなりけり（〔帰りに〕簾に挿して出て行ったものであった）。

168 あはれにも　つらくも物ぞ　思はるる　のがれざりける　世々《よよ》の契りに

前なる垣《一》ほに（垣根に）、葛《くず》《二》はひかかり、小笹《こざさ》うちなびくに、

169 山里は　玉まく葛の　うら見えて　小笹がはらに　秋のはつかぜ（恨みの初風）

168 〈しみじみ感慨深くも　また堪《た》えがたくも　物思いに　心が乱れることよ　前世からの宿命で　離れることのできない　あの人との間柄のために〉。「世々の契り」は、前世から現世にかけての因縁。

＊「ひさしく音も」しなかった人は、一六七・一六八から、「問はぬもつらし問ふもうるさし」という「武蔵鐙《むさしあぶみ》とかや」（一六二詞書）の状態とは受けとめにくい。六二詞書「契りとかやはのがれがたくて」、一三一「さきの世の契りにまくる」、一三三「うき契りにもひかれぬる」、などの資盛との間柄に見られた表現に類似した一六八「のがれざりける世々の契り」があるので、ここも資盛であろう。

一「ほ」は、接尾語。

二 マメ科の多年生蔓草《つるくさ》。山野に繁茂し、葉は大きく、初秋紫赤色の蝶形花を付ける。秋の七草の一つ。古名、くずかずら。

169 〈ここ山里では　玉巻く葛の葉は　人に飽かれて恨みを見せて　葉が裏返り　小笹が原には　秋の初風が吹き渡っているよ〉。「玉まく」は、若葉の葉先が玉のように巻くこと。葛の葉におく露が風に乱れこぼれる様子が玉を播《ま》くようだからいうとの説があるが、同時代人の解釈や作例から「玉播く」説は採らない。「焼き捨てしふる野の小野の真葛原玉巻くばかりなりにけるかな」（藤原定通、『千載集』夏）など。「葛」にかかり、夏頃葛の繁るのにいうことが

月に昔を

月の夜、れいの思ひ出でずもなくて、《例の通りあの人のことが思い出されるようで》

170 おもかげを　心にこめて　ながむれば　しのびがたくも　すめる月かな

濡れ色の枯荻

冬になりて、枯野の荻《をぎ》に、時雨《しぐれ》はしたなくすぎて《はげしく通り過ぎて》、[三]ぬれいろ《雨に濡れた色が荒涼としているが》のすさまじきに、春よりさきに、下芽ぐみたる《芽のふくらんだ》若葉の、[四]緑青《ろくしやう》色なるが《緑青色の葉が》ときどき見えたるに、露は秋思ひ出でられて《秋が思い出されるように》、置き《一面に置いている》わたりたり。

171 霜さゆる　枯野の荻の　つゆのいろ　秋のなごりを　ともにしのぶや

多い。「小笹がはら」――「風」の連想は光源氏の歌「いづれぞと露のやどりをわかむまに小笹が原に風もこそ吹け」(『源氏物語』花宴《はなのえん》)に基づくとする説(評釈)もある。「うら見」に「恨み」をかけ、「秋」に「飽き」をかけた技巧的な歌である。

170 〈あの人の面影を胸に秘めて　眺めていると　面影が浮んで　たえ難く思われるほど美しく澄んだ月よ〉。「おもかげ」は、資盛の面影。「いにしへの面影をさへさしそへて忍びがたくもすめる月哉《かな》」(源俊頼《としより》、『散木奇歌集』三秋九月)の影響か、という指摘(評釈)がある。

三「ぬれいろ」は、水に濡《ぬ》れた色。ここは時雨《しぐれ》に濡れ、色つやをました枯草の色をいった。「五月雨《さみだれ》にしをれつつ鳴く郭公《ほととぎす》濡れ色にこそ声はきこゆれ」(源重家「永万二年中宮亮重家朝臣家歌合」郭公五番左)。

四 青みを帯びた、濃い緑色。

171 〈冷え冷えと霜のおりている　枯野の荻におく露の色よ　露もわたしと同じように　秋の名残りをなつかしんでいるのだろうか〉。

＊一七一の詞書は、「千五百番歌合」で絶讃《ぜっさん》をはくし、「若草の宮内卿」という異名をとった宮内卿の作「薄く濃き野辺のみどりの若草に跡までみゆる雪のむら消え」が思い浮ぶ。ここでは、冬景色の美を描くだけに色彩の明暗(枯荻の濡れ色と若芽の緑青色)の対照がきわ立っている。

なにとなく、ねや《寝所の》のさ筵《むしろ》[一]うちはらひつつ《敷物の塵を払いながら》、思ふことのみあれば《しきりに物思いがされるので》、

172 夕《ゆふ》されば　あらましごとの　おもかげに　枕のちりを　うちはらひつつ

173 あくがるる　心は人に　そひぬらむ　身の憂さのみぞ　やるかたもなき

宮にさぶらひし《中宮にお仕えしていた》雅頼《まさより》[二]の中納言の女《むすめ》、輔《すけ》[三]どのといひしが、物い《話しぶ》ひをかしくにくからぬさまにて《りもしゃれていてかわいらしい様子で》、なにごとも申しかはしなど《何でも打ち明け合って話をしていた人で》せしが《あったが》、秋頃山里にて、湯あむるとて《湯治をすると言って》、ひさしくこもりゐられたりしに、事のついでに《幸便があったので》申しつかはす《言い送った》。

あくがれ出づる心

一「さ」は接頭語。「むしろ」に同じ。敷物の意。

172 〈夕暮になると　今宵《こよい》こそ訪《たず》ねて来てほしいと願う　あの人の面影が目の前に浮んで　枕の塵《ちり》を　うち払い　うち払いする〉。「あらましごと」は、前もってこうありたいと願っていること。七〇頁一四三参照。「枕のちり」は、長い間使わないために枕に積っている塵。

173 〈思いこがれて　わが身から浮かれ出ずる心は　あの人によりそっているだろう　だのに　わたしの身の憂さばかりは　行きどころもなく　いつもわが身につきまとっている〉。「あくがるる心」は、体から離れて浮かれ出る心。古人は、思いつめると心魂が肉体を遊離して浮動すると考えた。「あくがるる心はさても山ざくら散りなむのちや身にかへるべき」(『山家集』上春)。「やるかたもなき」は、はらしようがない、どうすることもできない、の意。

秋の山里の友へ贈る十首

二 源雅頼。人名一覧参照。

三 『尊卑分脈』にはない。

174 〈柴葺《ぶ》きの粗末な家の　寝床の板の間に　洩《も》れてくる月の光を　霜と思って払っていられるこ

とでしょうか　あなたのおいでになる秋の山里では〉。「真柴」の「真」は、接頭語で「柴」の美称。「霜とや」の「や」は、疑問。月光を霜に見立てる例は「牀前《しやうぜん》看ル二月光ヲ一疑《うたが》フラクハ是《これ》地上ノ霜カト」（李白）がある。

175　〈都のわたしが　珍しく思う鹿の鳴き声を　飽きるほどお聞きになっていることでしょうか　秋の山里では〉。「や」は、軽い疑問を表す。

176　〈ひどい雨の露の上に　涙の露が　一そう置き添うことでしょうか　空かき曇り　時雨《しぐれ》降る頃の　寂しい秋の山里は〉。「いとどし」の「いとど」は、「いといと」の転という。いよいよ甚《はなはだ》しいの意。「いとどしく虫の音《ね》しげき浅茅《あさぢ》生《ふ》に露おきそふる雲の上人《うへびと》」（『源氏物語』桐壺）。「露」は、雨の露に加えて、涙の露。

177　〈うらやましいこと　木の枝を折りくべて　どんなに思う存分　お湯をお沸かしでしょう　秋の山里では〉。「ほた木（榾木）」は、焚火《たきび》に使う木の小枝、枯枝でたきぎのこと。「み湯」は湯治のための湯。

178　〈椎の実を拾う　里人も　道に迷うことでしょうか　霧の一面に立ちこめる　秋の山里では〉。「賤」は、卑しい者、土地の者。山では木こり、里では村人、農夫などをさす。

174　真柴《ましば》ふく　ねやの板間《いたま》に　もる月を　霜とやはらふ　秋のやまざと

175　めづらしく　わが思ひやる　鹿《しか》の音《ね》を　あくまで聞くや　秋のやまざと

176　いとどしく　露や置きそふ　かきくらし　雨ふるころの　秋のやまざと

177　うらやまし　ほた木《ぎ》きりくべ　いかばかり　み湯わかすらむ　秋のやまざと

178　椎《しひ》ひろふ　賤《しづ》も道にや　まよふらむ　霧《きり》たちこむる　秋の

やまざと

179 栗も笑《ゑ》み　をかしかるらむと　思ふにも　いでやゆかしや　秋のやまざと

180 心ざし　なしはさりとも　わがために　あるらむものを　秋のやまざと

181 このごろは　柑子《かうじ》橘《たちばな》　なりまじり　木《こ》の葉もみづや　秋のやまざと

182 鶉《うづら》ふす　門田《かどた》の鳴子《なるこ》　ひきなれて　かへりうきにや　秋のやまざと

179 〈今頃は　栗の実もはぜて　さぞ興味が深かろうと思うにつけ　ますます心ひかれる　秋の山里よ〉。栗のいがのはぜることを「笑み」といったのに続けて「をかし……」とたわぶれた。

180 〈「あげたいと思う贈物はない」と言われますが　それにしても　私のために　梨《なし》ぐらいはあるんじゃありません　秋の山里に〉。「心ざし」は、心持を表して物を贈ること、またその贈物、ここは後者。「なし」は「無し」と「梨」をかける。「なしはさりとも」が群書類従本では「ならばさだめて」とあり、贈物をしてくれるというのなら、さぞ種々の物があるでしょうに、の意になる。催促、皮肉、揶揄《やゆ》などさまざまに解釈できるが、左注（八七頁三行）にも「たはぶれごとのやうなりし」とあるように、若い女友達間の明るい屈託のない親しさのこもった口吻《こうふん》である。

181 〈今頃は　柑子蜜柑《みかん》　橘がまじりあって実り　木の葉も美しく紅葉していることでしょうか　秋の山里は〉。「柑子」は、柑子みかん。みかんより果実が小さく皮が薄く、酸味が強い。わが国で古くから栽培された。「橘」は、食用みかん類の古称。ここでは夏みかん。「もみづ」は、上二段活用動詞。草や木の葉の色が秋の末、霜のために紅や黄色に変るのをいう。

182 〈鶉の隠れている門田の鳴子を引いたり　湯浴《あ》みをしたりの生活に馴《な》れて　あなたは　都へお帰りになるのが　厭《いや》になったのですか　秋の山里で〉。「門田」は、門の近くにある田。「鳴子」は、引板《ひた》ともいう、鳥おどしの仕掛け。小さな竹筒を数多く板に付け、縄《なわ》を引いて鳴らすもの。「ひき」は鳴子の縁語。入浴する意の「(湯を) 引き」との懸詞《かけことば》。八四頁の詞書「秋頃山里にて、湯あむるとて……」参照。

183 〈お帰りになって あなたのご覧のますっかりお話し聞かせてくださいな 興味深い秋の山里のあれこれを〉。「その見るばかり」は、底本に「そのみかはかり」、諸本により改めた。「なむ」は他にあつらえのぞむ意を表す終助詞。

＊ 一七四から一八三までの贈歌は、みな「秋のやまざと」で終る歌である。輔殿は、もともと「物いひをかしくにくからぬさま」(八四頁詞書) の女性であるし、作者の明るい饒舌《じようぜつ》のような歌を贈られ、その「かへしも、たはぶれごとのやう」であったのは充分想像ができる。

菊をよこした人との贈答

一 底本では一八三の左注「……ほどへて忘れぬ」に続いているが、ここでは改行した。

二 司召の除目《じもく》。京官《きようかん》(地方官に対し都の諸司の官吏) の任命は、古くは春に行い後に秋となり「秋の除目」ともいう。

184 〈霜枯れの菊の 下枝に新しく咲いた花を見ると この度の除目にはもれたが 私のこれからも望みがあると 力強く思われることです〉。

183 かへりきて その見るばかり 語らなむ ゆかしかりつる 秋のやまざと

かへしも、〔輔殿の〕たはぶれごと（冗談）のやうなりしを、ほどへて（日が経つうちに）忘れぬ。

[一]冬深き頃、わづかに霜枯れの菊の中に、あたらしく咲きたる花を折りて、ゆかりある人（縁故のある人で）の[二]司召《つかさめし》になげくことありしが（任命にもれた人が）、いひおこせたりし（言ってよこした）。

184 霜がれの 下枝《したえ》に咲ける 菊見れば 我がゆくすゑも たのもしきかな

と申したる返しに、

185 花といへば　うつろふ色も　あだなるを　君がにほひは　ひさしかるべし

上臈《じやうらふ》[一]だちて近くさぶらひし人の《〔中宮の〕お側近く仕えていた》、とりわき仲よきやうなりし《〔私と〕仲がよかった女房に》に、わが物申す人のこのかみなりしは《[二]私が言いかわしている人の兄君である人は》、御ゆかりのうへに《中宮のご縁続き》、やがて《同時に》宮人《みやびと》[三]にて、ことにつねに《特にいつも》さぶらひし人、しのびて《[四]伺候していたので〔その女房に〕》心かはして、かたみに《お互いに》思ひ合はぬにしもあらじ《思い合っていないわけでもないだろう》と見えしかど、世《男女》のならひにて《間のなりゆきとして》、女がた《女のほう》は物思はしげなりしを、まほならねど《はっきりとではないが》心得たりしかば《どうもそう思われたので》、ちと、けしき知らせまほしくて《[五]女方の様子を知らせてやりたくて》、をとこのもとへ[六]つかはす。

186 よそにても　契りあはれに　見る人を　つらき目見せば

185 〈あなたはご自分を花にたとえられました　あせてしまう花の色ははかないものですが　色ならぬ　匂いは久しく　あなたのお栄えも変ることがないでしょう〉。「にほひ」は、光、威光。華やかに栄えるさま。「花」「うつろふ」「色」「にほひ」は縁語。出世の望みを失ったが、残りの菊を見て自分の心をひき立てている人を、作者が励まして贈った歌。

＊『枕草子』二十二段では、春の県召《あがためし》の除目の頃の、下級官吏の家における期待と、期待はずれの悲嘆のありさまを如実に描き出している。

維盛の恋愛問題に口を出す

一 上臈めいた地位にあって。「上臈」は、上臈女房の略。身分の高い女官で、御匣殿《みくしげどの》・尚侍《ないしのかみ》・二位、三位の典侍《ないしのすけ》・禁色《きんじき》を許された大臣の娘や孫など。「だち」は、……めく、……ふうに見えるの意。この女房は成親の女《むすめ》の建春門院新大納言局（後の維盛北の方）であったかもしれぬという説（全釈）もある。

二 「ものいふ」の謙譲語。身分の上《かみ》の人に向ってものを言う。「このかみ」は、子の上の意で、長兄、転じて兄または姉をいう。ここは資盛の兄維盛であろう。

三 中宮に仕える役人。維盛は承安二年から治承二年まで（一一七二〜七八）中宮職《ちゆうぐうしき》の権亮《ごんのすけ》を勤めた。

四 底本に「かし人」とあるが、諸本により改めた。

五 底本に「けしきしらまほしく」とあるが、類従本等諸本により改めた。

六 底本に「かとへ」とあるが、諸本により改めた。

186　〈よそ目にも　あなたと深い宿縁があると思われるあの女《ひと》を　つらい目におあわせになるようなことがあるなら　私もどんなにか　かなしいことでしょう〉。

187　〈「お帰りになる名残《なご》りが惜しい」と　申しませんが　暫《しばら》くおいでがないので　あの女《ひと》はいうまでもなく　枕も　どんなにかあなたをお待ちしていることでしょう〉。

188　〈あの女《ひと》を残して起きて行く人に　名残りを惜しむのでしょうか　見送る彼女の涙にも似た夜明けの白い月光にきらめく道芝の露は〉。「おきてゆく」は「起きて」と、女性をあとに「置きて」と、露が「おく」との懸詞。「をし明け」は、名残りが「惜し」と、戸を「押しあける」と、夜が「明ける」とかけてある。三〜五句は清冽《せいれつ》な叙景。明け方の月光の中に、「おきてゆく人」を見送りながら名残りを惜しむ女性の姿態を髣髴《ほうふつ》させ、物語の一齣《ひとこま》をきりとったような歌。

七「あいな」は「あいなし」の語幹。かかわりないことをいうのが原義。うとましい、不本意である。「さかしら」は、さし出たふるまい、おせっかい。「あいなのさかしらやなどぞ侍るめる」(『源氏物語』関屋)。

八 維盛が歌に不得手であったことは、九六詞書参照。

189　〈私の胸のうち　あの女《ひと》の物思いを自分勝手に臆測し　何とまあ　あれこれあなたはお嘆きになるんでしょう〉。

いかに憂からむ

187 たちかへる　なごりこそとは　いはずとも　枕もいかに
君を待つらむ

188 おきてゆく　人のなごりや　をし明けの　月かげしろし
道芝の露

返し、「七あいなのさかしらや《よけいな差し出口ですよ》。さるは《とはいっても》、八かやうのこともつき《歌など詠むことがおぼつか》なき身には《ない私には》、言葉もなきを《どう返歌していいのか》」とて、

189 わが思ひ　人のこころを　おしはかり　なにとさまざま
君なげくらむ

190 枕にも　人にもこころ　思ひつけて　なごりよなにと　君ぞいひなす

191 あけがたの　月をたもとに　やどしつつ　かへさの袖《そで》は　我ぞ露けき

重衡――埋み火のまとゐ

宮のまうのぼらせ給ふ御供してかへりたる人々、物語りせしほどに、火も消えぬれど、炭櫃《すびつ》の埋《うづ》み火《び》ばかりかきおこして、おなじ心なるどち一四人ばかり、「さまざま心のうちども、かたへはのこさず」二などいひしかど、思ひ思ひにしたむせぶ三ことは、まほにもいひやらぬしも我が心にも知られつつ、あはれにぞおぼえし。

中宮が〔主上の御座所へ〕参上なさる　灯火　気の合った者同士　いろいろ心の中で思っていることを　少しも隠さないで〔話しましょう〕　めいめい　心の奥底に抱く　悩みは　はっきりとは言ってしまわないのが　〔引き比べて〕

190 〈枕にもあの女《ひと》にも　自分の考えをおしつけて　名残りが惜しいの何のと　あなたは　さもまことしやかにおっしゃいますね〉。「いひなす」は、ありもしないことをあるかのように言うこと。

191 〈夜明けの月影を　別れの涙で濡《ぬ》れた袂《たもと》に宿しながら　私は帰るのです　別れの袖《そで》は　見送る女《ひと》より私の方こそ　涙でずっと濡れていますよ〉。「月をたもとにやど（宿）す」は、涙に濡れた袖に月が映ることで、よく和歌に用いられる表現。「かへさ」は「かへるさ」の転じた語。帰る折、帰り。

＊歌を詠《よ》むことに自信のない維盛が、作者の無神経な才女ぶりに対して不服の意を表し、精一杯の抵抗を試みている様子が面白い。

一 底本に「すち」とあるが、類従本などにより改めた。

二 全部うちあけて語り合おうということ。「かたへ」は、一部分。

三 声を忍ばせてむせび泣く、人知れず心を悩ます。

192 〈気の合った者同士　夜中に　埋み火をかきおこしながら　真っ暗闇《やみ》のなかで　親しく集まり話し合っていることだ〉。「闇のうつつ」は、夢のような闇の中での現実。「むばたまの闇の現《うつつ》はさだかなる夢にいくらもまさらざりけり」（よみ人しらず、『古今集』恋三）によった表現。

192 思ふどち　夜半《よは》のうづみ火　かきおこし　闇のうつつに
まとゐをぞする

193 たれもその　心のそこは　かずかずに　言ひ果てねども
しるくぞありける

など思ひ続くるほどに、宮の亮の、「内《うち》の御方の番に候ひける」とて入《い》り来て、れいのあだごともまことしきことも、さまざまをかしきやうにいひて、我も人もなのめならず笑ひつつ、はてはおそろしき物語りどもをしておどされしかば、まめやかにみな汗になりつつ、「今は聞かじ、のちに」といひしかど、なほなほいはれしかば、はては衣《きぬ》をひきかづきて、「聞かじ」とて、寝てのちに心に思ふこと、

四 中宮亮重衡が
内裏の宿直の番で伺候してお
りました
いつものように冗談やらまじめな話やら
ご自身も他の人たちもたいそう
おどかされたので
本
しまいには
気になって
冷汗をかきながら
なおも続けてお話しになるので
着物をひきかぶって
「は次のようなことだった」

193 〈たれも　心の奥深く思っていることは　あれこれすっかり言わないけれど　ひとりひとり悩みがあるのは　手に取るように　はっきりわかる〉。「かたへはのこさず」などと言ってはいるものの、とりとめのないことしか言わないが、気どりや恥ずかしさの見えない闇の中で身を寄せ合っていると、埋み火のように心の奥底に隠してある哀《かな》しみがお互いに通じ、睦《むつ》みあうという、しみじみした気分を表出した歌。

＊一九三は、「思ふどち円居《まとゐ》せる夜は唐錦《からにしき》立たまく惜しきものにぞありける」（よみ人しらず、『古今集』雑上）より立ち入って、人間の心理を洞察《どうさつ》するような歌。団欒《だんらん》はしているものの、思いの底にうずく悩みは誰もはっきり口に出さないものだ、自分だってそうだ、と己れの心を凝視《ぎょうし》するもう一人の己れが詠出する。この手法は、後の京極歌風への連繫《れんけい》を思わせる。右京大夫の作が、『玉葉集』『風雅集』に比較的多く採択されているのも、このあたりが撰者の好尚にかなったのであろう。

四 資盛の叔父、平重衡《しげひら》は、承安二年二月から治承二年十二月まで（一一七二〜七八）中宮亮《ちゅうぐうのすけ》であった。『平家物語』巻十千手前に「平家はもとより代々の歌人才人達で候也。先年此人々を花にたとへ候《さうらひ》しに、この三位中将をば牡丹《ぼたん》の花にたとへて候ひしぞかし」とある。重衡は女房たちの間では人気があったようで、作者も重衡については他の章段でも好感をもって記している。

194 〈ただ冗談に言う話なのに　それを聞いただけで　恐ろしさに　心が乱れてしまったことよ〉。

195 〈地獄の鬼は　話に聞くだけ　実際見なくてさえひどく恐ろしいものなのに　まして鬼に責められる後の世が　如何《いか》に恐ろしいか　思い知られる〉。

＊重衡《しげひら》が口から出まかせの恐ろしい話をすると、女房たちはきゃあきゃあ言って怖がるので、調子にのって執拗《しつよう》に「なほなほ」聞かせようとする重衡。屈託のない陽気な人柄を思わせるエピソード。後年、重衡が捕われの身のいたましい姿で都大路を渡された折、作者が、この頃の朝夕をなつかしく回想する記事が見られる（二二・二三）。

重衡——恋めいた贈答

一　恋人に縁のある者。重衡と資盛は叔父甥《おい》の関係である。「むらさきの一本《ひともと》ゆゑに武蔵野《むさしの》の草はみながらあはれとぞ見る」（よみ人しらず、『古今集』雑上）の歌から、「紫のゆかり」「草のゆかり」の言葉が生れた。

196 〈あの人との恋に　涙で袖《そで》が濡《ぬ》れ初《そ》めただけでも　辛《つら》く悲しいのに　御一門のあなたとおつき合いして　どうしておなじ嘆きを重ねることができましょうか〉。「おなじ野の露」は、資盛と同じゆかりの重衡。「草のゆかり」にかかわる「野」で武蔵野の意味と思われる。「わくべき」は、（露深い野原に）分

194 あだごとに　ただいふ人の　物がたり　それだにこころ　まどひぬるかな

195 鬼をげに　見ぬだにいたく　恐ろしきに　後《のち》の世をこそ　思ひ知りぬれ

この人《重衡も》もよしなしごとをいひて《とりとめもない冗談事を言って》、「[一]草のゆかりをなにか思ひ《どうして思い捨て》はなつ《なさるのか》、ただおなじことと思へ《資盛と同じだと思いなさい》」と、つねにいはれしかば、

196 濡《ぬ》れそめし　袖《そで》だにあるを　おなじ野の　露をばさのみ　いかがわくべき

[二]おほかたは《たいがいは》、にくからずいひかはして《愛情があるようなやりとりをして》、「果てまでも《いつまでも》、かや《このよ》

け入ることができましょうか、の意。『玉葉集』恋三に入集。
二「おほかたは」の上に「とぞ思ひしを」と入る本もある。その場合は、重衡に贈らずモノローグの歌になる。
197 〈「いつまでも忘れない」という堅い約束が守られる男女の仲でしたら あなたのそのひと言も 頼みにいたしましょうが…… 男の人の約束はあまりあてになりませんから頼みにいたしませんわ〉。「世なりせば」は、世の中（男女の間柄）であったならば。「せば……まし」と呼応して、事実に反して仮に想像する意を表す。「いつはりのなき世なりせばいかばかり人の言の葉嬉しからまし」（よみ人しらず、『古今集』恋四）。『新勅撰集』恋三に入集。

心から消えぬ資盛

＊維盛からも「『おなじことと思へ』と、をりをりはいはれし」という、作者の青春を記念すべき言葉が見られる（三四詞書《ことばがき》）が、とりとめもない草のゆかりの連想は、「同じことをのみかへすがへす思」わせる資盛への追憶につながって行く。
198 〈そんなことがあったかしら とさえ思うまいとしているのに 無理に忘れようとしても あの人への思いを どうしてもたちきることができない〉。

いさかひも懐かし

三 底本に「よく」とあるが、諸本により改めた。

うにだにもあらむ」《うなつきあいだけでもしよう》といはれしかば、

197 忘れじの　契りたがはぬ　世なりせば　たのみやせまし
君がひとこと

いつも、同じことを《資盛のことばかり》のみかへすがへす思ひて、「あはれあはれ《ああ》わが心に物をわすればや」《わたしの心から物を忘れてしまいたい》と、つねは思ふがかひなければ《思っても甲斐がないので》、

198 さることの　ありしかとだに　思はじを　おもひ消《け》てど
も　消たれざりけり

なにとなきことを《とりとめもないことを》我も人も《私も資盛も》いひしをり、思はぬ《ふとした》物のいひはづし《言いそこない》をして、〔資盛に〕それをとかくいはれしも《何かと責められたのも》、三後に思へばあはれにか

199 〈何ということもなくて言った　わたしのひと言ひと言を　聞きとがめて　あの人が恨み言を言ったのも　忘れられないことよ〉。

＊不用意に言った、ちょっとした言葉も聞きのがさないで執拗《しつよう》に追求し、気を悪くして恨み言をいう恋人同士の会話。それも愛情の逆説的な表現だから、資盛が亡くなった後いつまでも忘れられない思い出になる。

一 作者の母夕霧《ゆうぎり》。『尊卑分脈』世尊寺家家系、右京大夫の注に「母夕霧　大神基政女《おほみわもとまさ》」と見え、『秦箏相承血脈《しんそうそうしようけちみやく》』などにより、夕霧は当時箏の名手であったことが知られる。亡くなったのは治承三年か。解説参照。

二 母の形見の衣、袈裟などを四十九日の布施《ふせ》としたのも、信心深かった母の遺言によるものであろう。「心ざし深くて」を、「私に愛情が深くて」と解する説（評解）もある。

三 「せられし」を「五月のはじめ」に続けて、あらかじめ人にも死期の予言をしておいた五月のはじめと解する説（全釈）もある。

四 人の死後四十九日目、中陰のあける日で、法要を営む。物語類に「四十九日のわざ」などと見える。七七日（なななぬか、しちしちにち）とも。

五 人の死後、四十九日間、死者の仏前にこもって読《ど》

なしくて、

199 なにとなく　言《こと》の葉ごとに　耳とめて　恨みしことも　忘られぬかな

母の四十九日

一母なる人の、様《さま》かへて失せにしが、ことに二心ざし深くて、人にも言ひ置きなどせられし。三五月のはじめ亡くなりにしのちは、よろづ思ふはかりなくて明かし暮ししに、四四十九日にもなりて、着られたりし衣、袈裟《けさ》などとり出でて、五こもり僧にとらせ、六阿証上人《あしようしやうにん》にたてまつりなどせしに、衣《きぬ》のしわまでも着たりし折に変らで、おもかげいとどすすむかなしさに、

（尼になって亡くなったが／信仰心が厚く／〔自分の死後の処置の〕遺言など／されていた／物事を考える目あてもなく／着ておいでになった／差しあげなどしたが／着ておられた時と／亡き母の面影がいっそう次々と浮ぶ）

200 着なれける　衣《ころも》の袖《そで》の　折り目まで　ただその人を　見る心ちして

七思ひなしもいとど《とても》心細く、かなしきことのみまさりて、

201 あはれてふ　人もなき世に　残りゐて　いかになるべき
我が身なるらむ

高倉院の崩御を聞き

「八高倉院かくれさせおはしましぬ《お亡くなりあそばされた》」と聞きし頃、見なれまゐらせし《お見馴れ申しあげた》世のことかずかずに《御治世のことが》おぼえて《思い出されて》、及ばぬ御事ながらも《恐れ多い雲の上の御事とはいえ》、限りなくかなしく、「なにごともげに九末の世にあまりたる御《ご立派過ぎた御様子》事にや《であったことよ》」と人の申すにも、

202 雲のうへに　ゆくすゑとほく　見し月の　ひかり消えぬ
と　聞くぞかなしき

経念《きよう》仏する僧。

六 阿証房印西。七七頁八行目の東山、長楽寺の僧。当時の宮廷社会で尊崇されていた浄土教の上人《しようにん》。

200 〈亡き母が　着馴《な》れていた着物の袖の折り目まで　ただもう　母を目の前に見るような気がして　かなしくてならない〉。

七 母を失っていよいよ私は一人になってしまった、と思い込むにつけても。「思ひなし」は、「思ひなす」の名詞形で、思い込むこと。

201 〈あわれと言って　いとしんでくれた母も　いなくなってしまったこの世に　ひとり残って　このあといったいどうなる　わたしなのだろう〉。

八 治承五年（一一八一）正月十四日二十一歳で崩御。

九 末法の思想による言葉。仏教が衰え人心風俗が退廃した世の中。最澄仮託の『末法燈明記』により永承七年（一〇五二）に末法に入ったと考えられていた。

202 〈宮中に　末久しく　お栄えになられるだろうと仰ぎ見ていた高倉院が　おかくれになったと聞くのは悲しいことでありますよ〉。「月」は高倉院をたとえる。「雲」「ひかり」は、「月」の縁語。この歌、『平家物語』巻六新院崩御に「又ある女房、君かくれさせ給ひぬと承はつて、かうぞおもひつゞけける」としてひかれている。『新続古今集』哀傷に入集。

中宮の御心のうち、おしはかりまゐらせて《お察し申しあげて》、いかばかりかと《どれほどおつらいことか》かなし。

203
かげならべ　照る日のひかり　かくれつつ　ひとりや月の　かき曇るらむ

寿永元暦の夢まぼろし

[一]寿永元暦《げんりやく》などの頃の世のさわぎは《世の中の騒擾は》、夢ともまぼろしとも、あはれともなにとも、すべてすべていふべききはにもなかりしかば《言葉で表すことのできる限りではなかったので》、よろづいかなりしとだに《どうであったとさえ》思ひわかれず《判別することができず》、なかなか思ひも出でじと《いっそのこと思い出すまいとばかり》のみぞ、今までもおぼゆる《今に至るまでも思われる》。[二]見し人々の都別ると《親しかった平家の人々が都落ちすると聞いた秋のことは》聞きし秋ざまのこと、とかくいひても思ひても、心も言葉も《想像を超え言葉でも言い尽せない》及ばれず。[三]まことのきはは、[四]我も人も、かねていつとも《前もって〔都落ちが〕いつと》知る人なかりしかば《誰も知らなかったので》、ただいはむかたなき《ただもう言いようのない》[五]夢とのみぞ、[六]近くも遠

203　〈大空の日月のように　光り輝くお姿をならべていられた高倉院が　いまおかくれになってひとり残る中宮は　悲しみの涙に　かきくれておいでのことであろう〉。「照る日」は高倉院をたとえ、「月」は、この歌では中宮をたとえた。「かげ」「照る」「ひかり」「かくれ」「曇る」は日、月の縁語。「らむ」と推量の形になっているのは、作者がこの時すでに宮中を退出していたからである。

＊二〇二と二〇三は、作者が宮仕えの当初に詠じた「雲のうへにかかる月日のひかり見る身の契りさへうれしとぞ思ふ」の歌に照応し、これより以後とは異なる世界を形成している。

一 底本は「寿永元暦なとのころ世のさはき」。異本により「の」を補う。「寿永元暦」は、一一八二年から八五年の年号で、安徳・後鳥羽両天皇の時代。「世のさわぎ」は、源頼朝の挙兵に呼応して北陸道から都に攻め上った木曾義仲に追われ、平家一門が都を捨て、西海壇の浦に滅亡するまでの動乱をさす。

二 平家の都落ちは寿永二年（一一八三）七月二十五日。陰暦七月は秋。

三 実際に都落ちする時。「きは」は、時とか場合。

四 自分もほかの人も。「人」を「他人」の意ではなく「あの人」の意にとり、資盛とする説（評釈）もある。

五 悲しい夢を見ているのだとばかり。

くも、見聞く人みなまよはれし《皆おろおろするばかりだった》。

おほかたの世騒がしく《世間一般が落ちつかず》、心細きやうに聞えし頃《噂が流れた頃》などは、〔資盛は〕八 蔵人《くらうど》頭《のとう》にて、ことに心のひま無げなりしうへ《心の余裕がなさそうであった上》、あたりなりし人も《周囲の人も》〔二人の仲を〕九「あいなきことなり《よくないことだ》」などいふこともありて、さらにまたありしよりけに《以前よりも》一〇〔人目を〕忍びなどして、おのづから《自然に》とかくためらひて《何かと遠慮がちに》ぞ、物いひなどせし《逢って話などをした》をりをりも、ただおほかたの《平生からの》ことぐさも《口癖にも》、「かかる世の騒ぎになりぬれば《(資盛)こういう世間の騒動になったから》、〔自分が〕はかなき数にならむことは《亡き人の数に入るであろう》、疑ひなきことなり。さらば《そうなったら》、さすがに露ばかりのあはれはかけてむや《あなたでも少しくらいは不憫に思ってくれるだろうか》。たとひ何とも思はずとも、〔あなたと〕かやうに聞えなれても《親しくなってからも》、一一 とし月といふばかりになりぬるなさけに《長い年月というほどになった〔二人の〕情愛だから》、一二 道の光もかならず思ひやれ《弔ってくれ》。また、もし命たとひ今しばしなどありとも《まだしばらく生きていたとしても》、すべて今は《今はいっさい》、心を《心中》一三 昔の身とは思はじと思ひしたためてなむある《固く決心し心の準備をしている》。そのゆゑは《そのわけは》、物をあはれとも《不憫であるとか》、何のなごり《名残りが惜しい》、その人のことな《あの人のことが気がか》

六 都落ちの様子をまのあたり見ている人も、遠くはなれていて噂《うわさ》に聞く人も。

七 世の行く末とも、平家の命運とも考えられる。作者自身もすでに宮仕えを退任（治承二年秋以前か）、その翌年は母夕霧と死別し、頼りなく不安な身の上になっていた。

八『公卿補任《くぎようぶにん》』寿永二年の条によれば、資盛は同年正月二十二日蔵人頭に補され（右近権中将から頭中将）七月三日従三位に叙せられるまで頭であった。

九 戦乱の最中に男女が逢うことを非難したものではなく、資盛に基家《もといえ》中納言の女《むすめ》という正妻があるのに（『愚管抄』第五）逢う瀬を重ねることを難じたものであろう。

一〇「け（異）」は、まさるさま。格別なさま。「けに」で、いっそう、まさっての意になる。

一一 資盛は蔵人頭に任ぜられた寿永二年に二十三歳、作者は二十七歳。二人の仲の年月は、七、八年になろう。

一二「道」は、仏道のことで、冥途《めいど》の闇を照らす仏法の光。後世《ごせ》の供養。

一三 次頁五行の「身をかへたる身と思ひ」と同意で、この世に生きている自分ではないと、自分を死んだものと思うこと。

ど思ひ立ちなば、思ふ限りも及ぶまじ。心弱さもいかなるべしとも身ながらおぼえねば、なにごとも思ひ捨てて、[一]人のもとへ、[二]『さても』などいひて文《ふみ》やることなども、[三]いづくの浦よりもせじと[四]思ひとりたるを、『なほざりにて聞えぬ』などなおぼしそ。よろづ、ただ今より身をかへたる身と思ひなりぬるを、なほともすればもとの心になりぬべきなむ、いとくちをしき」といひしことの、げにさることと聞きしも、なにとかいはれむ、涙のほかは、言の葉もなかりしを、つひに秋の初めつかたの、[五]夢のうちの夢を聞きし心ち、なににかはたとへむ。

さすが心あるかぎり、このあはれをいひ思はぬ人はなけれど、かつ見る人々も、わが心の友はたれかはあらむとおぼえしかば、人にも物もいはれず、つくづくと思ひ続けて、胸にも余

一　「人の処へ」（全釈）とか「都に残っている人の許《もと》へ」（大系）とする説もあるが、作者へと考える。
二　「さてさて……」とか、「さて、その後はいかがですか」などの意で、手紙の書きはじめをとり入れたもの。
三　一門の人たちとともに西海に落ちてゆくので、「浦」といった。
四　底本、この個所「思ひとりたる身とおもひとりたるを」とあるが、衍文《えんぶん》（誤って文中に入った不要の文）と見なして除いた。
五　夢の中で夢を見ているような、信じられない出来事。平家一門の都落ちをさす。「旅の世にまた旅寝して草枕夢のうちにも夢をみるかな」（慈円、『拾玉集』巻一）。
六　底本「はしりいてなんとは」。異本「いてなと」により、「など」が撥音《はつおん》化したもの、副助詞「なんど」と解した。「いでなんとは」と読む説（大系・集）もある。『平治物語』金王丸尾張より馳せ上る事に、「やがて走り出でけるが、或る寺に入りて出家し」の例がある。

204　〈ほかにまた　例《ためし》や類《たぐい》も知らない　憂いつらい目にあったにもかかわらず　出家もせず死にもしないで　生きているわが身が　つくづくいやになっ

月にしぼる袖

れば、仏に向ひたてまつりて、泣き暮す（一日中泣くばかりであった）ほかのことなし。されど、げに命はかぎりあるのみにあらず（寿命があるから勝手に死ねないばかりでなく）、様《さま》かふることだに（出家をすることすら）も心にまかせで（思うに任せないで）、ひとり（一人で）走り出でなんど（六 出奔し寺に入ることなど）は、えせぬままに（できないままに）、さてあらるるが心憂くて（こうして生きていられるのがつらくて）、

204 またためし　たぐひも知らぬ　憂きことを　見てもさてある　身ぞうとましき

いはむかたなき心ちにて（言いようのないつらい気持でいると）、七秋深くなりゆくけしきに、ましてたへてあるべき（耐えて生きていられる）心ちもせず（八 気がしない）。月の明《あか》き夜、空のけしき、雲のたたずまひ、風の音《おと》ことにかなしきをながめつつ、ゆくへも（〔資盛は〕行くえ）なき旅の空（定めない旅先で）、いかなる心ちならむとのみ、かきくらさる（つい涙にくれてしまう）。

205 いづくにて　いかなることを　思ひつつ　こよひの月に

てしまう〉。

七「秋深くなりゆくけしきに」は、ただでさえつらく悲しいのに、の意がこめられている。

八 底本には「心ちにもせず」とあるが、異本によって改めた。

205 〈あの人は　どこで　どんなことを思いながら　今夜のこの月を眺め　涙に濡《ぬ》れた袖《そで》を絞っていることだろうか〉。

＊一方、『平家物語』は、同じ頃平家の人々も同じ月を眺めながら望郷の念にかられていたことを伝えている。「さる程に九月も十日あまりになりにけり。荻《をぎ》の葉むけの夕嵐、ひとりまろねの床のうへ、かたしく袖もしをれつゝ、ふけゆく秋のあはれさは、いづくもとはいひながら、旅の空こそ忍《しのび》がたけれ。九月十三夜は名をえたる月なれども、其夜は宮こを思ひいづる涙に、我からくもりてさやかならず。九重《ここのへ》の雲のうへ、久方《ひさかた》の月におもひをのべしたぐひも、今の様におぼえて、薩摩守忠度　月を見しこぞのこよひの友のみや宮こにわれをおもひいづらむ　修理大夫経盛　恋しとよこぞのこよひの夜もすがらちぎりし人のおもひ出られて　皇后宮亮経正　わけてこし野辺の露ともきえずしておもはぬ里の月を見るかな」（巻八緒環《おだまき》）。

袖《そで》しぼるらむ

思ひたゆむことなき明け暮れ

夜の明け《明けても》、日の暮れ《暮れても》、なにごとを見聞くにも《何を見たり聞いたりしても》、一かたとき思ひ二たゆむことは、いかにしてかあらむ《どうしてあろうか》。されば《だから》、いかにしてか《どうにかして》、せめて今いちども《もう一度だけでも》、三かく思ふことをもいはむなど思ふも《話したいなど思うけれども》、かなふまじきかなしさ《かなうはずがないのが悲しい》。ここかしこと〔平家一門が〕、四浮き立ちたるさまなど《転々としている様子などを》伝へ聞くも、すべていふべきかたぞなき《言いようもなく悲しいことだ》。

206 いはばやと　思ふことのみ　多かるも　さてむなしくや
つひにはてなむ

風のおびただしく吹く夢に

五恐ろしきもののふども、いくらも下《くだ》る《〔源氏方の〕荒武者どもが〔西国へ〕大勢向う》。何かと聞けば《何やかや聞くにつけ》、いか《どのよ》

一 一時《いつとき》（今の二時間）の半分。転じて、ほんのしばらくの間をいう。

二 （資盛を）思う心がゆるむ、つまり資盛を忘れてしまうこと。

三 「かく思ふ」は、こんなに（資盛のことを）心配している、ということ。底本は「かく思ふことをもいはむなど思ふも」を欠くが、諸本により補う。

四 底本は「うちたちたる」。諸本により改めた。

206 〈あの人に　告げたいと思うことばかりいろいろあるが　それも言わずじまいのまま　ついに終ってしまうのだろうか〉。「はてなむ」の「な」は、完了、「む」は、推量の助動詞。

＊都落ちした平家の動静を見ると、寿永二年八月二十八日　宗盛等、安徳天皇を奉じて大宰府《だざいふ》に至る。同十月二十日　藤原頼経、緒方惟能《おがたこれよし》と謀り大宰府を攻める。宗盛等、箱崎を経て山鹿城に移り、船で柳浦に至る。同十月中に平氏は海路讃岐《さぬき》に至り、屋嶋《やしま》に行宮《あんぐう》を営む。同十一月二十九日　室山合戦。教盛・重衡等、源行家を破る。寿永三年正月中　宗盛、安徳天皇を奉じて福原に至り、城廓《じようかく》を一谷《いちのたに》に構える。同二月四日　宗盛、清盛の周忌を福原において修する。同二月五日　三草山合戦。源義経、資盛・有盛等を破る。同二月七日　一谷の合戦。平氏の軍破れ、通盛・忠度《ただのり》・知《とも》

なることをいつ聞かむと《うな〔悲しい〕ことをいつ聞くかと》、かなしく心憂く、泣く泣く寝たる夢に、つねに見しままの《いつも見なれていた通りの》直衣姿《なほしすがた》[六]にて、〔資盛が〕風のおびただしく吹く所に、いと物思はしげにうちながめてあると見て《たいそう物思いに沈んだ様子で一つ所を見つめている姿を見て》、さわぐ心《胸騒ぎがして》に覚めたる心ち《目が覚めた時の気持は》、いふべきかたなし。〔資盛は〕ただ今も、げにさても《実際に夢と同じ》やあるらむと思ひやられて《様子でいるのだろうかと気がかりで》、

207 波風の　荒きさわぎに　ただよひて　さこそはやすき　空なかるらめ

死を思ふ

あまりさわぎし心ちのなごりにや《気持が動揺したせいであろうか》、[七]しばし身もぬるみて《しばらく熱が出て》、心ちもわびしければ《気分も悪いので》、さらば亡くなりなばやとおぼゆ《それならいっそ死んでしまいたいと思われる》。

208 憂きうへの　なほ憂きことを　聞かぬさきに　この世のほかに　なりもしなばや

章《あきら》・敦盛《あつもり》・経正・師盛《もろもり》等戦死し、重衡は生捕《いけどり》にされる。宗盛は安徳天皇を奉じて屋嶋に遁《のが》れる（『史料綜覧』による）。

五　平家追討の源氏の軍勢は、何度か京を発《た》って西国へ下った。寿永二年九月二十日　源義仲播磨《はりま》に向う。同十一月八日　行家兵を率いて京を発し平氏を討つ。寿永三年一月二十九日　頼朝、範頼《のりより》・義経を遣わして、平家を討たせる。

六　平安時代以後、天皇・摂家・大臣など、高貴の人人の用いた通常服。位による色のきまりがない。

207　〈疾風怒濤《どとう》の戦乱の中に　さまよう生活を続けて　さぞかし　こころの休まることも　ないであろう〉。

七　底本は「しりし」。諸本により改めた。

208　〈これまでも　憂いつらい目に会ったのに　この上さらに　つらいことを聞かないうちに　死んでしまいたい〉。「憂きこと」は、資盛の死をさす。

と思へど、さもなきつれなさ[一]、心憂し《情けない》。

209 あるべき　心ちもせぬに　なほ消えで　今日《けふ》まで経《ふ》る
ぞ　かなしかりける

梅の花に資盛をしのぶ

[二]かへる年の春《翌年の春》、ゆかりある人の《親類にあたる人が》、物まゐり[三]すとて誘ひしかば《〔私を〕》、なにごとも物憂けれど《何をするのも気が進まないが》、尊《たふと》きかたのことなれば《信心に関する事柄なので》、思ひを起してまゐりぬ《元気を出して参詣した》。[四]かへさに《その帰り道に》、「梅の花なべてならず《並み一通りでなく》おもしろき所あり《みごとな所があります》」とて、人の立ち入りしかば《連れが立ち寄ったので》、具せられて行きたるに《連れられて行ったところが》、まことに世のつねならぬ花のけしきなり。その所のあるじなる聖《ひじり》[五]の、人に《連れに》物言ふを聞けば、「年々《としどし》この花をしめゆひ[六]て《一人占めにして》こひたまひし人なくて《賞美なさった方がいなくて》、今年《ことし》はいたづらに咲き散り侍る《むなしく咲いては散っておりますのが》、あは《しみじ》

一「さもなき」は、そうもいかない。つまり病気が重くなって死んでしまうわけでもない、の意。「つれなさ」は、身の上の変らなさ。

209〈生きていられそうな気持もしないのに　なおも死にもしないで　今日まで生きてきたのは悲しいことよ〉。

二「かへる年」は「年たちかへる」ともいい、一年が終ってまた新年になること。寿永三年（一一八四）。

三 社寺に参拝すること。物詣《もう》で。

四「かへるさ」の音便。「かへつさ」の約かともいう。帰る時。帰る途中。「さ」は、移動を表す動詞の終止形につき、移動の途中であることを示す接尾辞。

五 ここでは、僧侶とか出家の意。

六「しめゆふ」は標縄《しめなわ》を結いめぐらす。実際に標縄を張りめぐらしたわけではなく、花を独り占めにしている態度をいったもの。「こひたまひし」の「こひ」は、「請ひ」「恋ひ」両様に解されるが、「恋ひ」の意にとっておきたい。

七 助動詞「めり」は、わざと断定するのを避けて、婉曲《えんきょく》にいうのに用いられている。

八 聖は「資盛」と名ざしで言ったのである。「しも」は強めの助詞。

れに」（みあわれです）といふを、〔連れが〕「たれぞ」（どなたですか）と問ふめれば、[七] その人としもた（[八] 誰それと間違いない）

しかなる名を言ふに、（あの人の名を言ったので）〔私の心は〕かき乱れかなしき心のうちに、

210 思ふこと　心のままに　語らはむ　なれける人を　花も偲《しの》ばば

[九] その春、あさましくおそろしく聞えしことどもに、（ただ驚くばかり恐ろしい噂として聞えてきたことに）近く見し（身近にお付き）

人々むなしくなりたる、（合いした平家一門で戦死した人々が）数《かず》おほくて、あらぬ姿にて（変り果てた姿で）渡さるる、[一〇]

なにかと心憂く、いはむかたなく（言いようもなく思われて）聞えて、〔戦死者は〕「たれたれ」など、

人のいひしもためしなくて、（例のないひどいことで）

211 あはれされば　これはまことか　なほもただ　夢にやあらむ　とこそおぼゆれ

210 〈お互いに　胸に思っていることを　思いのままに話し合おうよ　馴《な》れ親しんだ人を　梅の花もなつかしく偲《しの》んでいるのなら〉。「わが心の友はたれかはあらむとおぼえしかば、人にも物もいはれず」（二〇四詞書）とあるが、ここでは資盛のことを、気を許して思うままに語り合える「心の友」に会えたという、悲しみのうちにも作者の和《やわ》らいだ表情が浮んでくる。

九 前章の「かへる年の春」に同じ。寿永三年。類従本などには「そのころ」とある。

一〇 都大路を引き回された。「平氏首ノ聚《あつ》ム二于源九郎主六条室町亭一。所謂通盛卿・忠度《ただのり》・経正・教経・敦盛《あつもり》・師盛《もろもり》・知章《ともあきら》・経俊・業盛《なりもり》・盛俊等ノ首也。然ル後、皆持チ二向ヒ八条河原一ニ、大夫判官仲頼以下請ヒ二取之ヲ一、各々付ケ二于長鎗《ながやり》刀一、又付ケ二赤簡ヲ一（平某之由、各々注シ二付之ヲ一）向ツテ二獄門一ニ懸ク。観者成ス二市ヲ一云々」（『吾妻鏡』寿永三年二月十三日）。「寿永三年二月七日、摂津国一の谷にてうたれし平氏の頸《くび》ども、十二日に宮こへいる……同十三日、大夫判官仲頼、六条河原にいでむかって頸どもうけとる。東洞院《ひがしのとうゐん》の大路を北へわたして獄門の木にかけらるべきよし、蒲冠者《かまのくわんじや》範頼・九郎冠者義経奏聞《そうもん》す」（『平家物語』巻十首渡）。

変り果てた平家の人々

211 〈ああそれなら　恐ろしいことがやっぱり現実だったのか　それでもなお　わたしには　ただもう悪夢ではなかろうか　とばかり思われる〉。初句、他本には「あはれさは」。

捕はれの重衡を悲しむ

重衡《しげひら》の三位中将の、[一]憂き身になりて、都にしばしと聞えし頃《都に暫くいるという噂のあった頃》、「ことに《特に》ことに、むかし近かりし人々の中にも《親しかった人々の中でも》、[二]朝夕馴れて、をかしきことをいひ《冗談を言い》、またはかなきことにも《ちょっとしたことでも》、人のためは[三]便《びん》宜《ぎ》に心しらひありなどして《好都合に心遣いをしてくれなどして》、ありがたかりしを《稀にみるよい方だったのに》、いかなりけるむくいぞ《どのような前世の報いであろうか》」と、心憂し《つらい》。見たる人の《〔姿を〕見た人が》、「御顔は変らで、目もあてられぬ《まともに見られない》」などいふが心憂く、かなしさいふかたなし《言いようがない》。

212
朝夕に　見なれすぐしし　そのむかし　かかるべしとは　思ひてもみず

かへすがへす心のうちおしはかられて《〔重衡の〕心中が思いやられて》、

213
まだ死なぬ　この世のうちに　身をかへて　なに心ちして　あけくらすらむ

一 重衡は、寿永三年二月七日、一の谷の合戦で捕虜となり、十四日都に送られ、三月十日鎌倉に護送された。「同十四日、いけどり本三位中将重衡卿、六条を東へわたされけり。小《こ》八葉《はちえふ》の車に先後《せんご》の簾《すだれ》をあげ、左右の物見をひらく。土肥《とひ》次郎実平《さねひら》、木蘭地《もくらんぢ》の直垂《ひたたれ》に小具足《こぐそく》ばかりして、随兵卅余騎、車の先後にうちかこんで守護したてまつる」（『平家物語』巻十内裏女房）。

二 九一頁五～一一行参照。

三 「便宜」は、都合のよいこと、都合のよい折。「心しらひ」は、心遣い、心配り。

212 〈朝に夕に　親しく見なれて過したその昔に　よもや　こんなふうになろうとは　思ってもみなかったことよ〉。

213 〈まだ死にもしない　この世のうちから　捕われという姿に変って　どんなお気持で明け暮れ過していられるであろう〉。「身をかへて」は、死んで生れ変ることをさし、生きているうちに、生れ変ったような、捕虜という無残な身に変ってしまって、の意。

＊ 重衡は都を引き回された後、蔵人左衛門権佐定長に推問《すいもん》される。「赤衣にて劔笏《けんしやく》をぞ帯したりける。三位中将は紺村滋《こむらご》の直垂に、立烏帽子《たてえぼし》ひきたてておはします。日ごろは何ともおもはれざりし定長を、いまは冥途《めいど》にて罪人共が冥官に逢へる心地ぞせられける」（『平家物語』巻十内裏女房）。

維盛――那智に入水と聞き

また、「維盛《これもり》の三位中将、四熊野にて身を投げて《〔果てられたそうな〕》」とて、人のいひあはれがりし。いづれも《〔平家の公達の〕どなたも》、五今の世を見聞くにも《今の世の人々を見渡しても》、げにすぐれたりしなど、思ひ出でらるるあたりなれど《一門の人々であるが》、きはことに《〔維盛は〕際立って》ありがたかりし《たぐいまれな》六かたち用意《容貌心配り》、まことにむかし今見る中に、ためしもなかりしぞかし《くらべるものもないほどであったよ》。さればをりをりには《だから何かの折ふしには》、めでぬ人やはありし《賞讃しない人があったろうか》。七法住寺殿《ほふぢゆうじどの》の御賀に、八青海波《せいがいは》舞ひてのをりなどは、九「光源氏のためしも思ひ出でらるる」などこそ、人々いひしか。一〇「花のにほひもげにけおされぬべく《美しい色つやも全く圧倒されてしまいそうだ》」など、聞えしぞかし《申しあげたことだった》。そのおもかげはさることにて《〔維盛の〕その面影が忘れられないのは当然で》、一一見馴れしあはれ、いづれかといひながら《どの人が特にということはないが》、なほことにおぼゆ《〔維盛は〕やはり特別に思われる》。「おなじことと思へ《〔維盛〕資盛と同じに思いなさい》」と、をりをりはいはれしを、一二「さこそ」といらへしかば《答えたところ》、「さ一三

四『平家物語』巻十維盛入水《じゆすい》によれば、維盛は屋島の軍陣を抜け出し、高野山で出家、熊野那智の沖で入水。

五 底本には「いまのちをみきく」とあるのを改めた。

六「片手には大殿の頭中将、容貌《かたち》用意人にはことなるを、立ち並びては、なほ花のかたはらの深山木《みやまぎ》なり」(『源氏物語』紅葉《もみじの》賀《が》)。以下『源氏物語』の影響がある。

七「法住寺殿」は、太政大臣《だいじようだいじん》藤原為光が建立した法住寺の跡に、後白河院が建てた御所。「御賀」は、法住寺の南殿で、安元二年(一一七六)三月、高倉天皇によって催された後白河法皇の五十歳の御賀。全盛時代の平家一門が総力をあげての絢爛豪華《けんらんごうか》な祝賀であった。

八 舞楽の曲名。袍《ほう》に千鳥の模様を、下襲《したがさね》に青海波の模様をつけ、舞楽中最も華美な装束《しようぞく》で二人で舞う。『玉葉《ぎよくよう》』『安元御賀記』などにくわしい。

九『源氏物語』紅葉賀に、光源氏が青海波を舞って人々に賞讃《しようさん》された記述がある。

一〇『源氏物語』の「かざしの紅葉いたう散りすぎて、顔のにほひにけおされたる心地すれば」(紅葉賀)など、光源氏の優雅さを賞讃したのと類似の表現。

一一 これまで見馴《な》れてきた人々の訃報《ふほう》に接しての悲しさは、どの人の場合が特に悲しいということはない。

一二 そのように(資盛さまと同じと)お思い申しております。

一三 だけど、ほんとうにそう思っているのだろうか(いや、思っているものか)。反語になる。

れどさやはある」といはれしことなど、かずかず（〔思い出すと〕）かなしともいふばかりなし（悲しいとも何とも言いようがない）。

214 春の花の　色によそへし　おもかげの　むなしき波の　したにくちぬる

215 かなしくも　かかるうきめを　み熊野の　浦わの波に　身をしづめける

資盛――最後の便り

ことにおなじゆかりは（特にあの人のご兄弟については）、思ひとるかたの強かりける（悲報に接しての感慨はひとしおであった）。一憂きこと（悲しい）はさなれども（ことは悲しいのであるが）、この三位中将（維盛）、二清経《きよつね》の中将と、心とかくなりぬるなど（自分の意志で死を選んだなどと）、さまざま人のいひ扱ふにも（人が噂をするにつけ）、〔資盛が〕三「残りていかに心弱く（どんなに心細いとも）や、いとどおぼゆらむ（前にもまして思っているだろう）」など、さまざま思へど、四かねて（以前に）

214 〈春の桜の色にたとえた　美しい維盛様の面影は　今は空《むな》しい熊野の波の下に　朽ちてしまったことよ〉。当時、維盛の美しさを「春の花の色によそへ」たことは、「内裏の女房達のなかには、『深山木《みやまぎ》のなかの桜梅とこそおぼゆれ』なんどいはれ給《たま》ひし人ぞかし」と、『平家物語』巻十熊野参詣に見られる。

215 〈かなしいことに　こんなつらい目にお会いになって　熊野の浦の波底に　その身をお沈めなさった維盛様〉。「うきめ」は、「憂き目」と「浮き海布《め》」の懸詞《かけことば》。「憂き目をみ（見）」と「み熊野」の美称の接頭語の「み」をかけている。「浦わ」は、海岸線の曲った所で、ここは熊野灘《なだ》をいった。「うきめ」「浦わの波」「しづめ」は縁語。『風雅集』雑下に入集。

＊ 藤原隆房の『安元御賀記』の、維盛青海波の舞姿は詳細を極めるが、記録の性格上文芸性は稀薄。この章段では、維盛の「花のすがた」の残像を『源氏物語』の描写をふまえ、王朝物語が造型した人物を思わせる筆致で綴《つづ》り、鎮魂の賦《ふ》ともした。

一 維盛・清経の死は悲しいが、一方で、入水してしまったのは資盛のためにひどいとも思う気持を含む。

二 小松内大臣重盛の三男。左中将。一門とともに都落ちして太宰府《だざいふ》に至り、前途を悲観して二十一歳で入水。『平家物語』巻八太宰府落参照。

三 舎人《とねり》武里から維盛の入水の様子を聞いた時の資盛の悲嘆の様子が『平家物語』巻十の三日平氏に詳しい。

いひしことにてや《語った理由からか》、またなにとか思ふらむ《また他に何とか思うのだろうか》、便りにつけて《何かのついでに託して》、言の葉《〔資盛から〕》ひとつも聞かず。ただ都出での冬《都落ちの寿永二年の冬》、わづかなる便りにつけて、「五申ししやうに《以前申しましたように》、今は身をかへたると思ふを《死んだも同様と思っているので》、たれもさ思ひて《そう思って》、六後の世をとへ《後世を弔って下さい》」とばかりありしかば、たしか《〔返事を託す〕しっ》なる便りも《かりしたつても》知らず、わざとはまたかなはで《特別使をやるのはなおできないので》、これよりも《こちらからも》、いふかたなく思ひやらるる心のうちをもえいひやらぬに《言い送れずにいるうち》、この七ゆかりの草は《兄弟たちは》、かくのみみな聞きし頃しも《皆このように亡くなったと聞いたその頃》、あだならぬ便り《信用のおけるつてがあ》にて《って》、たしかに伝ふべきこと《確実に気持を伝えられる機会が》ありしかば、「かへすがへすか《この》くまでも聞えじと思へど《ようにお便りはするまいと思いましたが》」などいひて、

216 さまざまに　心乱れて　藻《も》塩《しほ》草　かきあつむべき　心ちだにせず

217 おなじ世と　なほ思ふこそ　かなしけれ　あるがあるに

四 九七頁一三行「物をあはれとも」から九八頁三～四行の「いづくの浦よりもせじと思ひとりたる」が、「かねていひしこと」の内容。

五 九八頁五行以下に「よろづ、ただ今より身をかへたる身と思ひなりぬるを」とあった。

六 九七頁一〇～一一行「道の光もかならず思ひやれ」参照。

七「ゆかりの草」「草のゆかり」は、九二頁注一参照。

216 〈あれこれ悲しみに心乱れ　この思いを　お手紙に書くことができそうな気さえいたしません〉。「藻塩草」は、藻塩の材料にする海藻。掻《か》き集めることから、歌で多く、物を書き集めるにかけて表現する。「かきつめて見るもかひなしもしほ草おなじ雲ゐの煙とをなれ」（『源氏物語』幻《まぼろし》）。「藻塩草」と「かきあつむ」は縁語。六七頁三七参照。

217 〈あなたと私とが　やはり同じ世に生きているということを思い知ることは　とても悲しゅうございます　生きているのが　生きていることにもならない　この世に〉。「おなじ世」には、「昔、平和で幸福であった現世」とする説もあるが、現在資盛と作者が同じ世にある、の意ととった。『風雅集』雑下に入集。

＊「あるがあるにもあらぬ」と、作者の詠《よ》みぶりの特色の繰り返し畳みかけ表現が、引きずるような重苦しい気分を伝えている。「有《あり》とても有《ある》にもあらずなしとてもなきにもあらぬ世にこそありけれ」（『藤原隆信朝臣集』物名）。

も　あらぬこの世に

一このはらからたちのことなどいひて、《兄弟たちのことなどを言って》

218 思ふことを　思ひやるにぞ　思ひくだく　思ひにそへて
いとどかなしき

など申したりし返事《書き送った返事に》、〔資盛は〕さすがにうれしき由《よし》いひて、「今はただ身の上も《自分の命も》今日明日《けふあす》のことなれば、かへすがへす思ひとぢめ《ものを思うことを》ぬる心ちにてなむ《やめようという心境です》、二まめやかにこのたびばかりぞ《今度ばかりは》申しもすべき《お返事もしましよう》」とて、

219 思ひとぢめ　思ひきりても　たちかへり　さすがに思ふ
ことぞおほかる

一 維盛と清経の入水《じゅすい》のこと。
218〈ひとり残ったあなたのお嘆きのあれこれを　お察しするにつけても　わたしの心は微塵《みじん》に砕け　痛みます　そのつらさが　心配に加わって　いっそう悲しくなります〉。
二 かりそめでなく。本格的に。伝言などではなく、消息文でというつもりの言い方か、という説（評釈）もある。
219〈物思いをとどめ　一切を断念しても　またもとに戻ってしまい　やはり思うことの　多いものです〉。資盛からの返歌。「思ひとぢめ」は、思うことをやめる、終りにするの意。「思ひ」の語を重複するが、これは作者がしばしば用いる修辞に倣《なら》ったものか。二一八と照応する。
220〈今はすべて　どのような情愛にも　感慨深いことにも　一切心を動かすまい　と思っている

220 今はすべて　なにのなさけも　あはれをも　見もせじ聞きも　せじとこそ思へ

221 あるほどが　あるにもあらぬ　うちになほ　かく憂きことを　見るぞかなしき

先立ちぬる人々のことといひて、（先に亡くなった維盛たちの）

とありしを見し心ち、ましていふかたなし。（と書いた資盛の手紙を見た気持は）

資盛――春の訃報

三又の年の春ぞ、（その翌年の春こそ）四まことにこの世のほかに聞き果てにし（とうとう資盛があの世の人になったと聞いてしまった）。その（悲報を）ほどのことは、（耳にした時のことは）ましてなにとかはいはむ（何と言ったらよいだろうか）。みなかねて（前々から）思ひしことなれど、ただほれぼれとのみおぼゆ（ただ茫然としていただけだったと思われる）。あまりにせきやら（せきとめかね）

のです〉。

221 〈生きていることが　生きていることにもならない　この世のうちにあって　その上こんな憂いつらい目に会うのは　悲しいことです〉。贈答歌における照応の個所は、二一八と二二一の詞書、「思ひ（二一八と二一九）」の重複と「ある（二一七と二二一）」の重複、「いとどかなしき（二一八）」と「見るぞかなしき（二二一）」など。『玉葉集』雑四に入集。

三 翌年（一一八五）。都落ちした平家側では、安徳天皇治世の寿永の年号を用いていたが、京都側では寿永二年に即位した後鳥羽天皇治世で、一一八四年に元暦という元号を定めて用いていた。

四 元暦二年（寿永四年）三月二十四日、資盛は一門の人々とともに壇の浦で入水した。

＊「前中納言（教盛）入水。前参議経盛出《デ》二戦場《ニ》一、至《リ》二陸地《ニ》一出家、立還又沈《ム》二波底《ニ》一。新三位中将資盛、前少将有盛朝臣等、同没《ジクス》レ水《ニ》」（『吾妻鏡』元暦二年三月二十四日の条）。「さる程に、平中納言教盛、修理大夫経盛兄弟、鎧《よろひ》のうへにいかりをおひ、手を取組て、海へぞ入給ひける。小松の新三位中将資盛、同少将有盛、いとこの左馬頭行盛、手に手をとりくんで一所にしづみ給ひけり」（『平家物語』巻十一能登殿最期）。

ぬ涙《て流す涙も》も、かつは見る人もつつましければ《一方では傍で見る人にも遠慮されるので》、なにとか人も思ふらめど《どうしたかと人は思うだろうが》、「心ちのわびしき《気分が悪い》」とて、〔衾を〕引き被《かづ》き寝暮して《終日寝てばかりいて》のみぞ、心のままに《思いきり》泣き過ぐす。「いかで《何とかして》物をも忘れむ」と思へど、あやにくに《意地悪くも》〔あの人の〕面影は身にそひ、〔昔聞いた〕言の葉ごとに聞く心ちして《一言一言を耳に聞くような気がして》、身《体》をせめてかなしきこと《を責めさいなむ悲しさは》、いひ尽すべきかたなし。ただ「[一]かぎりある命にてはかなく《生命には限りがあるので亡くなった》」など聞きしことをだにこそ《聞いた場合でさえ》、〔世間では〕かなしきことにいひ思へ[二]、これは《この場合は》、なにをかためしにせむと《何を例にしたらいいのであろうかと》、かへすがへすおぼえて、

222 なべて世の　はかなきことを　かなしとは　かかる夢みぬ　人やいひけむ

ほどへて《時が経って》、〔或る〕人のもとより、「さて《さて》もこのあはれ《このあわれなことを》、いかばかりか《どんなにお悲しみでしょうか》」といひたれば、なべてのことのやうにおぼえて《並み一通りのおざなりな挨拶のように思われて》、

一　定命《じょうみょう》。寿命。ここでは、戦《いくさ》で死んだりあるいは自分で自分の命を絶ったりするのでなく、長生きをして自然に死を迎える場合をさしている。次頁八〜九行の「のどかなる限りある別れ」に同じ。

二　「こそ」の結びの已然形で文を終らせず、逆接の意で下に続く文脈。言い思うけれども、の意。

222　〈おしなべて　世の中の死ということを「悲しい」と言うのは　このような　夢としか思えない　つらい目に会ったことのない人が言ったのだろうか〉。

223　〈今度の事件は「悲しい」とも　また「あわれ」とも　世の常なみに言い表すことのできる

出来事であろうはずがないのです〉。「いふべき」の「べし」は、可能の意。「あらばこそあらめ」は、あるならば、ぜひそうあってほしいものですが、の意。次に「世の常にいふべきことにあらず」を補って読む。注二参照。

＊おざなりの弔問に対して、下句では作者の抑えきれない怒りが感じられる。

別れの悲嘆

三「さても」は「それにしても」の意の接続詞とも考えられるが、悲嘆の底に沈みながらも、気持に反して生き永らえる憂世《うきよ》の皮肉な運命を「心憂く」というのであるから、前文を承《う》ける副詞と考え、このような深い悲しみに昏《く》れながらも、の意と解する。

四 茫然《ぼうぜん》自失の状態に対して、明らかにめざめている心。正気。資盛の死の悲報に接した時の「ただほれぼれとのみおぼゆ」という虚脱状態から、時が経《た》つにつれ、徐々に覚醒《かくせい》した精神状態を取り戻しつつあることをいっている。

五 同じく平家の人々と契ってはかない目に会った人は。

六「多くこそ（ある）なれど」の意。

223 かなしとも　またあはれとも　世のつねに　いふべきことに　あらばこそあらめ

三 さても、げにながらふる世のならひ心憂く《まことに生き続ける憂世の慣わしが情けなく》、明けぬ暮れぬとしつつ《明けた暮れたと日を送りながら》、さすがに《それでも》四 現《うつ》し心もまじり《正気も戻ってきて》、物をとかく思ひつづくるままに《あれこれものを思い続けるにつれて》、かなしさもなほまさる心ちす。はかなくあはれなりける契りのほども《男女の宿縁も》、我が身ひとつのことにはあらず《わたし一人に限ったことではない》。五 おなじゆかりの夢見る人は、知るも知らぬもさすが六 多くこそなれど《大勢いるであろうが》、さしあたりてためしなく《自分のことになると比べようもないほどに》のみおぼゆ。昔も今も、ただのどか《〔世の常として〕》なる限りある別れこそあれ《病気などでの死別はよくあるけれど》、かく憂きことはいつかはありける《いつあっただろうかと》とのみ思ふも《ばかり思うのも》さることにて《当然のことで》、ただとかく《ただとにかく》、さすが思ひなれにしことのみ忘れがたさ《何と言っても心にしみついているあの人のことの忘れにくさは》、いかで《何とかして》いかで今は忘れむとのみ思

224 〈世間に例のない　こんな悲しい死別をして　なおこの世に残る　あの人の面影ばかりが　わたしの身により添って　離れないのが　つらく思われる〉。

225 〈何とかして今は　嘆いたとて甲斐のない　あの人の死を嘆かずに　悲しい思い出を　忘れる心になりたいものよ〉。

226 〈忘却したいと願いつつも　またすぐ思い直す　あの人の思い出を　跡形もなく一切忘れてしまうのも　悲しいことに思われて〉。

一 九七頁一〇〜一一行に「道の光もかならず思ひやれ」と見える。

昔の手紙に涙

二 普通の死に方でなかっただけに、後世《ごせ》を祈り念仏を唱える余裕がなかったであろう、の意。

へど、かなはぬ《できないのが》、かなしくて、

224 ためしなき　かかる別れに　なほとまる　面影ばかり　身にそふぞ憂き

225 いかで今は　かひなきことを　嘆かずて　物忘れする　心にもがな

226 忘れむと　思ひてもまた　たちかへり　名残りなからむ　ことぞかなしき

ただ胸に堰《せ》き《溢れ》、涙に余る思ひのみなるも《泣いても晴れない思いばかりしていても》、なにの甲斐ぞとか《何の役に立とうかと》なしくて、「『一後《のち》の世をばかならず思ひやれ』《私が死んだら後世を必ず弔って下さい》といひしものを《〔資盛が〕言っていたのに》、さこその際《きは》も《さぞ死の間際も》[二]心あわただしかりけめ《落着かないことだったろう》。またおのづから残りて《たまたま生き残っていて》、跡とふ人もさすがあるらめど《菩提を弔う人もさすがにいるだろうが》、よろづの《多くの》[三]あたりの人も《周辺の人も》、世に忍び隠ろへて《世間を忍び隠れていて》、なにごとも《何をするにも》道ひろからじ[四]」など、身一つのことに思ひなされて《〔菩提を弔うのは〕私一人の勤めのように思われて》、かなしければ、[五]思ひを起して《発願して》、反故《ほうぐ》[六]選《え》りいだして《手紙をよりぬき》、料紙《れうし》[七]にすかせて《漉き直させて》、経書き、またさながら打たせて《〔反故を〕或いはそのまま打ちのばさせ》、文字《もじ》の見ゆるもかはゆければ《いたいたしいので》[八]、うらに物をかくして《裏に別の紙を当てて字を隠して》、手づから《自分で》地蔵《ぢざう》[九]六体墨描《が》きに描きまゐらせなど《お描き申しあげるなど》、さまざま心ざしばかり《気持ばかりで》弔《とぶら》[一〇]ふも、人目つつましければ《人の見る目が遠慮されるので》、うとき人には《親しくない人には》知らせず、心ひとつにいとなむ《自分一人だけで仏事を営む》かなしさも、なほたへがたし《やはり堪え難く思われる》。

227　すくふなる　誓ひたのみて　写しおくを　かならず六《むつ》の　道しるべせよ

など、泣く泣く思ひ念じて《心に祈って》、阿証《あしよう》[一一]上人の御もとへ申しつけて《お頼みして》[一二]、

三 資盛の周囲の人。九七頁三行、二〇四の詞書《ことばがき》中にも「あたりなりし人」と見える。

四 「道狭し」ということ。源氏の世になって、平家に関係のあった人々が、人目をはばかる状態をさす。不自由であろう、窮屈であろうの意。

五 亡き資盛のため、仏果を得ようと願を起して、の意。

六 不用になった紙。ここは資盛の古い手紙。

七 用紙。ここでは経を書写する用紙。

八 胸がせまって耐えがたいこと。類従本などに「まばゆければ」とある。

九 地蔵菩薩の像を六体。六道で衆生《しゆじよう》の苦を救う六種の地蔵、延命《えんめい》、宝処、宝手、持地《じじ》、宝印手《ほういんしゆ》、堅固意《けんごい》の六地蔵をいう。檀陀、宝珠《ほうじゆ》、宝印、持地、除蓋障《じよがいしよう》、日光などをいう等、異説もある。

一〇 仏事を営むこと。供養。

227 〈衆生をお救いくださる　地蔵菩薩の誓願をお頼みし　お姿の六体をお写ししたので　どうか　必ず　あの人が六道輪廻《りんね》の苦しみから逃れる　道案内をして下さいませ〉。「六の道」は、五六頁一三の注参照。

一一 七七頁注五参照。

一二 阿証上人に「申しつけ」たのではなく、召使いに言いつけてお頼みさせたのである。

一供養《くやう》せさせ二たてまつる。さすが積りにける《長年たまった》反故《ほうぐ》なれば、おほくて、三尊勝陀羅尼《そんしょうだらに》、なにくれ《〔や〕何やかや》、さらぬことも《それ以外のこともたくさん書かせなどする》おほく書かせなどするに《折に》、「なかなか見じ《なまじ見まい》」と思へど、さすがに見ゆる筆の跡《それでもやはり目に入る筆跡》、言の葉ども《言葉などを見ると》、四かからでだに《このようでなくても》、昔のあとは涙のかかるならひなるを《筆跡を見れば涙がこぼれるのが常であるのに》、目もくれ心も消えつつ《眼前が涙で暗くなり人心地もなくなって》、いはむかたなし《言いようがない》。そのをり、とありし《ああだった》、かかりし《こうだった》、我がいひしことのあひしらひ《「これは」私の言ったことへの返事》、なにかと見ゆるが《などと見えるのが》、かき返すやうにおぼゆれば《胸をかきむしるように思われるので》、ひとつも残さず、みなさやうにしたたむるに《写経などをして処分していると》、五「見るも甲斐なし」とかや、六「なにの心ありて」源氏の物語にあること思ひ出でらるるも《思い出されるのも》、つれなくおぼゆ《情けなく思われる》。

かなしさの　いとどもよほす　水茎の　跡はなかなか　消えねとぞ思ふ

一　仏・法・僧の三宝《さんぼう》または死者の霊などに対して、香花《こうげ》・灯火・飲食《おんじき》・財物《ざいもつ》を供え、また堂塔を建て、読経《どきょう》・礼拝《らいはい》をすること。ここでは、写経や地蔵六体の墨書きを仏前に供えて回向《えこう》をお願いしたのである。

二　「させ」は使役の助動詞。阿証上人に供養させるの意。「たてまつる」は仏に対する敬語。

三　仏頂尊勝の功徳《くどく》を説いた陀羅尼。梵文《ぼんぶん》の呪文《じゅもん》で密教や禅宗で用いる。これを唱え、または書写すれば、悪を清め、長寿悦楽を得、死後極楽往生ができるという。底本「にんせうたらに」を諸本により改める。

四　『源氏物語』幻《まぼろし》で、光源氏が亡き紫の上の文殻《ふみがら》を処分する章段に「いと、かからぬほどの事にてだに、過ぎにし人の跡と見るはあはれなるを、ましていとどかきくらし、それとも見分かれぬまで降りおつる御涙の水茎に流れそふを」とあるのを、意識しているか。

五　『源氏物語』幻で、光源氏が紫の上の死後、一周忌をすませいよいよ出家を決意するが、紫の上の手紙を悲しみによく見ることもできず、焼いて処分した際書きつけた歌「かきつめて見るもかひなしもしほ草おなじ雲ゐの煙とをなれ」をさしている。

六　「なにの心ありて」には諸説があるが、「悲嘆の底でも文学趣味から抜けきれない自身への一種の自己嫌《けん》悪《お》」（評釈）に従い、一体どういう浮わついた心から、こういう悲しみのさ中に『源氏物語』のことなど思い出すのであろう、の意ととる。

229
かばかりの　思ひにたへて　つれもなく　なほながらふる　玉の緒も憂し

蜩とともに泣く

夏深き頃、つねにゐたるかた（〔私の〕居る部屋の）の遣戸《やりど》は谷のかたにて（引き戸は谷に面していて）、見下《おろ》したれば、竹の葉は強き日によられたるやうにて（強い日射しのためによじれたようになり）、まこと七に土（〔古歌の通り〕ひび割れが見えるあたりの様子だけれど）さへ裂けて見ゆる世のけしきにも、「我が袖ひめや」（私の袖は乾くことがあろうかと）と、まづ（〔涙で〕眼の前が暗くなるが）たかきくらさるるに、蜩《ひぐらし》八は繁き（繁った）梢に、かしがましきまで（やかましいほど）鳴き暮す（一日中）も（鳴くのも）、友（〔私の〕）なる心ちして、

230
言《こと》とはむ　なれもやものを　思ふらむ　もろともになく　夏のひぐらし

228 〈見るたびに　悲しさをいよいよ誘う　あの人の昔の筆の跡は　いっそ　消えてしまえ　とまで思うことだ〉。

229 〈これほどの　つらい思いに耐えて　情けなく　なお生き永らえているわが命が　やりきれなく思われる〉。「玉の緒」は、玉を通したひも。魂《たま》を体につないでおく緒の意で、命のこと。

＊資盛の後世を弔うのは、自分一人だけの勤めに思われるという悲願のさ中にもかかわらず、無意識のうちに狂言《きょうげん》綺語《きぎょ》の物語の方へ連想の及んでいる作者を、もう一人の冷えた作者が凝視《ぎょうし》して「なにの心ありて」と嘆く。自意識の強い女性のイメージが浮んでくる章段である。

七 底本に「まとに」とあるが、諸本によって改めた。「土さへ裂けて見ゆる」は、暑さのために、大地さえひび割れが見える。「水無月《みなづき》の土さへさけて照る日にもわが袖ひめや君にあはずして」（『万葉集』巻十夏相聞）をふまえる。

八 セミの一種。晩夏から初秋にかけて、日暮れや明け方に「かなかな」と鳴く。

230 〈教えておくれ　お前も　何か物思いにふけっているの　わたしと一緒に　一日中ないている夏の蜩よ〉。

神も仏も恨めしく

一 底本の「おさな〱より」を、諸本によって改めた。

231 〈それにしても　そのうちにはお救いくださるにちがいない　とお頼みしていた仏も　お救いくださらないので　これでは来世でもよいことはあるまいと　思いやるのはとても悲しい〉。

232 〈それならこの身も　心と同じように　行方《ゆくえ》定めずさまよい出て行こう　生きていなければならないような　この世でもないから〉。「あくがる」は、人の心が憂苦の極限には身から離れて行くと考えられていた。「あくがる」とも「うかる」とも表現する。『新千載集』雑中に入集。

北山の思ひ出の邸で

二 京都の北方にある山。

三 僧侶、出家の称。

なぐさむこともなきままには《気の紛れることも一向にないので》、仏にのみ向ひたてまつるも《仏様をお拝み申してばかりいるものの》、さすが《それでも》を一さなくよりたのみ聞えしかど《幼い頃から仏をお頼み申して来たけれど》、憂き身思ひ知ることのみありて、またかくためしなき物を思ふも《このように類例のない物思いをするにつけ》、いかなるゆゑぞと、神も仏も恨めしくさへなりて、

231 さりともと　頼む仏も　めぐまねば　後の世までを　思ふかなしさ

232 ゆくへなく　わが身もさらば　あくがれむ　あととどむべき　憂き世ならぬに

二北山の辺《へん》によしある所《風情のあるところ》のありしを、はかなくなりし人の《はかなく世を去った資盛の》領《りやう》ずる所にて《所有地で》、花の盛り、秋の野辺など見には《春の花盛りや秋草の咲き乱れる野辺のさまを見に》、つねに通ひしか

ば、たれも見しをりもありしを、ある[三]聖《ひじり》の物になりてと聞きしを、ゆかりあることありしかば、[四]せめてのことに、忍びて渡りて見れば、面影は先立ちて、またかきくらさるるさまぞ、いふかたなき。みがきつくろはれし庭も、[五]浅茅《あさぢ》が原、[六]蓬《よもぎ》が杣《そま》になりて、[七]葎《むぐら》も苔《こけ》もしげりつつ、ありしけしきにもあらぬに、植ゑし小《こ》萩《はぎ》はしげりあひて、北南《きたみなみ》の庭にみだれふしたり。[八]藤《ふぢ》袴《ばかま》うちかをり、[九]ひとむらすすきも、まことに虫の音しげき野辺と見えしに、[一〇]車寄せて降《お》りし[一一]妻戸《つまど》のもとにて、ただひとりながむるに、さまざま思ひ出づることなど、いふもなかなかなり。れいの、物もおぼえぬやうにかきみだる心のうちながら、

233
露消えし　跡は野原と　なりはてて　ありしにも似ず　あれはてにけり

誰でもそこを見る機会があったのを　〔今は〕　僧侶の所有になっていると聞
いたが　〔その僧とは〕縁故があったので　人目を忍び
出かけて行くと　まずあの人が目に浮び　涙でまっくらになるありさまは
きれいに手入れされていた庭も
以前とまるで様子が変ってしまい
〔資盛が〕　乱れ倒れている
よい香を放ち　一かたまりの薄も　本当に〔古歌のように〕
一人きりで物思い
にふけっていると　言うのもかえって涙の種
である　例のとおり　何も分らなくなったように　悲しみに乱れた心のうちではあった
が

四　せめてこれだけでも、と願うこと。ここでは、思い出のつてにだけでもと思って、の意。

五　「浅茅」は、一面に生えた丈《たけ》の低いチガヤ。『万葉集』『古今集』では叙景や恋の歌にも使われるが、『源氏物語』以後は蓬・葎とともに貧しい家、淋《さび》しい荒廃した場所の象徴とすることが多い。「浅茅は庭の面《おも》も見えず、しげき蓬は軒をあらそひて生《お》ひのぼる。葎は西東《ひむがし》の御門を閉ぢ籠《こ》めたるぞ頼もしけれど」(『源氏物語』蓬生《よもぎう》)。

六　蓬が杣山(木を切り出す山)のように繁った所。「なけやなけ蓬が杣のきりぎりす過ぎ行く秋はげにぞ悲しき」(曾禰好忠《そねのよしただ》、『後拾遺集』秋上)。

七　「かなむぐら」「やえむぐら」など、蔓《つる》でからむ雑草の総称。

八　キク科の多年草。秋、薄紫色の小形の佳香のある花を開く。秋の七草の一つ。

九　一所に群がって生えている薄《すすき》。「きみが植ゑしひとむら薄《すすき》虫の音《ね》のしげき野辺ともなりにけるかな」(御春有助《みはるのありすけ》、『古今集』哀傷)をふまえた。

一〇　以前、出かけて来た折には、牛車《ぎっしゃ》をひき寄せて降りた妻戸のかたわらで。

一一　建物の端にある両開きの板戸で人の出入する所。

233　〈あの人が　亡くなられた後は　ゆかりの庭も　野原となって　手入れのゆき届いていた昔とは　似ても似つかぬほど　荒れはててしまったことよ〉。「露」「野」は縁語。

234
跡をだに　形見《かたみ》にみむと　思ひしを　さてしもいとど　か
なしさぞそふ

東の《東側の》庭に、柳桜のおなじたけなるを《同じ高さのものを》まぜて、あまた植ゑ並べたりしを、ひととせの春《ある年の春》、もろともに見しことも《資盛と一緒にお花見をしたのも》、ただ今の《ついこの間の》心ちするに《気がするのに》、梢ばかりはさながらあるも《その梢だけはそのままあるのも》、心憂くかなしくて、

235
植ゑて見し　人はかれぬる　跡になほ　のこるこずゑを
見るも露けし

236
我が身もし　春まであらば　たづね見む　花もその世の
ことな忘れそ

234　〈二人で眺めた庭の跡なりとも　形見に見ようと思ったのに　来てみると　思い出があふれて　一そう悲しさがつのることよ〉。

235　〈植えて眺めた人は　この世を去ってしまって　跡になお残っている木々の梢《こずえ》を見るにつけ　露の涙がこぼれる〉。「かれ」は「離《か》れ」と「枯れ」とをかける。「露けし」は、露のように湿りけが多い。歌では多く涙にかけていう。「植ゑ」「こずゑ」「露けし」は縁語。

236　〈もしもわたしが　来年の春まで生きていられたら　また訪《たず》ねてあの春のことを偲《しの》ぼう　花もそれまであの時のことを　忘れないでいておくれ〉。「その世のこと」は、詞書《ことばがき》に見られる「ひととせの春、もろともに見しこと」をいう。「な忘れそ」の「な……そ」は、禁止を表す。菅原道真《すがわらのみちざね》の「こち吹かばにほひおこせよ梅の花あるじなしとて春を忘るな」を本歌とする、「ながめつるけふは昔になりぬとも軒ばの梅はわれを忘るな」（式子内親王、『新古今集』春上）もある。

＊資盛の面影を求めて北山の所領地を訪ね、荒れた庭を悲しく眺め、いつも車を近寄せては降りた妻戸のもとでひとり思い出にふける。次に連想は、資盛の邸の焼跡に時を忘れて佇《たたず》んだ折のことに及

んでいる。

焼跡の虫の声

一「平家都を落行《おちゆく》に、六波羅・池殿・小松殿、八条・西八条以下、一門の卿相《けいしやう》雲客の家々廿余ケ所、付々《つぎつぎ》の輩の宿所々々、京白河に四五万間《げん》の在家、一度に火をかけて皆焼払ふ」(『平家物語』巻七維盛都落)とあるから、ここが資盛の邸跡かどうかは不明だが、前章からの関連、また二三七に「ふるさと」の詞《ことば》を用い、詞書中には「行き過ぐべき心ちもせ」ぬとか「いつを限りに」という表現も見られるところから、資盛の邸の跡かもしれない。

237　〈また改めて　悲しい思い出の　昔なじんだ邸の跡をかえりみてなつかしく思い　立ち去りかねているのも　思えば　はかないことよ〉。「ふるさと」は、昔なじみのなつかしい地。

憂きこと聞き重ねぬれば

二 作者の「聞きかさね」たという「憂きこと」が、具体的にどのような事柄であったかは不明である。『平家物語』(巻十二、六代)に語られている、都入りをした北条時政の、平家の子孫に対する厳しい探索・殺害などの陰惨な風説を聞いたのであろうか。

また物へまかりし道に（よそへ出かけた途中に）、一昔の跡のけぶりになりしが（昔親しんだ人の邸の焼跡で）、礎《いしずゑ》ばかり残りたるに（土台石だけ残っている所に）、草深くて、秋の花ところどころに咲き出でて、露うちこぼれつつ、虫のこゑごゑみだれあひて（入り乱れて）聞ゆるもかなしく、行き過ぐべき心ちもせねば（通り過ぎることもできそうになかったので）、しばし車をとどめて見る（〔あたりを〕）も、いつを限りにかとおぼえて（いつまでいたら気がすむのかと思われて）、

237　またさらに　憂きふるさとを　かへりみて　心とどむる
ことも はかなし

ただおなじことをのみ、晴るる世もなく（心の晴れる時もなく）思ひつつ、絶えぬ命（命は絶えもせ）はさすがにありふるに（ずそのまま生き永らえていると）、二憂きことのみ聞きかさねぬるさま（幾度も聞かされる心の状態は）、いふかたなし（何とも言いようがない）。

238 さだめなき　世とはいへども　かくばかり　憂きためしこそ　またなかりけれ

238〈無常な世の中と　人は言うけれど　これほどまでに　つらい目に会ったという例は　またとないのではなかろうか〉。

大原に建礼門院を訪ふ

一女院《にようゐん》、二大原《おほはら》におはしますとばかりは聞きまゐらすれど、三さるべき人に知られでは、まゐるべきやうもなかりしを、深き心をしるべにて、わりなくてたづねまゐるに、やうやう近づくままに、山道の気色よりまづ涙は先立ちていふかたなきに、御いほりのさま、御すまひ、ことがら、すべて目もあてられず。昔の御ありさま見まゐらせざらむだに、おほかたの事がら、いかがこともなのめならむ。まして、夢うつつともいふかたなし。秋深き四山颪《おろし》、近き梢《こずゑ》にひびきあひて、筧《かけひ》の水のおとづれ、鹿の声、虫の音《ね》、いづくものことなれど、ためしな

おいでになるということだけは　参上することもできなかったのであるが　女院を深くお慕いする心を案内に　やむにやまれぬ気持からお訪ねしていくと　次第に　様子からしてまず涙が先にこぼれて　女院の御庵室の様子　ご生活の有様　見るに耐えないほどひどいものだった　華やかな御生活を拝見しない人でさえ　〔ここの〕おおよその御ありさまは　どうしてこれが当り前のことと思えよう　〔昔を知る私には〕夢とも現実とも言いようがない　音　〔秋の山里は〕どこも同じだが　〔私には〕

一　建礼門院。女院は、平家一門と西海に赴き、壇の浦で一門とともに入水《じゆすい》したが救助されて文治元年（一一八五）四月二十五日都へ還り、五月一日に大原の本《ほん》成房《じようぼう》を戒師として出家。はじめ東山の麓《ふもと》、吉田の辺に住んだが、さらに洛北大原寂光院に入った。時期は同年九月末とも十月末ともいう。大原入りは本成房の縁かといわれる。人名一覧参照。

二　京都市左京区大原町。洛北の八瀬《やせ》よりさらに約一キロ北方。女院の庵室は、大原草生町寂光院（天台宗の尼寺）の本堂の左手、一段下った百五十平方メートルぐらいのささやかな平地にあったという。

三　適当な人の案内がなくては、の意。「さるべき人」を、案内するにふさわしい女院に縁のある人、或いは許可することのできる源氏方の人、と解する説もあり、また「知られては」と読んで、源氏方に知られたならば、と解する説もある。

きかなしさなり。五都は春の錦《にしき》をたちかさねて《美しい衣裳を着重ねて》、さぶらひし人《お側に仕えていた女房が》六十余人ありしかど、見忘るるさまに《見違えるほどに》おとろへたる《やつれた》墨染《すみぞめ》の姿して《尼姿で》、わづかに六三四人ばかりぞさぶらはるる《お仕えしておられる》。その人々にも、「さてもや《それにしてもまあ》」とばかりぞ、われも人もいひ出でたりし《私もお仕えする人も口に出しただけで》、むせぶ涙におぼほれて《むせび泣く涙でいっぱいになって》、言《こと》もつづけられず《言葉も続けられない》。

239 今や夢　昔や夢と　まよはれて　いかに思へど　うつつと
ぞなき

240 あふぎみし　むかしの雲の　うへの月　かかる深山《みやま》の　影
ぞかなしき

七花のにほひ、月の光にたとへても、ひとかたにはあかざりし《一方だけでは不充分なお美しさだった女院のご容姿も》御おもかげ、あらぬかとのみたどらるるに《別人かとばかり昔が回想されるが》、かかる御事を見《おいたわしいご様子を拝》

四 山から吹きおろす風。

五 「都は」は、「見わたせば柳桜をこきまぜてみやこぞ春の錦《にしき》なりける」（素性《そせい》法師、『古今集』春上）により、「錦」を導くための序とした。なお「みやこぞ」の異文がある。

六 『平家物語』灌頂巻大原御幸の条には、信西《しんぜい》の女《むすめ》阿波内侍《あわのないし》、重衡の妻の大納言佐局《すけのつぼね》の名が見える。

239 〈今が夢の中なのか　それとも　昔が夢だったのか　思い迷って　どう考えても　とても現実のこととは思われない〉。『風雅集』雑下に入集。「忘れては夢かとぞ思ふ思ひきや雪ふみわけて君を見むとは」（在原業平《ありわらのなりひら》、『古今集』雑下・『伊勢物語』八十三段）と、詠出の場が近似している。

240 〈その昔　宮中で　まばゆくお見上げした中宮様　今は　こんな寂しい山奥にお住いのご様子が　いたましく　悲しい〉。一〇頁三参照。「かかる」は「斯《か》かる」と「(月が)懸《かか》る」との懸詞。「雲」「かかる」「影」は「月」の縁語。

七 春の花の美しい色つや。「花のにほひ」と「月の光」は対句になる。

ながら《見しながら》、なにの思ひ出なき都へとて、されば《それではどうして帰るのであろう》なにとて帰らむと《と》、うとましく心憂し《〔自分が〕いとわしく情けない》。

241 山深く　とどめおきつる　わが心　やがてすむべき　しるべとをなれ

一 なにごとにつけても、世にただ《ひたすら》、二 なくもならばや《死んでしまいたい》とのみおぼえて、

242 なげきわび　わがなからましと　思ふまでの　身ぞわれながら　かなしかりける

なぐさむことは《心が慰むことは》いかにして《どうして》か三 あらむなれば《あろうかと思うので》、四 あらぬ所《全く別の所を》たづね

241 〈山深く残しておいた　私の心よ　私が出家して　女院のお側に住むことができるような手引きに　そのままなっておくれ〉。「すむ」には、「澄む（出家をする）」と「住む」がかかっている。「とをなれ」の「を」は間投助詞。

＊大原御幸の御供をした後徳大寺実定は、昔は月に喩《たと》えた女院であったが、その変りはてた姿を嘆き、「いにしへは月にたとへし君なれどその光なきみ山辺の里」と詠じて庵室の柱に書きつけた（『平家物語』灌頂巻女院死去）。

ただ死にたしと

一 女院の変りはてたお姿、消えやらぬ資盛の記憶など、何事につけても。

二 底本に「なくもやならばや」とあるのを、諸本によって改めた。

242 〈嘆きつかれ　そのはてに　いっそのこと死んでしまえたら　と思うまでになったわが身が自分ながら悲しい〉。

三 「か」の結びが、「あらむ」で完結すべきところを「なれば」と続けた。中世的な語法。

四 つらく悲しい気持を晴らす手だてもなく、あるいは、資盛との甘美な思い出が、今となってはうとましい思いのよすがに変じた都

旅を企てる

という「ところがら」(二四五)のせいかもしれないと、まったく関《かか》わりのない所を求めて、の意。

五 都落ちの際の、資盛の心境を思いめぐらすのである。

243 〈帰ろうと思えば　いつでも思いのまま　帰れる道でも　旅立ちの時は　やはり　心がしんみりすることよ〉。

244 〈わたしのように　つらい思い出の多い都にいるのをいやだと思っても　旅立つ時は名残り惜しいのに　まして　あの人の都落ちは　どんなにつらかったことか……　また思い出してしまう〉。

＊ 資盛の記憶をたち切ることのできない作者は、記憶をよび起すものばかりある都に、いたたまれない心境から旅立ちを思いつく。この時代、旅は必ずしも遠方に行くことではなく、すみかを離れることをすべて旅といった。

六 大津市坂本町。比叡山の東麓《とうろく》。

七 (都から遠く隔たった心地にさせるのは)都のどのような思い出なのだろうか、の意。「か」は疑問の助詞。裏に、悲しいつらい思い出はたくさんあるが、都を恋しく思うような思い出の種はない、という気持がこめられている。

がてら、遠く思ひたつ《遠く旅に出ようと思い立つにつけても》ことありしにも、[五]まづ思ひ出づることありて、

243 帰るべき　道は心に　まかせても　旅だつほどは　なほあはれなり

244 都をば　いとひてもまた　なごりあるを　ましてと物を思ひ出でつる

比叡坂本の雁

心ざしの所は《行こうと思った所は》、[六]比叡《ひえ》坂本《さかもと》のわたりなり《あたりだった》。雪はかきくらし降り《雪は空を暗く曇らして降って》たるに《いるので》、都ははるかにへだたりぬる心ちして、「[七]なにの思ひ出でにか」と心細し。夜ふくるほどに、雁《かり》の一列《ひとつら》、このゐたる《私の宿っている》うへを過ぐる《家の上を飛び過ぎる》音《おと》《鳴き声を》のするも、まづあはれと《何より先に悲しいとばかり》のみ聞きて、すず《むやみ》

ろにしほしほとぞ泣かるる《にしくしくと泣けてくるのだった》。

245 憂きことは　ところがらかと　のがるれど　いづくもかりの　宿と聞ゆる

一関ひとつこそ越えぬるは《関をひとつだけ越えたのだから》、いくほどならじを《たいした距離ではないだろうに》、梢にひびく嵐の音も、都よりはことのほかに激しきに《思いのほかに激しいので》、

246 関越えて　いく雲ゐまで　へだてねど　都には似ぬ　山おろしかな

つくづくと行ひて《よくよくお勤めして》、ただ一すぢに《ただそのことばかり》、見し人《資盛》二の後の世三とのみ祈らるるにも《祈ってしまうにつけ》、四なほかひなきことのみ、思はじとても、五またい

245 〈つらいのは場所のせいかと　都を遁《のが》れて来たのに　旅宿の上を　鳴き過ぎて行く雁の声が　この世はどこも仮の宿　と聞える〉。「かりの宿」は、安住のできないかりそめの宿。「仮」に「雁」を響かせる。

一「関」は、逢坂《おうさか》の関。

逢坂山の嵐

246 〈逢坂の関を越えて　都からは　雲居はるばる距《へだ》たったわけではないのに　都とはまるで違う　山おろしの風だこと〉。「いく雲ゐ」は、雲の居る空を、幾つも重ねた遠い距離の意。「いく」は「(関越えて) 行く」と「幾」とがかかっている。

* 坂本のあたりは、木立は都よりも鬱蒼《うっそう》と深く、梢《こずえ》を吹きわたる比叡颪《ひえおろし》も激しく、いっそうの旅愁をつのらせる。

二 思い人として言いかわした人、契った人。資盛。

三 後世《ごせ》、来世が安楽であるように。極楽浄土に生れるように。

雪の朝の橘の追憶

四 いくら思っても役にも立たないことばかり。亡き資盛のことをあれこれ思い嘆くことをいっている。

五 「思はざらむ」を補って読む。どうして思わずに

かがは。そともを立ち出でて見れば《部屋から出て外を見ると》、橘《たちばな》の木に雪深くつもりたるを見るにも、六いつの年ぞや、大内にて《内裏で》雪のいと高く《雪がたいそう》七つもりたりしあした《朝に》、八宿直姿《とのゐすがた》の萎《なえ》九ばめる直衣《なほし》にて、この木《橘の木》に降りかかりたりし雪を、さながら折りて持ちたりしを《そのまま落さず折って持っていたのを》、「などそれをしも《どうして特別その木を》折られけるにか《お折りになったのですか》」と申ししかば、（資盛）一〇「わが立ち馴らす《いつもなれ親しんで》かたの木なれば《いる場所にある木だから》、契りなつかしくて《ゆかりが慕わしく思われて》」といひしをり《（折った）と言った時のこと》、ただ今《たった今のように思われて》とおぼえて、かなしきことぞいふかたなき。

247 立ちなれし　み垣のうちの　たち花も　雪と消えにし　人や恋ふらむ

とまづ思ひやらるる。この見る木は《今眺めているこの橘は》、葉のみ繁りて色もさびし《花も実もなく寂しい》。

248 こととはむ　五月《さつき》ならでも　たち花に　むかしの袖《そで》の　香《か》

いられよう。

六 底本の「いつの年とや」を、諸本により改めた。

七 平安時代の作品では、雪の降る、積るについて、「高し」「深し」の両様の表現が用いられている。

八 宿直装束《とのいしょうぞく》のこと。「昼《ひ》の装束」に対して、内裏に宿直をするとき、あるいは儀式などのない通常の出仕の折などの略装の直衣《のうし》姿をいう。

九 着ているうちに糊気《のりけ》が落ちて、やわらかに見える意。底本の「ないばめる」を異本によって改めた。

一〇 右近衛府の官人は朝儀の時右近の橘の側に立つ。資盛は右近衛府にいたのでこういった。

247 〈あの人が親しんだ　宮中の橘《たちばな》も　雪のようにはかなく消え去った人を　恋い慕っているだろうか　わたしと同じように〉。

248 〈橘の木に　尋ねてみたい　五月の花橘は昔の人の袖《そで》の香がする　というが　五月でなくても　橘に　恋しいあの人の袖の香が残っているかどうか〉。「さつき待つ花橘の香をかげばむかしの人の袖の香ぞする」（よみ人しらず、『古今集』夏・『伊勢物語』六十段）によっている。

はのこるやと

風にしたがひて《風が吹くにつれて》鳴子《なるこ》[一]の音のするも、すぞろに物がなし《わけもなくもの悲しい》[二]。

249 ありし世に　あらず鳴子の　おときけば　過ぎにしこと
ぞ　いとどかなしき

はるかに都のかたをながむれば《遠く都の方角を物思いにふけりながら眺めると》、はるばるとへだたりたる雲《空の》居にも《有様につけても》、

250 我が心　うきたるままに　ながむれば　いづくを雲の　は
てとしもなし

一　小さな竹筒を多く板に付け、縄《なわ》を引いて鳴らす鳥おどしの一種。和歌では「引板《ひた》」として用いられることが多いが、この歌では「あらずなる」から続けるために「鳴子」としたのである。一六二にも見られた。

二　「すずろに」に同じ。何となく、漫然と、理由なくの意。

鳴子の音も物がなし

249　〈昔とは　すっかり変った世の中になってしまって　風に鳴る鳴子の音を聞いていると　過ぎ去ったなつかしい日が思い出されて　ますます悲しい〉。「あらずなる」と「鳴子」とがかかっている。「ありし世にあらず」に、繰り返し畳みかけ表現をもつ。

浮雲の心象

250　〈ゆれ動く心を抱いて　都の方を眺めると　雲は広漠《こうばく》と続いていることよ　わたしの物思いもはてしない〉。「うきたる」は、落ち着いていない、人心が動揺する、不安定であるの意。「うきたつ」の異文もある。「うき」は「浮き」に「憂き」を響かせ、「雲」と縁語。

＊　広漠たる浮雲の連続は、物思いの尽きない作者の心象である。

星月夜のあはれ

十二月ついたち頃三なりしやらむ《だったろうか》、夜に入りて、雨とも雪とも《雨とも雪ともつかぬ》なくうち散りて《ものが散らついて》、四むら雲さわがしく《雲の行き来があわただしく》、ひとへに曇りはてぬも《すっかり曇りきってはしまわな》のから《いけれど》、むらむら星うち消えしたり《まばらな星がかすかに見え隠れしていた》。五引き被《かづ》きふしたる六衣《きぬ》を、更《ふ》けぬるほど、七丑《うし》二つばかりにや《午前二時半頃であろうか》と思ふほどに引き退《の》けて、空を見上げたれば、ことに晴れて八浅葱《あさぎ》色なるに、光ことごとしき《特によく光っている》星の大きなる《星で大きいものが》、むらなく出でたる《一面に出ていたのは》、なのめならずおもしろくて《ひととおりでなく趣深くて》、九花の紙に箔《はく》をうち散らしたるによう似たり《金属の箔を散らした模様によく似ている》。今宵《こよひ》はじめて見そめたる心ちす。さきざきも《これまでにも》一〇星月夜《ほしづきよ》見馴れたることなれど、これはをりからにや《〔旅先という〕折が折だからだろうか》、ことなる心ちするにつけても《特別すばらしい気がするにつけても》、ただ物のみおぼゆ《物思いばかりがされる》。

251 月をこそ　ながめなれしか　星の夜の　深きあはれを　こよひ知りぬる

三 底本の「なりしやん」を、諸本により改めた。
四 集まり群がっている雲。一むれの雲。
五 衣を頭までおおって寝ていた、の意。
六 身にまとい、あるいはおおう、着るものの総称。ここでは、夜着としてのきぬ。
七 「丑」は、今の午前二時から四時までの時刻。「二つ」は、その丑の時間を四分した第二刻のことで、現在の午前二時半から三時頃までをいう。
八 染め色の名で薄い藍色《あいいろ》、白青《しらあお》ともいう。
九 花色の紙のこと。「花」は縹《はなだ》、縹色に同じ。染め色の名で薄い藍色をいう。
一〇 「ほしづくよ」ともいう。星の光が月のように明るい夜。

251 〈いつも月ばかりを見て　あれこれ物を思い　心を動かされていたが　星月夜の深い美しさにはじめて今宵　胸をうたれたことよ〉。『玉葉集』雑二に入集。

日吉《ひよし》[一]へまゐるに（参詣した時）、雪はかきくらし（空を暗くして降り）、輿《こし》[二]の前板《まへいた》[三]にこちたく（非常にたくさん）つもりて、通夜《つや》[四]したるあけぼのに（夜明け方に）、宿へ出づる道すがら（退出する途中）、簾《すだれ》[五]を上げたれば、〔雪が〕袖にもふところにも横雪[六]にて入りて（降り込んで）、袖の上は、はらへどもやがてむらむら（すぐにあちこち）こほる[七]がおもしろきにも（凍りついてしまうのが面白いにつけ）、見せば（見せたい）やと思ふ人のなき（と思う資盛のいないのが）、あはれなり。

252 なにごとを　祈りかすべき　我が袖の　氷はとけむ　かたもあらじを

いたく（ひどく）心細き旅の住まひに（旅先の宿で）、友待つ雪[八]消えやらで（以前の雪が消え去らず）、かつがつ[九]（わずかに）あまぎる空をながめつつ（雪のため曇っている空を眺めながら）、

一 日吉《ひえ》神社。比叡山東麓《とうろく》の滋賀県大津市坂本本町にある。東本宮に大山咋神《おおやまくいのかみ》、西本宮に大己貴神《おおなむちのかみ》を祀《まつ》る。山王権現・山王二十一社と称し、比叡山の守護神と考えられていた。

二 屋形の内に人をのせ、その下にある二本の長柄で肩に舁《か》き上げ、または手で腰の辺に支えて運ぶ乗物。身分により形状が異なる。

わが袖の氷はとけず

三 輿の前後の口に横に敷きわたした板。踏板・敷板ともいう。

四 仏堂または神社に参籠《さんろう》して、終夜祈願すること。おこもり。

五 細く裂いた竹や葦《あし》などを並べ、色糸で編んで、日よけや部屋の仕切り、また牛車《ぎっしゃ》・輿などにたらしかけたもの。

六 風に吹き飛ばされて横ざまに降る雪。

七 底本の「こほるおもしろき」を諸本により改めた。

252 〈日吉にお参りして　わたしは　いったい何を祈願したらいいのだろうか　わたしの袖に氷りついた悲しみの涙は　とけることもないであろうに〉。

＊ 神仏に何を祈願したらいいのか、祈ることもなくなったという、作者の自棄的で空虚な心の深淵《しんえん》をかいま見させる。

曇り空の憂ひ

八 次の雪の降るまで消え残っている雪。「友待つ雪

253 さらでだに　ふりにしことの　かなしきに　雪かきくらす　空もながめじ

夜もすがらながむる《一晩中ひたすら眺めていると》に、かき曇り《〔雲が〕》また晴れのき、ひとかたならぬ《定まらない》雲のけしきにも、

254 大空は　晴れも曇りも　さだめなきを　身の憂きことは　いつもかはらじ

そともの《戸外の》鳴子《なるこ》のおとなひ《ひびきも》も、さびしさそふ心ちして《一そう寂しさの加わる気がして》、おほかたの《あたり一帯の》四方《よも》の梢《こずゑ》、野辺のけしき、年の暮なれば、みな枯野にて、吹きはらひたり《荒涼と吹き払われている》。一〇 なにとなきなごりなき世のけしきも《跡かたもない世間の様子も》、思ひ《〔冬景色と〕》一一

のほのかに残れる上に、うち散り添ふ空を眺め給へり」（『源氏物語』若菜上）。

九 辛うじて、わずかに、やっとの意。「あまぎる空」は「天霧《あまぎ》る」で、空が曇ること。

253 〈そうでなくてさえ　古くなった昔のことは悲しいのに　雪模様で曇っている空までも　眺めまい　雪が降ると　古い昔が思われて　いっそう悲しくなるから〉。「ふりにしこと」は、古くなったことで、雪の縁語「降り」がかかる。

晴れ曇りさだめなし

254 〈大空は　晴れも曇りも定まらない雲行きなのに　わが身のつらさは　いつも変ることがない〉。

＊対象の自然に焦点を合わせているが、その描写だけに終止していない。自身の心情を対象と比較し、あるいは対象と交錯させつつ歌うのが、作者の様式のひとつである。二四七・二五三〜二五七なども同じ手法の作。

枯野

一〇「なにとなく」の異文がある。「世のけしき」に続く。

一一 荒涼たる冬の自然と、跡形もない人の世とを思いくらべるのであろう。「なごりなき世のけしき」を冬枯れの風景と解し、それが索漠《さくばく》たる思いのわが身に思い比べられる、とする説もある。

255 〈秋が過ぎても　鳴子は残って　風に　寂しい音をたてている　それなのに人の世は　昔のことを思い出させる　何のよすがもなく寂しい〉。

一 谷川の水が氷にとじこめられて咽《むせ》びとどこおっているような響きである、の意。「こほりむせひなから」(板本《はんぽん》)と「こほりむすひなから」(類従本など)の異文がある。『和漢朗詠集』管絃「隴水凍咽《ろうすいリンデ》流不《ルルコト》得」の影響作「かつ氷りかつはくだくる山川の岩間にむせぶあかつきの声」(藤原俊成、『新古今集』冬)を指摘する説(評釈)もある。

氷むせぶ谷川

256 〈谷川は　木の葉も一緒にとじこめ　こおっているけれど　底の方では　絶えることのない　水音がすることだ　ちょうど　表面はさりげなく　心の底ではいつも咽び泣く　わたしのように〉。

二 「また」と接続詞にも考えられる。

三 近江《おうみ》の国滋賀の琵琶湖畔《びわこはん》。

四 底本「よをかくる」。他本によって改めた。

五 楮《かじ》の木の皮の繊維で織った布。その色が白いからいい、転じて白い色をいう。

志賀の浦の雪

257 〈波が羨《うらや》ましいことよ　琵琶湖の入江は氷にとざされ　寄せて来た波も沖へ帰って行かないが　春になって氷がとければ　また帰って行こう　あの人は　いつになっても帰らないけれど〉。かつて作者の若き日に、「(資盛が)一とせ、難波《なには》の方より帰りては、やがておとづれたり

よそへらるることおほし。(思い比べられることが多い)

255 秋すぎて　鳴子は風に　のこりけり　なにのなごりも　人の世ぞなき

わづかなる谷川の(小さな谷川の水は)氷[一]はむせびながら、さすが心細き音はたえだえ(それでも心細そうな水音はとぎれ)聞ゆるに(とぎれに聞えるにつけても)、思ふことのみありて、

256 谷川は　木《こ》の葉とぢまぜ　こほれども　下には絶えぬ　水の音かな

[二]まだ夜をこめて都のうちへ出づる(夜の明けないうちに宿を出て都へと向う)、道は志賀《しが》[三]の浦なるに(琵琶湖の湖岸だが)、入江に氷しつつ(氷が張っていて)、[四]よせくる波のかへらぬ心ちして(氷って沖へ帰らないように思われ)、薄雪つもり

しものをなどおぼえて、沖つ波かへれば音はせしものを」(七六〜七七頁参照)という歌が見られた。

＊「あづまへまかりけるに、過ぎぬる方恋ひしく覚えけるほどに、河を渡りけるに、波の立ちけるを見て　業平朝臣《なりひらあそん》　いとどしく過ぎゆく方の恋しきに羨ましくも帰る波かな」(『後撰集』羇旅・『伊勢物語』七段)などより、波は帰るものとして詠《よ》む。なお二五七はこの業平の歌を念頭に置いたものであろう、とする説(評釈)がある。

波の底の人恋し

六 底本は「みわたしむかひ」。諸本により「の」を補う。

七 月や鳥が通る雲の中の道。

八 このような所に住んでいる、の意。資盛など、平家の重要人物が死んでいないという風説があったからこういう(評解)、こんな荒涼とした水の底にいる(全釈・大系)、などの見解もある。

258 〈この近江の海がその名のとおり　恋しく偲《しの》ぶあの人に逢える海なら　どんな荒い波風にも耐えて　ここに住もうものを……〉。「あふみ」は「近江」と「逢ふ身」との懸詞《かけことば》。「たちまじる」は、仲間に加わる、の意から、ここは一緒に住むことをさす。「……ば……まし」は、事実に反したことと、実現しそうもないことを仮定して、その結果を推量する意がある。『玉葉集』雑四に入集。

て、見渡したれば《見渡すと一面に》五白妙《しろたへ》なり《真白である》。

257 うらやまし　志賀の浦わの　氷とぢ　かへらぬ波も　また
かへりなむ

海のおもては《湖水の表面は》、深《ふか》みどりくろぐろと、おそろしげに荒れたるに、ほどなき《そう遠くもなく》六見渡しのむかひに《見渡される前方に》、うるはしき《くっきりした》舟路《ふなぢ》にて《航路で》、空はあなたの《水平線の》端《はた》にひとつにて《果てと一続きになり》、七雲路に《雲の中に》漕ぎ消ゆる小舟《をぶね》の、よそめに《はたから見ても》波風の荒く、なつかしからぬ《好ましくない様子であって》けしきにて、木草もなき《〔荒涼とした〕》浜辺に、たへがたく風は強きに《強く吹くが》、いかにぞ《どうだろうか》、波に入りにし人の《波の底に沈んだあの人が》、八かかるわたりにあると《このような所にいると》思ひのほかに《思いもかけず》聞きたらば、いかに《たとえどんなに》住み憂きわたりなりとも《住みにくい場所であっても》、とどまりこそせめ《きっと踏み止まるであろう》などさへ案ぜられて《考えられて》、

258 恋ひしのぶ　人にあふみの　海ならば　荒き波にも　たち

まじらまし

一睦月《むつき》のなかば過ぐる頃など、なにとなく春のけしき、うららと霞みわたりたるに、二高倉院の中納言の典侍《すけ》と聞えし人、三いまの内にさぶらはるるが、「あはむ」とありしかば、昔のこと知れる人もなつかしくて、その日を待つほどに、さしあふことありてとどまりぬ。今宵にてあらましと思ふ夜、荒れたる家の軒端《のきば》より月さし入りて、梅かをりつつ四艶《えん》なり。ながめあかして、つとめて申しやる。

申していた方で
ただ今の主上に仕えておいでの方が
お逢いしましょうと言われたので
約束の日を待っているうちに
さしつかえ
ができてとり止めになってしまった
約束の夜は今夜であったはずと
梅が薫って
大層美しい物
思いに夜を明かして
翌朝次のように申し送った

259 あはれいかに　今朝《けさ》はなごりを　ながめまし　昨日《きのふ》の暮れの　まことなりせば

＊荒涼たる冬の渚《なぎさ》に佇《たたず》んでは、「波に入りにし人」の面影を慕って、「資盛がこんな所にいる」と聞いたら自分はどうするであろうと、また見はてぬ夢を繰り返すが、しょせんは現実にありえない空しいモノローグにすぎないことを、作者自身が最もよく知っているようだ。

梅薫る夜の孤独

一　後に「いまの内にさぶら」うとあるので、文治二年一月か。

二　高倉院に仕えていた時に「中納言の典侍」と呼ばれた人。『尊卑分脈』に「高倉院中納言典侍」という注がある源有房の女《むすめ》のことか。

三　後鳥羽天皇。人名一覧参照。

四　優雅・優美なさまをいう。

259　〈どんなに今朝は　名残りを思い出しながら　この景色をあわれに眺めたことでしょう　昨日の夕暮　お会いする約束が　もし実現していたならば……　とても残念です〉。「……せば……まし」は、二五八参照。

かへし

260 思へただ　さぞあらましの　なごりさへ　昨日も今日《けふ》も　ありあけの空

ことなることなき物語りを人のするに、思ひ出でらるることありて、そぞろに涙のこぼれそめて、とどめがたく流るれば、

（別段変ったことでもない話を　人がした折に　むしょうに）

261 憂きことの　いつもそふ身は　なにとしも　思ひあへでも　涙おちけり

二月十五日、涅槃会《ねはんゑ》[五]とて、人のまゐりしに、さそはれてまゐりぬ。行《おこな》[六]ひうちして思ひ続くれば、釈迦仏《しやかぼとけ》の入滅《にふめつ》[七]せさせ給ひ

（参詣するのに　誘われて私も　お勤めをして　お亡くなりにな）

260 〈思いやって下さいな　あなたは「約束が実現していたなら」といわれますが　私は　もしお会いしていたら　こんなだったかしらと思うその名残りだけで　昨日も今日も物思いにふけりながら　有明の空を　眺めておりましたよ〉。「ありあけ」には「(なごりさへ) あり」と「有明」がかかっている。「有明」は、月が空に見えたままで夜が明けること、またその月をいう。陰暦十六日以後の月。詞書《ことばがき》の冒頭に「睦月《むつき》のなかば過ぐる頃など」とある。

憂き身の涙

261 〈つらいことが　いつもつきまとっているこの身は　特になにと　わけが分らずとも　涙が落ちこぼれることよ〉。「思ひあへでも」は、どういうわけかはっきり分らない場合でも、の意。『玉葉集』雑四に入集。

五 釈尊入滅の二月十五日に、寺々で、釈尊の遺徳を奉讃《ほうさん》し追慕するために修する法会。涅槃忌、涅槃講ともいう。

六 仏前で読経《どきよう》・念仏すること。仏道の修行。

涙とどめがたく

七 涅槃に入ること。聖者が死去すること。ここでは釈迦が亡くなられたことをいった。

一　「それ」は、前の「ながらふまじきわが世のほど」をさす。作者は嘆きのはてに、これまでも「ながらふる世のならひ心憂く」(二二四詞書《ことばがき》)、「さらば亡くなりなばや」等(二〇八詞書・二〇八・二〇九・二二九・二三二・二四二詞書)、と死にたいという思いを述べているから、生きながらえようなどとはもとより思っていない。従って長生きできそうにもない私の寿命——などと嘆くには当らない、という作者の心境である。

262　〈世間無常ということを　実例で衆生《しゅじょう》に示そうとされ　一時《いっとき》　月が雲に隠れるように　釈迦《しゃか》は入滅なさったことです〉。「月」は、釈迦をさす。

二　底本に「いむふく門院」とある。後白河天皇の皇女、亮子内親王。母は従三位成子で式子《しきし》内親王と同母姉妹。安徳・後鳥羽両天皇の准《じゅん》母《ぼ》。寿永元年(一一八二)八月皇后宮となり、文治三年(一一八七)六月殷富門院の院号を賜った。その間六年が「皇后宮と申しし頃」である。通例「いんぷ門院」という。

三　上臈女房の略。身分の高い女官。八八頁注一参照。

四　作者と同様に、平家一門の公達《きんだち》と交際していて、その死別の嘆きにくれている人。

同じ境遇の上臈と

けむをりのこと《ったという時のことを》、僧などの語るを聞くにも、なにもただ物の《何を聞いてもただこの》あはれ《世の無常が》のことにおぼえて《格別に思われて》、涙とどめがたくおぼゆるも《思われるのも》、さほど《それくらいの話はいつも聞いていたのだが》のことはいつも聞きしかど、この頃聞くはいたくしみじみとおぼえて《たいそう身にしみて感慨深く》、ものがなしく、涙のとまらぬも、ながらふまじき《生き永らえられない》わが世のほどにやと《私の寿命のせいであろうかと》、一それはなげかしからずおぼゆ《それについては嘆かわしくは思われない》。

262　世の中の　つねなきことの　ためしとて　空がくれにし
　　月にぞありける

二殷富《いんぷく》門院、〔のことを〕皇后宮と申しし頃《とお呼びしていた頃》、その御方にさぶらふ《そちらに仕えていた》三上臈《じゃうらふ》の、知るよしありて聞えかはししが《近づきになるわけがあって親しくしていた方と》、ゆきあひて《お会いして》、日暮し《一日中》物語りして、帰り給ひぬるなごり《帰られたあと名残り惜しく》、〔折も折〕雨うち降りて物あはれなり《ものがなしかった》。この人も、四ことに我がおなじ筋なることを思ふ人なり《私と同じことについて物思いをしている人である》。なつかしくもあり、さまざまそれも《あれこれそのようなことも》恋しく思ひ出でられて、申し《〔次のように〕》やる。

263 いかにせむ　ながめかねぬる　なごりかな　さらぬだにこそ　雨の夕暮

かへし

264 ながめわぶる　雨の夕べに　あはれまた　ふりにしことを　いひあはせばや

ほととぎすの初音を聞き

四月廿三日、明けはなるるほど《夜がすっかり明ける頃》、雨すこし降りたるに、東の五かたの空に六ほととぎすの初音《はつね》鳴きわたる《鳴いて過ぎたのを》、めづらしくもあは《珍しくまたしみじみと聞く》れにも聞くにも《につけても》、

263 〈どうすればよろしいでしょうか　一人物思いに沈んでいると　お別れした後の名残り惜しさでいっぱいです　そうでなくてさえ　雨の日の夕暮は　わびしいものですのに〉。「ながめかねぬる」は、じっと物思いにふけることもしかねる。「ながめ」は「長雨」と懸詞《かけことば》。

264 〈物思いに耐えられないほどの　わびしい雨の夕暮に　ああ　また　昔のことを　あれこれお話しし合いたいものです〉。「ふ（旧）り」と「降り」をかける。

＊平家のゆかりがお互いをなつかしく結びつけ、痛みを分けあう実感のにじむ贈答の歌。

五 底本「かた」。他本により改める。

六 「初音」は、その年最初の鳴き声。都の人々は、たどたどしいほととぎすの初音を聞きつけて、この季節の情趣にあわれをもよおした。「一日より雨がちに曇りすぐす。つれづれなるを、ほととぎすの声たづねに行かばやといふを、われもわれもと出で立つ」（『枕草子』九十四段）。

265 明けがたに　初音《はつね》ききつる　ほととぎす　死出《しで》の山路の　ことをとはばや

266 あらずなる　憂き世のはてに　ほととぎす　いかでなく音の　かはらざるらむ

母の忌日に

五月二日は、昔の母の忌日《きにち》なり。心ちなやましかりしかど、手など洗ひて、念仏申し、経よむ法師呼びて、経よませて聴聞《ちやうもん》するにも、また来《こ》む年のいとなみは、えせぬこともやと思ふにも、さすがあはれにて、袖もまたぬれぬ。

今は亡き母の　一　気分がすぐれなかったけれど　念仏をお唱えし　来年の法事は　二　できないかもしれないと思うにつけても　やっぱり悲しくて　涙で袖がまた濡れた

267 別れにし　年月《とし》日には　あふことも　こればかりやと　思ふかなしさ

265 〈夜の明け方に　時鳥《ほととぎす》の初音を聞いた　時鳥は冥土《めいど》から来るというから　冥土にある　死出の山のことを　きいてみたいものよ〉。「死出の山路」は、死後に行く、冥土にあるという山。ほととぎすは死出の山から来て農業を勧めるから、別名を死出の田長《たおさ》という。

＊「いかで人よりさきに聞かむ」（『枕草子』三十八段）と皆人の待ちのぞむ時鳥の初音を、作者もあわれ深く聞くにつけても、日頃、冥界の人となった資盛を思い続ける作者は、亡き人のいる「死出の山路」にすぐ連想が走り、二六五のような歌に定着してしまう。この発想は「うみたてまつりたりけるみこのなくなりての又のとし、郭公《ほととぎす》をききて　しでの山こえてきつらむ郭公こひしき人のうへかたらなむ」（伊勢、『拾遺集』哀傷）にも見られる。

266 〈何もかも　すっかり昔と違ってしまった　わたしのつらい悲しい人生の終りに　聞く時鳥の鳴く音だけは　どうして昔に変らないのであろうか〉。「あらずなる」は、底本「あはずなる」を他本により改める。昔と変ってしまったの意。『玉葉集』雑一に入集。

一　人が死亡した日に当る日。命日。

二　「えせぬこともや」の次に「あらむ」が略されている。できないかもしれない。生きていられないかもしれない。

資盛の忌日に

弥生《やよひ》の廿日余りの頃、はかなかりし人の水の泡となりける日《あっけない運命だった資盛が水の底に沈んだ日なので》なれば、れいの心ひとつに《例によって自分一人の気持で》、とかく思ひいとなむにも《あれこれ考え法要を営むにつけても》、我が亡からむのち、たれかこれほども思ひやらむ《誰がこれほどにも気を配ってくれるだろうか》。かく思ひしことて《こう私が思っていたからと》、思ひ出づべき人もなきが《〔資盛の命日を〕思い出しそうな人もいないのが》、たへがたくかなしくて、しくしくと泣くよりほかのことぞなき《泣くばかりであった》。我が身の亡くならむことよりも《私自身が死んでしまうことよりも》、これがおぼゆるに《悲しく思われるので》、

268 いかにせむ　我がのちの世は　さてもなほ　むかしの今日を　とふ人もがな

春の日の物思ひ

四方《よも》の梢《こずゑ》も、庭のけしきも、みな心ちよげにて《いかにも気持よさそうに》、あをみどり《青々としている》

267 〈亡くなった母の命日にあうのも　今年ばかりではなかろうか　思えば　この上なく悲しいことよ〉。

＊母を失い資盛もいない悲嘆の二重苦の中で、その当座は茫然《ぼうぜん》自失の状態であったが、自意識の強い作者は日が経つにつれて現し心《うつ》（三四詞書）を取り戻す。すると、醒《さ》めた心にひたひたと寄せ返す潮のようなあれこれの悲しい思い出は、またも尽きないが、今は語ることができない（三〇八）とあるし、話したくもなかったに相違ない。作者はむしょうに長い孤独の時間に沈潜して、ただ自身の命の証《あか》しを書き続ける。『右京大夫集』の二〇三までを作者の光にみちた青春の楽譜とするなら、二〇四からは、嗟嘆《さたん》の溜息《ためいき》のまじった、悲しみのモノローグで塗りつぶされている。

三 元暦二年（一一八五）三月二十四日は、資盛の亡くなった日。

268 〈どうしよう　わたしの後世《ごせ》はどうなってもかまわない　それよりやはり　昔契ったあの人の命日を　弔ってくれる人がいてほしいものだ……〉。「さてもなほ」は、さておき、やはり。『玉葉集』雑四に入集。

なるに（ところに）、小鳥どものさへづるこゑごゑも、思ふことなげなる（何の物思いもなさそうに聞えるにも）にも、まづ涙にかきくらされて（さっそく涙で目の前が暗くなって）、

269 晴れわたる　空のけしきも　鳥の音《ね》も　うらやましくぞ　心ゆくめる

270 つきもせず　憂きことをのみ　思ふ身は　晴れたる空も　かきくらしつつ

年々《としどし》、七夕《たなばた》に歌をよみてまゐらせしを（一 手向けていたのを）、思ひ出づるばかり（思い出されるだけ）、二 せうせう（少しばかり）これも書きつく（書きつけておく）。

271 七夕の　けふやうれしさ　包むらむ　あすの袖《そで》こそ　かねて知らるれ

269 〈晴れわたっている空の様子　小鳥の囀《さえず》り　羨《うらや》ましいことに　何の物思いもなく　満足しているようだこと〉。「心ゆく」は、気持が晴れ晴れとする意。「める」は、推量の助動詞。

270 〈次から次へ際限もなく　憂いつらいことばかり思っている私は　晴れわたった空も　いつも涙で　暗く曇らせて嘆いている〉。「つつ」は、継続・反覆を示す接尾辞。

一 「天の河と渡る舟の梶《かぢ》の葉に思ふことをも書きつくるかな」（上総乳母、『後拾遺集』秋上）。七夕の当夜、この日にちなんで七首の歌を、七枚の梶の葉に書いて星に手向《たむ》ける風習があった。三二参照。

二 これまでの記事の中から、時期についての表示をあげると、睦月《むつき》（三五九）、二月十五日（三六三）、四月二十三日（三六五）、五月二日（三六七）、弥生《やよい》の二十日余り（三六八）とあって、回想は春から夏へと季節順に配列してある。次いで、秋のものとしての七夕の歌を、編集時の作品に、これまで年々書きつけてきた歌をあわせて、一連の回想の中に織りこんでいる。作者はつつましく「せうせう」というが、五十一首の多くを数えることができる。

七夕の歌五十一首

271 〈七夕の今日　織女星は　牽牛星《けんぎゅうせい》との年に一度の逢う瀬で　袖に包みきれないほどうれしいだろうが　明日は別れの涙でその袖が濡《ぬ》れるだろうとすでに知られている〉。「うれしさ（を袖に）包む」は、とても嬉《うれ》しいこと。「嬉しきをなにに包まむ唐衣《からころも》袂《たもと》ゆ

272 鐘の音《おと》も　八《や》声《こゑ》の鳥も　こころあらば　こよひばかりは　物忘れなれ

273 契りける　ゆゑは知らねど　七夕の　年《とし》にひと夜ぞ　なほもどかしき

274 声のあやは　音《おと》ばかりして　機織《はたおり》の　露のぬきをや　星にかすらむ

275 さまざまに　思ひやりつつ　よそながら　ながめかねぬる　星合《ほしあひ》の空

たかに裁《た》てと言はましを」（よみ人しらず、『古今集』雑上）。この歌などは普通の七夕の歌で詠出年は不明ながら、特に資盛との別離後と考える要素はない。

272 〈夜明けを告げる寺の鐘の音も　しばしば鳴く鶏も　思いやりがあるならば　牽牛と織女が年に一度の逢う瀬を楽しむ今宵だけは　時刻をすっかり忘れなさいよ〉。「八声の鳥」は、明け方何度も鳴く鶏。

273 〈こんな約束をした理由は知らないが　七夕の二星が　年に一度　七月七日の夜にしか逢わないのは　やはり非難したくなる〉。「もどかし」は、動詞「もどく」の形容詞形。非難すべきだ、の意。

274 〈機織虫《きりぎりす》の鳴く声は　機《はた》を織っているようだが　音ばかりで　織物は一向に見えない　横糸に用いる露を　今宵は　織女星に貸したからだろうか〉。「声のあや」は声の調子。「声の文《あや》」と「綾《あや》織物」との懸詞。「秋くれば野もせに虫の織りみだる声のあやをば誰かきるらむ」（藤原元善、『後撰集』秋上）。「ぬき」は、織物の横糸。「み吉野の青根が峯《たけ》の苔《こけ》むしろ誰か織りけむたてぬきなしに」（『万葉集』巻七）。「露のぬき」に対しては「霜のたて（縦糸）」が用いられる。「織《リ》レ霜《ヲ》織《ル》レ露《ヲ》三秋錦」（白楽天）。『夫木和歌抄』秋一に入集。

275 〈七夕の二星が逢う今宵は　あれこれ想像しながら眺めると　よそ事とは思われないほど　気がかりな空です〉。「星合の空」は、二星が出会う空。「よそながらながめかねぬる」と、作者は七夕のロマンに、資盛との恋を投影させて見ている。

276　〈夜が明けて　織女《はたおりつめ》と彦星が別れ　天の河を漕ぎ離れて行く時の　舟の中での嘆きの様子はどんなであるか　しみじみ思ってみることです〉。「あかぬ涙の色」は、満たされない悲嘆のあまり流す血の涙の色。紅涙ともいう。

277　〈今宵は盥《たらい》に水を汲み　二つの星影を映して眺めるが　どんな話をしているか　聞きたいものです　もし水鏡に　二星の語らいが映るものなら〉。「たらひの水」は、七夕の風習の一つ。解説参照。『夫木和歌抄』秋一に入集。

278　〈幾年月たとうとも　絶えはしないであろう　七夕に手向《たむ》ける　五色の麻糸が長いように　牽牛織女の長い契りは〉。「麻ひく糸」は、乞巧奠《きっこうでん》の供物の五色の麻糸で、今日の五色の短冊の原型。解説参照。

279　〈草叢という草叢に　あまねく置く露の中で　どうして芋の葉におりた露が　七夕に供えられる　今日の幸運にめぐりあったのだろうか〉。「いもの葉の露」は、里芋の葉に露を包み狗児草《いのこぐさ》で結んで織女星に供え、またその露で歌を書く硯《すずり》の水にした風習。

280　〈人なみに　織女に　衣をお貸ししようものを　あの人を思って流す涙で　もしもこんなに私の袂が朽ちてしまっていなかったら〉。「かす」は、織女に供える意。「織女《たなばた》に脱ぎて貸しつる唐《から》ごろもいとど涙に袖《そで》や濡るらむ」(紀貫之、『拾遺集』秋)。前掲、二星の逢う瀬、七夕の風習などの歌に比較すると、これは「涙にくちぬ袂なりせば」の表現から、資盛との

276
天《あま》の河《がは》　漕《こ》ぎはなれゆく　舟の中《うち》の　あかぬ涙の　色をし
ぞ思ふ

277
きかばやな　ふたつの星の　物語り　たらひの水に　うつ
らましかば

278
世々経《ふ》とも　絶えむものかは　七夕に　麻《あさ》ひく糸の　なが
き契りは

279
おしなべて　草叢《くさむら》ごとに　置く露の　いもの葉しもの　け
ふにあふらむ

280
人かずに　けふはかさまし　からごろも　涙にくちぬ　袂《たもと》

なりせば

281 彦星《ひこぼし》の　行合《ゆきあひ》の空を　ながめても　待つこともなき　われぞかなしき

282 年をまたぬ　袖だにぬれし　しののめに　思ひこそやれ　天《あま》の羽衣《はごろも》

283 あはれとや　思ひもすると　七夕に　身のなげきをも　愁《うれ》へつるかな

284 七夕の　岩の枕は　こよひこそ　涙かからぬ　たえまなるらめ

別離後の悲しみの詠出と考えられる。

281 〈彦星が織女と出会う　七夕の空を眺めるにつけても　もはや　恋人の訪れを待つこともなくなったわたしが　しみじみ悲しく思われる〉。「行合の空」は、二七五の「星合の空」に同じ。

＊十年に一度でも百年に一度でも、待つことのある間はそれが生きる支えとなろう。待つことのなくなった作者の無限の悲しみがこめられている。

282 〈次の逢う瀬まで　一年など　待つこともなかったわたしでさえも　明け方の別れの涙に袖が濡れたのに　今朝別れては　来年まで逢えない織女の羽衣は　嘆きの涙で　どんなにか濡れていることだろう〉。「しののめ」は、わずかに東の空の白《しら》む頃をいう。「天の羽衣」は、天人の衣裳。元来は天人の資格を表すものだが、後世これで空を飛行《ひぎよう》するように解された。

283 〈わたしの身の上に　同情してもくれるかと　織女星に　わが身の悲嘆まで　訴えたことですよ〉。「あはれとや思ひもすると」は、年に一度しか牽牛に逢えぬ織女なら、通ってくる人を待つこともなくなったわが悲しみに同情してくれるかもしれない、の意。「愁へ」は、自分の嘆きを他人に告げる意。

284 〈七夕の織女の岩の枕は　嘆きの涙でいつも濡れているけれど　彦星に逢える今宵だけは　涙のかからない　絶え間なのだろう〉。「岩の枕」は、天の河原の岩の上の逢う瀬をいった。底本の「たもと」を、諸本により「たえま」と改めた。

285 いくたびか　ゆきかへるらむ　七夕の　暮れいそぐまの　心づかひは

286 彦星《ひこぼし》の　あひみるけふは　なにゆゑに　鳥のわたらぬ　水むすぶらむ

287 あはれとや　七夕つめも　思ふらむ　逢ふ瀬もまたぬ　身の契りをば

288 たなばたに　けふやかすらむ　野辺ごとに　みだれ織るなる　虫のころもも

285 〈同じところを幾度も　行き来していることでしょうよ　日暮を待ちどおしく思う間の　織女《はたおりつめ》の落ち着かない気持といったら……〉。「暮れいそぐ」は、夕暮を待ち急ぐ。「心づかひ」は、「気づかひ」に同じ、心配すること。「心遣ひ」と、「心の使ひ（使者）」をかける。「ゆきかへる」「いそぐ」「つかひ」は縁語。「たなばたはあさひく糸の乱れつつとくとやけふの暮を待つらむ」（小左近、『後拾遺集』秋上）。

286 〈彦星と織女とが相逢う今日は　どんな理由で朝早く天の河の鵲《かささぎ》が来ないうち　盥《たらい》の水を汲《く》むことになっているのだろうか〉。「鳥」は、鵲。七夕伝説では、鵲が翼を並べて天の河に橋を渡し、彦星を渡らせるという。「水」は、両星を映すための盥の水（二七七参照）。

287 〈七夕つ女《め》も　あわれと思うことだろうか　訪れる人はもうこの世になく　逢う瀬を待つこともなくなった私の　あの人との宿縁を〉。「七夕つめ」は、織女星のこと。

288 〈野辺という野辺に　入り乱れて衣を織る　機《はた》織虫《おりむし》も　織った衣を　今日は　七夕に供えていることだろうか〉。「虫のころも」は、機織虫が機を織るような鳴き方をしているのでいった（二二四参照）。『夫木《ふぼく》和歌抄』秋一に入集。

289 〈嫌《いや》がるかもしれない織女星の気持もかまわず　涙に濡《ぬ》れたわたしの衣を　皆と同じように　七夕にお供えします〉。「いとふらむ」は、織女にとっては久々の喜びの日であるのに、「涙の袖」は不吉で縁起が悪いと思うであろう、の意。

290 〈最初に　何を話すのやら　一年ぶりで織女に逢った彦星が　天の河原に　岩を枕に共寝をして〉。

291 〈織女の名残り尽きない別れの涙で　雲の衣が露を一杯含んだのだろうか　今にも雨が降りそうな空だこと〉。「涙にや」は、涙によってであろうか、「や」は疑問の係助詞。「雲のころも」は、織女星の連想で、雲をその衣裳に見立てて言ったもの。「天の川霧たちのぼるたなばたの雲の衣のかへる袖かも」(『万葉集』巻十)。

292 〈すべてが　変りはてたこの世の中で　年に一度の星合の約束だけは　間違いなく行われているよ〉。「契りたがはぬ」ということへの感動が一首の中心。三〇九も同じようなモチーフの作。

293 〈七夕の今日がくると　笹に五色の糸をかけて手向《たむ》けるが　その糸よりずっと長い　二つの星の宿縁は　決して絶えるものではない〉。「かは」は、感動をこめた反語。「けふくれば」の「くる」は「繰る」の意をひびかせ、「ながき」「絶えむ」とともに「糸」の縁語。

289 いとふらむ　心もしらず　たなばたに　涙の袖を　人なみにかす

290 なにごとを　まづかたるらむ　彦星の　天の河原《かはら》に　岩枕《いはまくら》して

291 たなばたの　あかぬわかれの　涙にや　雲のころもの　露かさぬらむ

292 なにごとも　かはりはてぬる　世の中に　契りたがはぬ　星合《ほしあひ》の空

293 けふくれば　草葉《くさば》にかくる　糸よりも　ながき契りは　絶

えむものかは

294 心とぞ　まれに契りし　中なれば　うらみもせじな　あはぬたえまを

295 あはれとも　かつは見よとて　七夕に　涙さながら　ぬぎてかしつる

296 天の河　けふの逢ふ瀬は　よそなれど　暮れゆく空を　なほも待つかな

297 うらやまし　恋にたへたる　星なれや　としに一夜《ひとよ》と　契る心は

294　〈われとわが心から　年に一度など　稀《まれ》にしか逢わない約束をした二星の間柄だから　逢わないで離れている間を　長いなんて怨《うら》みもしないでしょうよ〉。「心とぞ」は、人に強《し》いられたのでなく自分から。「まれに契りし」は、めったに逢わないと約束した。「な」は、感動の終助詞。それにひきかえ自分たちの訣別《けつべつ》は、世をくつがえした戦乱という無常の嵐によるのだ、というやり場のない悲嘆が鬱勃《うつぼつ》としている。

295　〈わたくしの哀《かな》しい身の上を　あわれんで見てもくださいと　涙に濡れたままの衣を脱いで織女にお供えしたことです〉。「かつは」は、一方では。単に、一般の風習というだけではなく、の意をこめる。二八三・二八七に類似の発想が見られる。

296　〈天の河の今宵の逢う瀬は　わたしに関《かか》わりのないことだが　暮れてゆく空を　自分たちの逢う瀬のように　やはり待ちどおしく思うことよ〉。

＊資盛との死別の前とも後とも思われる作。いずれにせよ七夕の二星の逢う瀬は作者にとって他人事《ひとごと》ではない。すでに待つことのなくなったとはいうものの、七夕の二星は、追憶の中に生きている資盛と自身の姿の投影である。「七夕の歌」という文芸の営為によって哀しい愛を甦《よみが》えらせた作者の場合、七夕の伝説はロマンであると同時に人生そのものでもあった。

297　〈羨《うらや》ましいこと　よほど恋心のこらえられる星たちなのかしら　年に一度と　稀な逢う瀬を

約束した心は〉。
＊この歌の詠出は、資盛との死別前のように思われる。作者の激しい慕情が感取されよう。

298 〈やっと逢うことができて　睦言《むつごと》もまだまだ尽きない夜のうちに　無情にも天の岩戸が開き夜が明けていくのは　つらいことだ〉。「あひにあひて」は「逢ふ」を重ねて意味を強めた。ようやく一年目に逢うことができての意。「うたて」は、ひどいことに、無情に。「天の戸」は、天の岩戸。天界の門。

299 〈彦星を迎えるため　岩枕の塵を払う織女の袖は　さぞ涙の露に濡れることだろう　枕には苔の塵が深く積り　長かった一年の待つ身のつらさが思い出されて〉。「岩枕」だから「苔の塵」といった。

300 〈年に一度の逢う瀬　空の曇るのまで　日暮も近いと思えてうれしいだろうと　彦星の心中を　思ってみることよ〉。「いつしかと暮を待つ間の大空は曇るさへこそうれしかりけれ」（よみ人しらず、『拾遺集』恋二）による。

301 〈宵の間に出て　すぐ隠れてしまった月の光まで　七夕の星は　とても物足りなく思っているよう　ただでさえ　年に一度のはかない逢う瀬で　飽きたりなく思っているのだから〉。「よひのまに入りにし月」は、陰暦七日の月が宵月で、宵のうちに西の山に入ってしまうこと。月が入ると、闇の中で語り合わねばならないし、もうすぐ夜が明けるのではないかと気がかりで、不満に思うのである。

298 あひにあひて　まだむつごとも　尽きじ夜に　うたて明けゆく　天《あま》の戸ぞうき

299 うちはらふ　袖や露けき　岩枕《いはまくら》　苔《こけ》の塵《ちり》のみ　ふかくつもりて

300 曇るさへ　うれしかるらむ　彦星の　心のうちを　思ひこそやれ

301 よひのまに　入りにし月の　影までも　あかぬ心や　ふかきたなばた

302 〈七夕の　はかない逢う瀬に同情し　織女のように　稀《まれ》にしか逢えないあの人との契りを嘆いたこともあったけれど　今では　年に一度の逢う瀬すら　よそのことと　ずっと聞くようになってしまったわたし〉。年に一度の逢う瀬さえなくなって、悲しい身の上になった嘆きの表白。

303 〈七夕の空を眺めていると　物思いの限りをつくして　次第にわたしの心はうつろになる　二星の逢う　空いっぱいに満ちるわたしの哀《かな》しみよ〉。「心もつき」は、心も消え失せる、放心状態になること。「わが恋はむなしき空に満ちぬらしおもひやれども行く方もなし」（よみ人しらず、『古今集』恋一）の歌がある。

304 〈しとどに露の置いている　秋の野辺にもまさっているようだ　一夜が明け　彦星と別れ行く織女の　涙に濡《ぬ》れた羽衣は〉。「たち」は、「立ち」「裁ち」の懸詞《かけことば》。「裁ち」「天の羽衣」は縁語。「天の川流れて恋ふる七夕の涙なるらし秋の白露」（よみ人知らず、『後撰集』秋上）。

＊七夕は陰暦で秋の季節の行事であるから、三〇四「秋の野辺」、三〇六「秋風に」と詠じた。

305 〈彦星自身は　まだ夜が深い感じでいるのに　どうしてこんなに早くも　天の岩戸が開いて　夜が明けてしまったのかと　思っていることだろう〉。「あけぬる天の戸」は、天の岩戸が開くと夜が明けると考えられていた。二九八参照。

302 七夕の　契りなげきし　身のはては　逢ふ瀬をよそに　聞きわたりつつ

303 ながむれば　心もつきて　星合《ほしあひ》の　空にみちぬる　我が思ひかな

304 露けさは　秋の野辺《のべ》にも　まさるらし　たち別れゆく　天《あま》の羽衣《はごろも》

305 彦星の　思ふ心は　夜ぶかくて　いかにあけぬる　天の戸ならむ

306 七夕の　あひみる宵の　秋風に　物おもふ袖《そで》の　露はらは

306　〈二星の逢う今宵ばかりは　織女の涙に濡れた袖も　乾いていることだろう　その今宵の秋風で　物思うわたしの袖の涙の露も　どうか　吹き払ってほしい〉。「なむ」は、他に対してあつらえ望む意の終助詞。

307　〈秋がくるたびに　あの人との哀しい別離を思い出す　そんな私の心の中を　二星はあわれんで　見ていてくれよう〉。「別れしころ」は、寿永二年秋七月下旬、平家都落ちの資盛との別離の時で、それ以来作者には年に一度の逢う瀬さえなくなった。季節といい境遇といい、七夕二星に特に親近感を抱《いだ》く右京大夫である。

308　〈織女星に心をかよわして　嘆きはしても　織女にもまさる　堪《た》え難い胸の悲しみを　とても口に出して語ることはできない〉。二句、類従本などは「心かはして」。「えしも」の「しも」は、強意で「え」を強めた形。下に否定語を伴い、とても……できない、の意。

309　〈世間の有様は　以前とはまるで変ってしまったのに　昔とちっとも変らない　二星の逢う七夕の空〉。「世の中」は、自分を取りまく世間と、資盛と自分の仲。「面変り」は、顔つきの変ることだが、人間以外の物でも様子の変ることをいう。

310　〈袖を重ねていても　やはり涙で　露が降りたように湿っていることだろうか　間もなく　袖を分って　彦星と別れねばならない織女の羽衣は〉。

なむ

307　秋ごとに　別れしころと　思ひ出づる　心のうちを　星は見るらむ

308　七夕に　心はかして　なげくとも　かかる思ひを　えしも語らぬ

309　世の中は　見しにもあらず　なりぬるに　面《おも》変りせぬ　星合のそら

310　かさねても　なほや露けき　ほどもなく　袖わかるべき　天の羽衣

311 思ふこと　書けどつきせぬ　梶《かぢ》の葉に　けふにあひぬる　ゆゑを知らばや

312 よしかさじ　かかるうき身の　衣手《ころもで》は　たなばたつめに　忌《い》まれもぞする

313 かたばかり　書きて手向《たむ》くる　うたかたを　ふたつの星の　いかが見るらむ

314 なにとなく　夜半《よは》のあはれに　袖ぬれて　ながめぞかぬる　星合の空

311 〈七枚の梶の葉に　書いても書いてもつくせないほど　思うことの多いわたしが　命もはてず今年もまた　梶の葉に歌を書く七夕に　めぐり合ったわけが知りたい〉。七夕には、七枚の梶の葉に歌を書いて星に供える風習がある。「梶の葉に」は、諸本「かぢの葉の」。「たなばたのとわたる舟の梶の葉にいく秋書きつ露のたまづさ」（藤原俊成、『新古今集』秋上）。

312 〈やむをえまい　貸さないことにしよう　このようにつらいことの多い私の着物は　織女に嫌《きら》われるかもしれないから〉。「よし」は、満足ではないが、しかたなくそうしておこう、の意の副詞。「衣手」は、袖のこと、着物のことにもいう。

313 〈とても書きつくせない　はかないわが身のあれこれ　ただしきたりのまま　記《しる》して手向ける　わたしの歌を　どう思って　二つの星は見ていることだろうか〉。「うたかた」は、泡沫《ほうまつ》。はかない自分の身の上のたとえ。「歌」をかける。

314 〈わけもなく　夜半のしみじみした感じに胸が打たれて　溢《あふ》れる涙に袖もぬれ　眺めているのがつらくなる星合の空よ〉。

315 〈わたしにはわからない　逢う瀬を我慢しなければならない理由もない彦星が　年に一度のまれな逢う瀬を　自分で約束しておいて嘆いている気持が〉。「ぞ」は、強意の助詞。「まれに契る」は、二九四にも用いた。「ちぎりけむ心ぞつらきたなばたの年にひとたび逢ふは逢ふかは」（藤原興風《おきかぜ》、『古今集』秋上）。

316 〈はかない契りを嘆いても　織女は　彦星との　年に一度の　天の河の逢う瀬を頼みにすること　ができる　けれど　あの人と私との間の　越えることのできない渡りが　悲しくてならない〉。「たのむ」は、期待する、あてにするの意。「このわたり」は、資盛と自分とのあの世とこの世との渡りと「あたり」の意をかけた。「瀬」「わたり」は、「天の河」の縁語。「たなばたも逢ふ夜ありけり天の川このわたりには渡る瀬もなし」（よみ人しらず、『拾遺集』恋二）に右京大夫の歌が似ている。

317 〈つらい思いを　梶の葉に書きつけるとなると　やはり遠慮されます　思いに嘆く私の心のうちを　七夕の星よ　どうぞお察し下さい〉。

318 〈ただひたすら互いに恋い慕って　今宵逢う七夕の二星が羨《うらや》ましい　恋いこがれていても　私はもうあの人に　逢える時とてないのです〉。「引く糸の」は、七夕に手向けるために、篠《ささ》にかけ引いた五色の糸で「ただ一すぢ」を導き出すための序。「恋ひ恋ひて逢ふ夜はこよひ天の川霧たちわたり明けずもあらなむ」（よみ人しらず、『古今集』秋上）。「恋ひ恋ひて」「こよひ」は、「こ」音の繰り返し用法。

319 〈ほかに例のない悲嘆にくれている人だという　ので　わたくしの手向けるこの歌を　七夕の星は　厭《いと》わしく思うことだろうか〉。

315 えぞ知らぬ　しのぶゆゑなき　彦星《ひこぼし》の　まれに契りて　な
げく心を

316 なげきても　逢ふ瀬をたのむ　天《あま》の河　このわたりこそ
かなしかりけれ

317 書きつけば　なほもつつまし　思ひなげく　心のうちを
星よ知らなむ

318 引く糸の　ただ一すぢに　恋ひ恋ひて　こよひ逢ふ瀬も
うらやまれつつ

319 たぐひなき　なげきに沈む　人ぞとて　この言の葉を　星

320 〈また今年も七夕を迎えた　まあいい仕方がない　またなぐさめ合って下さい　七夕の星よ　死にもしないで相変らず　こんなつらい思いに迷っているわたしを〉。「よしや」の「よし」は、許容・容認する意の副詞。「や」は、間投助詞。「なぐさめかはせ」とはいうものの、作者としてはいたわられたい気持が強い。

321 〈いったい　いつまで　わたしは　七首の手向《たむ》けの歌を書きつけるのでしょうか　知っていたら教えてください　天の彦星よ〉。「七のうた」は一三八頁注一参照。

＊三二一と詞書《ことばがき》は、「年々《としどし》、七夕に歌をよみてまゐらせしを」で始まる七夕歌群のあとがきの意味をもつ。今年かぎりの七夕かもしれないと思いながら死にもせず、何年かを重ねてしまった。この先いつまで、甲斐《かい》ない命をかこちながら生きていかなければならないのか、その嘆きが見られる。

後鳥羽帝付き女房として再出仕

一　用なし（要なし）。ねうちがない。役に立たない。「身を要なきものに思ひなして」（『伊勢物語』九段）をふまえるか。

やいとはむ

320 よしやまた　なぐさめかはせ　七夕よ　かかる思ひに　まよふこころを

321 いつまでか　七《ななつ》のうたを　書きつけむ　知らばやつげよ　天《あま》の彦星

このたびばかりやとのみ思ひても《〔七夕の歌を書くのも〕毎年これが終りだと思っても》、また数つもれば《歌の数が積ったので》、若かりしほどより《頃から》、身をようなきものに思ひとりにしかば《一　ねうちのない者と思いこんでいたので》、ただ心よりほかの命のあらるるだにも《生きたくもない命を永らえているだけでも》厭《いと》はしきに《いやなのに》、まして人《人の》に知らるべきことは《中に出ていこうなどとは》、かけても思はざりしを《決して思わなかったのに》、さるべき人々《しかるべき人々が》、さりがたく言ひはからふことありて《断りきれないように取りはからうことがあって》、思ひのほかに、年経《へ》てのち《再び》、また九重《ここのへ》[二]の中《うち》を見し身の契り《出仕したこの身の運命は》、かへすがへすさだめなく、我が心のうちもすぞろはし[三]。藤壺《ふぢつぼ》[四]の方ざまなど見るにも《見ても》、昔住みなれしことのみ思ひ出でられてかなしきに《悲しい上に》、御しつらひも《〔御殿の〕御設備も》世のけしき[五]も《あたりの様子も》、かはりたることなきに《変ったことはないのにつけても》、ただ我が心のうちばかり《わたしの心の中だけが》くだけまさるかなしさ《千々に思い乱れる悲しさといったら》[六]。月のくまなきをながめて《かげりのない月をじっと眺めては》、おぼえぬこともなくかきくらさるる《すべてが思い出されてつい涙で目の前が真っ暗になる》。昔軽《かろ》らかなる上人《うへびと》[七]などにて見し人々、《〔今は〕》重々しき上達部《かんだちめ》[八]にてあるも、「とぞあらまし《〔もし資盛が在世なら〕ああであろう》、かくぞあらまし《こうであろう》」など思ひ続けられて、ありしよりもけに《宮仕え以前よりも一層》、心のうちはやらむかたなくかなしきこと《晴らしようもなく悲しく思われるのは》、何にかは似む《何にたとえられようか》。高倉の院の御けしきに《御顔や御姿に》、いとよう似まゐらせさせおはしましたる《たいそうよく似ておいであそばされる》、上[九]の御さまにも《主上を拝見しても》、数ならぬ心の中ひとつに《人数にも入らぬ私の心の中一つに》たへがたく、来《き》し方《昔が》恋しくて、月を見て、

二 後鳥羽天皇方の女房として再出仕したこと。
三 「すずろはし」に同じ。何となく心が落着かない。
四 宮中五舎の一。飛香舎《ひぎょうしゃ》。庭に藤が植えてある。后《きさき》・女御《にょうご》の住む所で、かつて中宮徳子が住んでいたか。一二頁注二参照。
五 この個所は、『徒然草』百六十九段（正徹本）に「建礼門院の右京大夫、後鳥羽院の御位のころ、またうちずみしたることをいふに『世のしきもかはりたることはなきに』とかきたり」と引用されている。「世のしき」は、宮中の行儀や作法。
六 底本に「かなし五月の」とあるが、必ずしも五月のことでなくてもよい。「かなしさ月の」の異文に、誤って「五月（さつき）」の字を宛《あ》てたと解して改めた。一〇〇頁四～五行にも「かなふまじきかなしさ」とある。
七 殿上人。「軽らかなる上人」は、昇殿を許されている人の中の、身分の低く軽い四位・五位の殿上人。
八 公卿《くぎょう》のこと。関白・大臣・大中納言・参議をいう。位は三位以上（参議は四位以上）。
九 今上《きんじょう》天皇。ここは後鳥羽天皇のこと。高倉天皇の第四皇子。建久九年（一一九八）まで在位。人名一覧参照。

322 今はただ　しひて忘るる　いにしへを　思ひいでよと　すめる月影

五節《ごせち》[一]の頃、霜夜の有明に、宮[二]の御方《かた》の淵酔《えんずい》[三]にて、白薄様《しらうすやう》[四]などのこゑ聞ゆるにも《歌声が聞えるにつけ》、年々《としどし》聞きなれしこと、まづおぼえざらむ《すぐ思い出さずにいられよ》や《うか》。

323 霜さゆる　白薄様《しらうすやう》の　こゑ聞けば　ありし雲ゐぞ　まづおぼえける

とにかくに《あれやこれやと》、物のみ思ひ続けられて見出したるに《局から外を見ると》、まだらなる犬の、竹[五]の台のもとなどしありくが《下などを歩きまわっているが》、昔、内の御方にあり《高倉帝に飼われていた》

322　〈今はただ　無理に忘れている昔のことを　思い出せよと言わんばかりに　澄みきっている月の光よ〉。

＊作者が歌を贈った（三四九参照）久我通宗《こがみちむね》の没年は建久九年（一一九八）、再出仕はそれ以前になる。建久六年三十九歳頃と推定する説（集）もある。すると治承二年（一一七八）退任以降再出仕まで、二十年ぐらいの空白がある。

一　三一頁注八参照。

五節の宴に昔を

二　後鳥羽天皇の中宮、藤原任子。

三　中古、正月とか、十一月の五節の帳台の試《こころみ》の翌日や、臨時の大礼後などに、蔵人頭《くろうどのとう》以下の殿上人を召して宮中清涼殿で歌舞・歓楽する酒宴。必ずしも清涼殿のみならず、女院・后宮方などでも賜宴がある。

四　五節の舞の歌。『平家物語』に「五節には『白薄様、こぜむじの紙、巻上《まきあげ》の筆、鞆絵《ともゑ》かいたる筆の軸』なむど、さまざま面白き事をのみこそうたひまはるゝに」（巻一殿上闇討）とある。

323　〈霜の冷たく凍る明け方　白薄様を歌う声が聞えてくると　昔お仕えしていた頃の　宮中の様子が　まず思い浮んでくる〉。「霜」と「白」は縁語。

昔の犬に似た犬あはれ

五　清涼殿の東庭にある河竹《かわたけ》の台および呉竹《くれたけ》の台。

しが《犬で》、〔私が〕御使などにまゐりたるをりをり、〔その犬を〕呼びて袖うち着せな《抱いたりなどして可》どせしかば《愛がったので》、〔私を〕見知りて馴れむつれ《見覚えてなついて》、尾をはたらかしなどせし《尾をふったりなどした犬に》に、いとようおぼえたるにも《六 似ていると思うにも》、すずろにあはれなり《むしょうに感慨が深い》。

324 犬はなほ　すがたも見しに　かよひけり　人のけしきぞ
ありしにも似ぬ

人は皆かはつて

325 その世のこと《その当時の宮中を》、見し人知りたるも《見た人や知っている人も》、おのづからありもやすらめど《もしかするといるのかもしれないが》、語らふよしもなし《話し合う方法もない》。ただ心の中ばかり《私の心の中だけで》思ひ続けらるるが、はるるかたなく《気持の晴らしようもなく》かなしくて、

我が思ふ　心に似たる　友もがな　そよやとだにも　語り
あはせむ

六 底本「おほえたにもす丶ろに」を、彰考館本により改めた。

324 〈犬はそれでも　姿も昔見た犬によく似ている　こと　人の様子といったら　昔とは似ても似つかぬ変りようであるよ〉。『枕草子』六段にある、主上方に飼われていた猫と、中宮方の犬の話が連想される。

325 〈わたくしと　同じようなことを思っている　友がいないかしら　せめて「そうよ　そうでしたわね」とだけでも話し合いたいものを〉。「そよや」は、相手の言葉に同感の意を表す。それぞれ。そうですよ。

五月五日の感慨

五月五日、菖蒲《さうぶ》の御輿《みこし》たてたる御階《みはし》のあたり、軒のけしき《〔菖蒲を葺いた〕》も、見しにも《当時見たのと》かはらぬにも、

326 あやめふく　軒端《のきば》も見しに　かはらぬを　うきねのかかる　袖《そで》ぞかなしき

資盛をしのぶことばかり

人の愁へ申ししことのあるを、さるべき人の申し沙汰するを聞けば《その衝に当る人が審理し処置するのを聞くと》、「後白河院の御時、おほせくだされける《〔このように〕ご下命になったのだ》」などとて、このさめやらぬ夢と思ふ人の、蔵人頭《くらうどのとう》にて書きたりけるとて《の時に書いたのだと言って》、その名を聞くに《聞くにも》、いかがあはれのこともなのめならむ《どうして感慨も並み一通りのことであろうか》。

327 水の泡《あわ》と　消えにし人の　名ばかりを　さすがにとめて　聞くもかなしき

一 端午の節句の菖蒲《しようぶ》を盛った輿《こし》。六衛府《ろくえふ》および典薬寮から奉って御殿の軒先に飾った。「五月三日六府菖蒲の輿を南殿の階の東西にたつ。四日あさがれひの庭にこれをたつ。主《との》殿寮《もれう》所々にしやうぶふく。くすりのつかさのしやうぶ、ながはしのかべのもと殿上のまへにおく」（『建武年中行事』）。

二 階段の敬称。特に宮中、紫宸殿《ししんでん》（南殿）の南にあるものをいう。玉階。

326〈五月五日の　菖蒲を葺《ふ》いた軒端の様子も　昔見たのと変りがないのに　菖蒲の根をかける袖に　つらい涙の落ちかかるわたしの身の上が　悲しく思われる〉。「うき」は、「憂き」と「泥《うき》」とを、「ね」は、「根」と泣く「音」をかけ、「かかる」は、「菖蒲の根を袖にかける」と、「涙が袖にかかる」をかける。「菖蒲」「泥」「根」は縁語。菖蒲の行事は六一〜六六参照。

三 ある人が訴訟を申し立てたことのあったのを。「愁へ」は、嘆き訴えること。愁訴。訴訟。

四 七七代天皇。「御時」は、世を統《す》べておられた時。人名一覧参照。

五 いつまでも覚めない悲しい夢のように、亡くなったことがまだ現実とは思えず、あきらめられない人。資盛のこと。

六 資盛が蔵人頭であったのは、寿永二年（一一八三）正月二十二日から七月三日まで。

328 面影も　その名もさらば　消えもせで　聞き見るごとに
心まどはす

329 憂かりける　夢の契りの　身を去らで　さむるよもなき
なげきのみする

七 隆房《たかふさ》の中納言の、なげくことありて《不幸があって》籠りゐたるもとへ《引きこもっていたところへ》、これ《この人》ばかりは《だけは》、昔のこともおのづからいひなどする人なれば《気を遣わないで話したりなどできる人なので》、とぶらひ申すとて《お見舞申しあげようと》、五月五日に、

330 つきもせぬ　うきねは袖に　かけながら　よその涙を　思
ひやるかな

327 〈うたかたのようにはかなく　この世から消えてしまったあの人が　さすがに　名だけをとどめていて　すぐ耳にとまって　注意して聞いてしまうのが悲しい〉。「さすがにとめて」は、この世から消えても、さすがに名前だけはこの世に「残していて」と、「耳をとめ」注意して、がかかっている。

328 〈はかなくなったのなら　いっそ面影もその名も　消えてくれればいいのに　消えもしないで　こうしてその名を聞き　幻影《げんえい》を見る度に　わたしの気持を乱れさせる〉。「さらば」は、死んだとならば。「さらば消えよ、しかるに消えもせで」の省略された形。

329 〈あの人がこの世からかき消えても　悲しい夢のような宿縁は　この身から離れないで　夢から覚める時もなく　ただただ　嘆くばかり〉。

七 一五頁注一三参照。隆房の北の方は清盛の女《むすめ》であるから「こればかりは、昔のこともおのづからいひなどする人」であった。

隆房の中納言へ

330 〈菖蒲を袖にかけながら　いつ尽きるともしれない悲しみの涙が　袖にかかる私ですが　蔭《かげ》ながら　あなたのお嘆きは如何《いか》ばかりかと　ご想像いたします〉。「うき」は、「憂き」と「泥《うき》」との懸詞。「ね」は、「根」と泣く「音」との懸詞。「かけながら」は、「菖蒲の根を袖にかけながら」と「涙を袖にかけながら」を言いかけ、「蔭ながら」を響かせる。「泥」と「根」は縁語。

＊ 作者の歌は、懸詞・縁語仕立ての技巧歌も多い。

かへし

331 かけながら　うきねにつけて　思ひやれ　あやめも知らず　くらす心を

公経の中納言への代詠

一大宮の入道内大臣うせられたりし頃（お亡くなりになった頃）、二公経の中納言かき籠り（引きこもって）て、五節などにもまゐられざりしに（出仕なさらなかったので）、白薄様《しろうすやう》の、いろいろの三櫛《くし》を書きたるに（櫛の模様のある紙に書いて）書きて、人のつかはししにかはりて（ある人が贈られたのに代って〔詠んだ歌〕）、

332 まよふらむ　心の闇を　思ふかな　豊《とよ》のあかりの　さやかなるころ

返し、四薄鈍《うすにび》の薄様に、

331 〈あなたが菖蒲《しょうぶ》を袖《そで》にかけながら　嘆きの涙を流されるにつけ　ご想像ください　今日が菖蒲をかける日だとさえ気づかず　暗い気持で暮している　この私を〉。「かけながら」は、底本「かけなに〻」、諸本により改める。「あやめも知らず」の「あやめ」は、「菖蒲《あやめ》」と「文目《あやめ》」をかける。文目は、多くの場合「あやめも知らず（分かず・見えず）」と続き、物の区別も分らない、の意になる。「かけ」「うきね」「あやめ」は縁語。

一 西園寺実宗《さねむね》。人名一覧参照。

二 実宗の二男。人名一覧参照。

三 五節に櫛を贈る風習については、三二二頁注五参照。

332 〈父君を失われたお悲しみに　思い乱れている暗いお心のうち　お察しいたします　宮中では豊の明りの饗宴《きょうえん》が　明るく華やかな頃なのにつけましても〉。「心の闇」は「豊のあかり」の縁で言った。ここは親を思う子の心の意で用いたが、「人の親の心は闇にあらねども子を思ふ道にまどひぬるかな」（藤原兼輔、『後撰集』雑一）の歌により、子を思う親の心の闇、という意に用いられることが多い。「豊のあかり」は、新嘗祭《しんじょうさい》の後の陰暦十一月、中の辰《たつ》の日、または大嘗祭《だいじょうさい》の後の午《うま》の日に、天皇が新穀を食し群臣にも

賜った饗宴。豊明節会《とよのあかりのせちえ》。その縁で「さやか」と言ったもの。

四 底本には「返し」とのみある。諸本により補う。「薄鈍」は、染め色の名。にび色（薄い黒色）の薄いもので、法衣や喪服に用いる。ここは薄鈍色の薄様。

333 〈喪中で引きこもっている暗い気持も　よそごとになりそうに思われます　あなたのお見舞をいただき　豊の明りの明るさが　かすかにここまで照らして〉。「かきこもる」の「か」の文字、底本では湿損のために見えず、諸本により補う。「ほのめかされ」は、かすかに……させられる、の意。

五 平親宗。時信の男、時忠の弟。時子・滋子はその姉妹。人名一覧参照。

六 親宗の男。人名一覧参照。

七 底本「さま〴〵あはれ」とあるが、諸本により改めた。

八 色彩、衣服の色。ここは喪服のにび色をさす。

334 〈暗い夜の雨が　窓を打つ音に目を覚まして　あなたのおつらい悲しみは如何《いか》ばかりか　しみじみ思いやっております〉。

335 〈露にしっとり濡《ぬ》れ　うなだれている花の姿に　あなたはいっそう　思い乱れていらっしゃるでしょうか　あなたのお嘆きを深くする　花のことまで思いやっております〉。

平親長との贈答

333 かきこもる　闇もよそにぞ　なりぬべき　豊のあかりに
ほのめかされて

五親宗《ちかむね》の中納言うせてのち、昔も近く見し人にてあはれなれば、六親長《ちかなが》のもとへ、九月の尽《つ》くる頃申しやる。空のけしきもうちしぐれて、七さまざまのあはれも、ことにしのびがたければ、八色なる人の袖のうへもおしはかられて、

（亡くなって後／昔も身近に顔を合わせていた人なので感慨深くて／終り頃　歌を送った／時雨が降りかかって／しみじみとした物悲しさも　殊のほか耐えがたく思われるので／喪中の人の袖も涙で濡れているだろうと察せられて）

334 暗き雨の　まどうつ音に　ねざめして　人の思ひを　思ひ
こそやれ

335 露けさの　なげくすがたに　まよふらむ　花のうへまで
思ひこそやれ

336 露消えし　庭の草葉は　うらがれて　しげきなげきを　思ひこそやれ

337 わびしらに　猿《ましら》だになく　夜の雨に　人の心を　思ひこそやれ

338 君がこと　なげきなげきの　はてはては　うちながめつつ　思ひこそやれ

339 またもこむ　秋の暮れをば　惜しまじな　かへらぬ道の　別れだにこそ

336　〈露のように　はかなくなられた父君のお邸　秋も過ぎ　庭草の枯れるにつけ　どんなに深いお嘆きのことか　想像しております〉。「うらがれ」は、草木の梢《こずえ》や葉が枯れる意。「しげき」は「繁木」と懸《かけ》詞《ことば》。「なげき」には「庭の草葉」、「繁木」の縁語の「き（木）」がかかっている。

337　〈わびしそうに　猿《さる》までなく　夜の雨に　父君を亡くされたあなたは　どんなにお嘆きのことかと　お気持　お察ししております〉。「わびしらに」の「ら」は、接尾語。つらそうに。心が痛み悲しんでいるように。「わびしらにましらな鳴きそあしひきの山の峡《かひ》ある今日にやはあらぬ」（凡河内躬恒《おおしこうちのみつね》、『古今集』雑体）によった歌。

338　〈あなたの心中をお察しし　深い嘆息の末には　私も亡き人を思い　悲しみの裡《うち》から　あなたを思いやっております〉。底本「うちながめ」の「う」の字、湿損のため見えない。諸本により補う。

339　〈再びめぐってくる秋の暮を　惜しみますまい　人の世には　再び帰ることのない　惜しんでも惜しみきれない　死という別れすらあるのですから〉。「惜しまじな」の「な」は、詠嘆を表す終助詞。「かへらぬ道の別れ」は、一度行ったらもう帰って来ないあ

かへし　　親《ちか》長《なが》

340 板びさし　時雨《しぐれ》ばかりは　おとづれて　人目まれなる　宿ぞかなしき

341 うゑおきし　ぬしはかれつつ　いろいろの　花さへ散るを　見るぞかなしき

342 晴れ間なき　うれへの雲に　いつとなく　涙の雨の　ふるぞかなしき

他本 秋の庭　はらはぬ宿に　跡たえて　苔《こけ》のみふかく　なるぞかなしき

の世への道、死別をいう。「だにこそ」の次に「あれ」が省略されている。

340 〈板庇《いたびさし》に　時雨ばかりは　音をたてやって来ても　人はめったに訪《たず》ねて来ない　まことに　わが家は寂しさが身にしみます〉。「人目」は、人の往来。人のゆきき。

341 〈植えた本人はこの世を去り　そのうえ形見のあの色この色の花までも　散っていくのを見るのは　悲しいことです〉。「かれ」は「離《か》れ」と「枯れ」との懸詞。「うゑ」「かれ」「花」「散る」は縁語。

342 〈晴れる間もない悲嘆が　雲のように低くたれこめて　時を分かず涙の雨が降るのは　悲しいことです〉。「いつとなく」は、いつというきまりもなく。いつでも。

＊この歌に対応する右京大夫の贈歌が底本に見られない。なくなったか、あるいはこの歌が紛れて入ったのか、不明。

他本 〈秋の庭の荒れるまま　手入れをしないわが家には　訪れる人もなく　苔ばかりが深くなるのは悲しいことです〉。この歌、底本に欠く。諸本によって補入。

343 よもすがら　なげきあかせば　暁に　猿《まし》の一声《こゑ》　きくぞかなしき

344 くちなしの　花色衣《はないろごろも》　ぬぎかへて　藤《ふぢ》のたもとに　なるぞかなしき

345 思ふらむ　夜半《よは》のなげきも　あるものを　問ふ言の葉を　見るぞかなしき

346 暮れぬとも　またもあふべき　秋にだに　人の別れを　なすよしもがな

343 〈夜通し嘆き明かして　夜明け方　わびしげに鳴く猿《さる》の一声を聞くのは　悲しいことです〉。已然形に接続する「ば」は、順接条件で下の状態が生ずる理由を表す。「猿《まし》」は、「猿《ましら》」に同じ。三三七に対する返歌。

344 〈黄色い梔子《くちなし》染めの衣を脱ぎ　薄墨色の藤の衣に着がえ　父の喪に服することになったのはまことに悲しいことです〉。「くちなし」は、くちなし色。梔子の果実で染めた、紅《あか》みを帯びた濃い黄色（山吹色）で、その衣服は四季を通じて着用された。「花色衣」は、その花の色の衣。「山吹の花色衣ぬしやたれ問へどこたへずロなしにして」（素性《そせい》法師、『古今集』雑体）。「藤のたもと」は、「藤衣の袂《たもと》」で、喪服の袂、喪服の袖と同意。この歌に対応する右京大夫の贈歌も底本にない。

345 〈あなたはあなたで　亡き人を思い　夜も眠れぬ嘆きもおありでしょうに　私を見舞ってくださるお言葉を拝見しますと　たまらなく悲しくなります〉。三三八に対する返歌。

346 〈秋という季節は　暮れてしまっても　また来年があります　人との死別も　せめて秋のようになりますと　再びめぐりあえるようにする　てだてがないものでしょうか〉。「よしもがな」は、方法があればよいの意。「よし」は、手段、方法。「がな」は、願望を表す終助詞。

一　陰暦九月十三日の月。八月十五夜の月に対して、のちの月。十三夜の月見は、宇多天皇の延喜十九年（九一九）に始まるという。

二 前もって言われているとおりに、名月と言われているとおりに、の意。

三 「うちあんじたる」の異文もある。その場合だと、考えこむ、思いわずらう、の意になる。

四 引き側《そば》む、脇《わき》の方へ引いて隠す。「ひきそばみつつもて参る文《ふみ》」（『源氏物語』藤袴《ふじばかま》）、「ひきそばめて急ぎ書き給ふは、かしこへなめり」（『源氏物語』松風）。

五 食物を盛った器を載せる台盤を置く所。宮中では、清涼殿の西庇《ひさし》にある御膳所で、女房の詰所。

347 〈今宵は名高い秋の長夜の　九月十三夜　あなたに見てもらいたいと　月も明るく澄んでいるのでしょうか〉。「名にしおふ」の「し」は、強意の助詞、名に負う、有名な。「夜をなが月」は、「長月（九月）」と「秋の夜長」をかける。「君みよ」は、「君見よ」と「十日あまり三夜」をかけ、「九月十三夜」をふくませる。

348 〈名高い秋の長夜の　十三夜の月は　たとえさやかに照っていようとも　わたくしのようなつらい身の上の者が見るなら　曇るかもしれません〉。「よし」は、たとえ、よしんば。「月はよし」は、「月がよい」と、「月はよしやさやかに照っていようとも」がかかる。「もぞする」は、係助詞「も」に係助詞「ぞ」のついたもの。……するかもしれない。

親長との月の贈答

一 九月十三夜、二 ことわりのままに晴れたりしに《名月といわれている通りに晴れていたが》、親長《ちかなが》の、物の《仕事の》沙汰などひまなくして《指図などで忙しくて》、三 うちあけたるけしきもなくて《うちとけた様子も見せず》、きと《さっと》四 ひきそばめ《脇に隠し》、はかなき物のはしに《ちょっとした紙の切れはしに》書きて、若き人々《若い女官たちが》五 台盤所《だいばんどころ》にありし中を、かきわけかきわけ、〔私の〕後《うしろ》のかたによりて、ふところよりとり出でて、〔次の歌を〕たびたりし《くださった》。

347 名にしおふ　夜をなが月の　十日《とをか》あまり　君みよとてや　月もさやけき

かへし

348 名に高き　夜をなが月の　月はよし　憂き身に見えば　曇りもぞする

老練の女房として
通宗の宰相中将と

一通宗《みちむね》の宰相中将の、つねにまゐりて《いつも参内して》、二女官《にようくわん》など尋ぬるも《取次を頼んでも》、は《居》るかに《場所が遠く》、えしもふとまゐらず《すぐに出て来ることはできない》。つねに〔通宗〕「女房に三見参《げざん》せまほし《お目にかか》き、いかがすべき《りたいがどうしたらよいか》」といはれしかば、この御簾《みす》のまへにて、うちしはぶかせたまはば《咳ばらいをなさいましたら》、聞きつけむずるよし申せば《聞きつけましょうと私が申すと》、〔通宗〕「四まことしからず《あてになりませんね》」といはるれば、〔私〕「ただここもとにたちさらで《いつもこの御簾のそばを離れないで》、夜昼さぶらふぞ《ひかえておりますよ》」といひてのち、「露もまだひぬほどに《露もまだ乾かぬ早朝に》〔通宗が〕まゐりて《参内して来て》、〔御簾の前に〕たたれにけり《立たれたと聞いたので》」と聞けば、五召次《めしつぎ》して、〔私〕「いづくへも追ひつけ《どこまでも追いかけなさい》」とて、〔次の歌を持って〕はしらかす《走らせた》。

349 荻《をぎ》の葉に　あらぬ身なれば　音もせで　見るをも見ぬと
思ふなるべし

六久我《こが》へいかれにけるを《おいでになったのを》、〔召次は〕やがてたづねて《すぐさがしあてて》、文《ふみ》はさしおきてかへりけるに《そこに置いて帰ってきたところ》、〔通宗は〕七さぶらひして追はせけれど《侍に言いつけて》、〔私〕「八あなかしこ《決して》、返《返事》

一 源通親《みちちか》の男。人名一覧参照。これは通宗薨去《こうきよ》（建久九年五月）の前年の冬の出来事になるが、まだ蔵人頭《くろうどのとう》であった時のこと。「宰相中将」とあるのは、通宗の薨後のことを記しているので、最終官名で呼んだもの。

二 宮中で、御湯殿《おゆどの》・御台盤所《みだいばんどころ》・殿司《とのもりづかさ》などに仕える下﨟《げろう》女房の称。

三 「げんざん」に同じ。面会・対面の謙称。

四 「まことし」は形容詞で、本当らしい、の意。

五 院中で雑事をつとめ、時を奏し、取次などをした卑官。ここは取次の者をいう。

349 〈秋風の訪れに　葉ずれの音でこたえる荻の葉　荻の葉でないわたしは　じっと御簾《みす》の中で　あなたを見ていたのに　見ていないとお思いになったのでしょう〉。「荻の葉」の「を」の字、湿損のため見えず、諸本により補い、さらに「荻」をあてた。「秋風の吹くにつけてもとはぬかな荻の葉ならば音はしてまし」（中務《なかつかさ》、『後撰集』恋四）、「笛の音のただ秋風と聞ゆるになど荻の葉のそよと答へぬ」（『更級《さらしな》日記』）のように、荻の葉は、秋風が吹くと葉ずれの音をたてるものに詠《よ》みならわす。

六 京都市伏見区、鳥羽の西、桂川《かつらがわ》の辺。通宗の邸があった。

七 身分の高い人の身辺を見守る、側に仕えること。またその者をいう。

しとるな」とをしへたれば、「[九]鳥羽殿《とばどの》の南の門まで追ひければ、[一〇]茨《むばら》、[一一]枳殻《からたち》にかかりて藪《やぶ》ににげて、[一二]力車《ちからぐるま》のありけるにまぎれぬる」といへば、「よし」とてありしのち、「さる文《ふみ》見ず」とあらがひ、また「まゐりたりしかど、人もなき御簾《みす》のうちは、しるかりしかば、立ちにき」といへば、また「はたらかで見しかど、あまり物さわがしくこそ立ちたまひにしか」、など言ひしろひつつ、[一三]五節のほどにもなりぬ。そののちも、このことをのみ言ひあらそふ人々あるに、豊《とよ》の明《あか》りの節会《せちゑ》の夜、さえかへりたる[一四]有明にまゐられたりしけしき、優《いう》なりしを、ほどなくはかなくなられにしあはれさ、あへなくて、その夜の有明、雲のけしきまで、[一五]形見なるよし、人々つねに申し出づるに、

350
思ひいづる　心もげにぞ　つきはつる　なごりとどむる

（を受け取るな　と教えておいたので　（召次）　追ってきたけれど　引っかかって　置いてあったのに隠れました　（私）よろしいと言ったことがあった後　（通宗）言い返し　（通宗）参上しましたが　誰もいない　中の様子が　はっきりわかったので　帰りました　（私）じっと動かず見ていましたが　あなたはひどくあわただしくお帰りになってしまいましたね　言い争っているうちに　月の光の冴えかえった　夜明け方に参内された様子は　優雅であったが　亡くなられてしまった悲しさといったら　気落ちしてしまい　人々がいつも話に出すにつけても）

八 下に、禁止の意をふくむ語が照応する。
九 京都市伏見区鳥羽にあった、白河・鳥羽上皇の離宮。規模広大で林泉の美をきわめ、鳥羽離宮・城南《せいなん》離宮ともいう。
一〇「いばら」の古名。とげのある小さい木の総称。「むばらからたちにかかりて、家に来てうちふせり」(『伊勢物語』六十三段)。
一一 ミカン科の落葉灌木《かんぼく》。朝鮮・中国の原産、古く日本に渡来した。幹の高さは二メートルに及び、若枝には鋭いトゲが多い。春、白い小花を開き、秋に黄色い実がなる。いけがき用。
一二 荷物などを積んで人の力で引く車。
一三 三一頁注八参照。
一四 月が空に残っていながら、夜が明けかかること。またその頃の月。特に二十日以後の月にいう。
一五 通宗というと、その夜の景色まで一緒に思い出すということ。
350 〈亡き通宗さまを思い出すわたしの心も　皆のいう通り　悲しみに尽きてしまいます　亡くなった方の思い出をとどめる　有明の月を眺めると〉。
＊ このエピソードは、あれほど辛《つら》し、たえがたしといって引き籠《こも》っていたのに、相変らず作者は、負けん気で才走った女性、清少納言のように語るに足る宮廷女房であることを物語って、一六五～六頁俊成九十の賀の際の自負へと連繫《れんけい》してゆく。

有明の月

など思ふに《思うにつけ》、また、〔資盛が偲ばれて〕

351 限りありて　つくる命は　いかがせむ　むかしの夢ぞ　なほたぐひなき

352 露ときえ　煙《けぶり》ともなる　人はなほ　はかなきあとを　ながめもすらむ

353 思ひいづる　ことのみぞただ　ためしなき　なべてはかなき　ことを聞くにも

351 〈定命《じょうみょう》で　亡くなるのはどうしようもないが　夢のようだった　昔のことだけは　やはり類例がないほど　無残で悲しいことでありますよ〉。「むかしの夢」は、三七の詞書にある、資盛の死についての「さめやらぬ夢」に同じ。

352 〈朝の光の中で　露が消えるようにはかなく　寿命がつきて亡くなり　火葬の煙となって　空に立ちのぼる人は　亡きあともなお形見の空を眺め思い出にふけることができよう　いったい何をわたしはあの人の亡きあとの形見に　眺めようか〉。

353 〈わたしの思い出すことばかりは　ただもう例のないあわれなことだ　寿命による　世間の人々の死を聞くにつけても〉。

＊通宗と右京大夫との無邪気な議論はいつ果てるともしれなかったが、そんな折通宗が夭逝《ようせい》した。通宗のことなら有明とか、荼毘《だび》の煙の立ち昇った空を見て思い出にふけることもできる。だが資盛のような死に方をした人の形見には、何を眺めたらいいのか。夢の中の出来事としか思えぬ、という心情の表白。

一 建仁三年（一二〇三）十一月二十三日のこと。後鳥羽上皇が、二条御所で俊成の九十の賀の祝宴を催された。作者四十七歳頃。「建仁三年十一月廿三日丁亥《ひのとゐ》。今日於《イテ》ニ上皇二条御所一。被《らル》レ賀《セ》ニ入道正三位釈阿九十算《ヲ》ニ」（『俊成卿九十賀記』）。

二 藤原俊成。人名一覧参照。

俊成九十の賀の贈答

一建仁三年の年《とし》、霜月の二十日《はつか》余りいくか（二十何日のことだったろうか）の日やらむ、二五条の三位入道俊成《としなり》、九十に満つと（九十歳になると）聞かせおはしまして（〔後鳥羽上皇は〕お聞きあそばされて）、院より三賀賜はするに、おくり物の四法服《ほふぶく》の装束の袈裟《けさ》に歌を書くべしとて、五師光《もろみつ》入道の女《むすめ》、六宮内卿《くないきやう》の殿に歌は召されて（歌を命じて詠ませ）、（〔私は〕）紫の糸にて、院の仰せ事にて（上皇のご命令で）、置きてまゐらせたりし（〔その歌を〕刺繡してさしあげた）。

354
ながらへて　けさぞうれしき　老の波　やちよをかけて
君に仕へむ

とありしが、七給はりたらむ人の歌にては（頂戴する俊成の歌としては）、今すこしよかりぬべく（もう少し良さそうなはずだと）、心のうちにおぼえしかども（思われたけれど）、そのままに置くべきことなれば（当然その通りに刺繡しなければならないので）、置きてしを（刺繡したが）、「けさぞ」の「ぞ」文字《もじ》、「仕へむ」の「む」文字を、八「や」と、「よ」とになるべかりけるとて（なるべきであったといって）、にはかにその夜になりて、九二条殿へまゐるべきよし仰せ事とて（参上せよという上皇のご命令だといって）、

三 長寿を祝う宴。四十の賀以後十年ごとに行った。

四 出家者の着る晴れの装束で、公卿の束帯に相当する。当日の袈裟《けさ》は「白ノ平袈裟。用ヒ二浮線綾ヲ一。以テ二紫糸ヲ一畳ム二和歌ヲ一。件ノ歌。女房宮内卿詠ズレ之ヲ」(『俊成卿九十賀記』)。

五 源師光。人名一覧参照。

六 後鳥羽院女房。人名一覧参照。

354 〈生きながらえて　祝賀を賜る今朝は　うれしく光栄でございます　今後も　幾千年長生きして　我が君にお仕えしたく存じます〉。宮内卿の作。「けさ」は、「今朝」に「袈裟」を響かせる。「老の波」は、年の寄るのを波が寄せるのにたとえた語。波が幾重にも立つところから、「八千代」を呼び起す。「かけて」は、波の縁語。俊成の立場で、未来永劫《えいごう》君にお仕えしたい決意を示す。

七 底本は「給たらん」、諸本により「はり」を補う。袈裟をいただく人、すなわち俊成。「今すこしよかりぬべく」は、時の宮廷歌壇の才女宮内卿の歌に対するきわめて辛辣《しんらつ》な批評の言葉である。

八 「ながらへてけさやうれしき老の波やちよをかけて君に仕へよ」となり、今朝九十の長寿の賀宴を催すことができたのはまことにうれしい、今後幾千年も長生きして仕えるように、の意。もとより、院からの贈物の装束の袈裟であるから、院の立場で詠出する賀歌でなければならない。

九 後鳥羽院の御所。

一範光《のりみつ》の中納言の車とてあれば《車が迎えに来たので》、まゐりて《乗って参り》、文字二つ置きなほして《刺繡し直して》、やがて賀もゆかしくて《そのまま賀宴の様子も拝見したくて》、よもすがらさぶらひて見しに《夜通し伺候して拝見していたのだが》、二昔のことおぼえて《思い出されて》、いみじく《たいそう》道の《歌道の》面目《めんぼく》なのめならずおぼえしかば《誉れも一通りでなく思われたので》、つとめて《その翌朝》入道のもとへ、そのよし申しつかはす《手紙を書いて送った》。

355 君ぞなほ　今日より後《のち》も　かぞふべき　九《ここの》かへりの　十《とを》の　ゆくすゑ

返事《かへりごと》に、「かたじけなき召しに候へば《もったいない上皇のお召しでしたので》、這ふ這ふまゐりて《這うようにして参上して》、人目いかばかり見苦しくと思ひしに《人目にどんなに見苦しかったことかと思いましたのに》、かやうに《このように》三よろこびいはれたる《お祝いの言葉をいただいて》、なほ四昔のことも、物のゆゑも《ものの由来も》、知ると知らぬとは《知る人と知らぬ人とでは》、まことに同じからずこそ《本当に違うものですね》」とて、

356 亀山や　九《ここの》かへりの　ちとせをも　君が御代《みよ》にぞ　そへゆづるべき

一 藤原範光。刑部卿《ぎょうぶきょう》従三位範兼の男。人名一覧参照。

二 昔の俊成に関することで、寿永二年（一一八三）二月、「近古以来和歌」を撰進するよう後白河法皇の院宣《いんぜん》が蔵人頭《くろうどのとう》右中将資盛の奉書で下された。これは第七番目の勅撰集『千載和歌集』であるが、この時のことと後藤重郎氏は指摘された。

355 〈九十の賀を賜った俊成様は　今日から後もさらに　九十年もの長寿を　お数えになりましょう〉。底本「こゝのかへり」の「こ」の字の湿損を諸本により補い、さらに「九」をあてた。「かへり」は、回数、「九かへりの十」は九十。『新拾遺集』賀に入集。

三 底本は「よろこび」以下次頁九行「定家の、歌を」まで欠脱。板本《はんぽん》によって補う。

四 注二参照。

356 〈九十歳の長寿に　蓬萊山《ほうらいさん》の仙人が生きるという　九千年の齢《よわい》をもそえて　上皇の御代にお譲り申しあげましょう〉。「亀山」は「かめのうへのやま」に同じ。巨大な亀十五匹が頭をあげて、上にのせ支えているという、不老不死の仙境、蓬萊山。「上皇の御所を仙洞と称する所から、その連想で蓬萊山を導き出し

た」(集)。『新拾遺集』賀に入集。

五 くりかえし思えば、ほんとうに、の意。以下は、『建礼門院右京大夫集』の跋文《ばつぶん》にあたる部分。

六 歌を書き集めたものがありますか、の意。

七 冒頭の、序文にあたる部分にも「我が目ひとつに見むとて書きおくなり」と見える。

357 〈物思いのため　心が微塵《みじん》に砕けるほど　悲しかったことも　その折々の歌を集め　書き記してみると　あらたに　悲しみが知られることよ〉。「ほど」は、程度、度合。

八 藤原定家。「民部卿」は民部省の長官。人名一覧参照。

九『新勅撰集』編集のための資料収集。撰進の下命は貞永《じようえい》元年(一二三二)六月、定家が民部卿辞任後五年目にあたり、すでに権中納言である。右京大夫のもとへは定家の任官の噂《うわさ》も流れてこなかったので、知らずに民部卿と記したか。或いは、呼びなれた昔の官名で記したか。また定家が民部卿であった頃に勅撰の内意があったとも考えられる。これによって『新勅撰集』の成立時期も変ってこよう。

跋——思ひ出の記

五かへすがへす、〔この集は〕憂きよりほかの思ひ出でなき身ながら、年は《年月は》つもりて、いたづらに明かし暮すほどに《むなしく日を過している間に》、思ひ出でらるることどもを、すこしづつ書きつけたるなり《書きつけた集である》。おのづから《たまたま》、人の《誰かが》「六さることとや」などいふには《言う時には》、いたく思ふままのこと《あまり思ったままを書いてあるのが》、かはゆくも《恥ずかしくも思われて》おぼえて、少々をぞ書きて見せし。〔しかし〕これはただ、七我が目ひとつに《自分ひとりの記念として》見むとて書きつけたるを、後に見て、

357 くだきける　思ひのほどの　かなしさも　かきあつめてぞ　さらに知らるる

撰集に召されて——定家との応答

老ののち《年老いて後》、八民部卿定家《みんぶきやうさだいへ》の、九歌をあつむることありとて《撰集をすることがあるといって》、〔歌を〕「書

一 建礼門院の女房時代の召名《めしな》と、後鳥羽院の女房時代の召名。常縁本『徒然草』百四十一段によれば、後者は「一院の右京大夫」とあるが、後鳥羽天皇在位中の右京大夫がどういう名であったかは不明。

358 〈わたくしの歌が　もしも世に残るのでしたら　忘れ難い昔の名の方を　とどめたいものでございます〉。

359 〈同じことなら　それほどあなたの心から離れない　昔のその名を　さらに後の世にまで残しましょう〉。

＊ 定家撰の『新勅撰集』には、「しのばしき昔の名」建礼門院右京大夫の名で二首が選ばれている。

き置きたる物や」《き置いたものがありますか》とたづねられたるだにも《尋ねて下さったことだけでも》、人かずに思ひ出《歌詠みの数に入れて思い》でていはれたるなさけ《出して尋ねて下さったお心遣いが》、ありがたくおぼゆるに、《〔その上〕》『いづれの《どちらの》名を』とか思ふ」《名で載せたいと思いますか》ととはれたる、思ひやりのいみじう《たいそう有難く》おぼえて、なほただ、へだてはてにし昔のこと《すっかり遠くなってしまった往事が》の忘られがたければ、「その世のままに」《昔名乗っていた方の名で》など申すとて、

358
言の葉の　もし世に散らば　しのばしき　昔の名こそ　とめまほしけれ

かへし　　民部卿

359
おなじくは　心とめける　いにしへの　その名をさらに　世に残さなむ

とありしなむ《とあったことは》、うれしくおぼえし。

本に云《いは》く

建礼門院右京大夫集なり。

この本自筆なりけるを、

二 七条院大納言、さりがたき《一通りでない》

ゆかり《縁故で》にて、このさうし《草子》を見

せられたりけるを、写され

たるとなむ《とのことである》。

三 承明門院小宰相《しようめいもんゐんこざいしやう》本を以つて

四 正元二年二月二日書写し畢《をは》んぬ

二『新古今集』初出の歌人。生没年未詳。中納言藤原実綱の女《むすめ》。母は、参河内侍《みかわのないし》。初め高倉天皇に仕え、のち七条院の女房となる。建仁元年（一二〇一）頃、後鳥羽院の御所に召され、歌合《うたあわせ》にも列した女流歌人。高倉天皇女房だった頃、右京大夫と親しかった。一六頁注二参照。

三『新勅撰集』初出の歌人。生没年未詳。従二位藤原家隆の女。初め土御門《つちみかど》天皇に仕え、土御門院小宰相とよばれる。のち承明門院女房。

四 一二六〇年。底本は「正元ゝ年」ともよめるが、正嘉三年三月二十六日に正元と改元。改元前に、新しい年号を記すことは考えられないので、二年とよんでおく。

解　説

恋と追憶のモノローグ

糸賀きみ江

乱世を生き

古代後期から中世にかけて、世の中の動揺、変貌がいかに大きなものであったかは、改めて言うまでもない。この変革動乱期の模様を、平家一門の興亡を中心に叙述した作品に『平家物語』がある。そこには、勇壮な合戦の間に女性の話も描かれ、治承、寿永の争乱のために、女性たちの運命も大きく揺れ動いたことが知られる。小宰相《こさいしょう》は、平家の人々とともに西海の波にゆられる漂泊の身となったが、船中で夫の越前三位通盛《みちもり》が一の谷で最期《さいご》をとげたことを聞き、月の入る西の山の端の方角を、亡き夫のいる西方浄土《さいほうじょうど》と思い、海中に身を投じた。建礼門院は、荒波に身を沈めた幼帝安徳天皇とともに入水《じゅすい》したが、源氏方の手で助けあげられてしまう。その後は出家の身となり、大原の寂光院《じゃっこういん》で、先帝をはじめ一門の人々の菩提《ぼだい》を弔う余生であった。

この二人の例に典型的に示されているように、『平家物語』に描かれている女性の選び取った道は、二様に大別されるであろう。つまり、小宰相のように愛する人に殉ずるという選択と、建礼門院に見られるように、溟濛《めいもう》の現世を超越して仏に仕える身となり、仏の導く世界に入る生き方とである。建礼門院に仕えた右京大夫は、『平家物語』にその名は見えないが、先の平家の女性たちと同じように動乱の世を生きていた。一朝にして愛する人平資盛《すけもり》を壇の浦に失ってから、耐えがたい悲しみに茫然自失の日々を送っているが、小宰相の場合のように、命を絶って愛する人を追って行くこともできなかったし、建礼門院のように様を変え、仏を頼む身にもなっていない。ただ「さめやらぬ夢」を追い続けた後半生のある折々、「あはれにも、かなしくも、なにとなく忘れがたくおぼゆることども」を書き記し、死ぬことも、出家もできぬわが身の甲斐《かい》なさをかこちながらも、いとおしい生命の証《あか》しを、「我が目ひとつに見むとて」書きつけたというのが『建礼門院右京大夫集』である。

　おおむね院政期以降の家集は、題詠が次第に主流となって、厳しい作品の鑑賞には耐える半面、作者の人間性の陰影は稀薄《きはく》である。こうした時期に『右京大夫集』のように長い詞書《ことばがき》と詠歌が濃密に結び合い、作者の抒情《じよじよう》を伝える作品はまれである。そのような意味でも注目される『右京大夫集』を手がかりとして、作者の人間像をさぐり、あわせて作品の展望を試みたい。

　右京大夫は、三蹟《さんせき》の一人として著名な藤原行成《ふじわらのゆきなり》の六代の後裔《こうえい》にあたる世尊寺伊行《せそんじこれゆき》を父とし、伶人大《れいじんおお》神基政《みわもとまさ》の女夕霧《むすめゆうぎり》を母として平安時代の末期に生れた。生年は不明で、推測の域を出ない。世尊寺家系は入木道《じゆぼくどう》（書道）の家柄として名高く、代々能書家が輩出し、父伊行も能書の一人である。『葦手絵《あしでえ》和漢朗詠抄』と呼ばれる『和漢朗詠集』の写本が現存するが、これは伊行の筆跡であるし、著書の『夜鶴庭訓抄《やかくていきんしよう》』は、奥書に「此《この》抄は、伊行卿被《れ》レ書《カ》与ニ息女《ニ》一云々」と見られ、書道について、息女に書き与えたもののようである。父は能書であったばかりでなく、箏《こと》にもすぐれていた。『秦箏相承血脈《しんそうそうしようけちみやく》』によれば、伊行は箏を志良末久《しらすえひさ》に学んでいるが、「又習ニ夕霧一」の注記もあって夕霧にも習っており、さらに右京大夫とか孫の行能《ゆきよし》に箏を伝授しているのである。

　また伊行は、『源氏物語』の最初の注釈書である『源氏釈《しやく》』を著している。『千葉本伊勢物語』の奥書には、

又或説、後人以二狩使事一、改為《ス》二此草子之端一、為《ト》レ叶二伊勢物語之道理一也。件《くだんノ》本狼藉奇恠《らうぜききくわい》者《ノものなり》也。
伊行所為《ノしよゐ》也。不レ可《カラ》レ用《ユル》レ之《ヲ》。

と記す。ただし、これは伊行に対する藤原定家の批難であるが、ともかく『伊勢物語』の本文研究にも携わっていたことが明らかである。和歌の方面でも、仁安二年（一一六七）に行われた「太皇太后宮亮《たいこうたいごうぐうのすけ》平経盛朝臣家歌合《あそんのいえのうたあわせ》」の作者として出詠している。このように父伊行は、学芸に多角的な才能を示した人であった。

母の家系大神氏は、笛で代々楽所《がくそ》（宮中で雅楽《ががく》をつかさどる所）に仕えた伶人の家柄、祖父基政は、崇徳《すとく》上皇時代の笛の名人として『龍鳴抄《りゆうめいしよう》』という雅楽の著書もあり、『古事談』『十訓抄《じつきんしよう》』『古今著聞集《ここんちよもんじゆう》』等には、不世出の天才の伎倆《ぎりよう》と見識を物語る逸話の数々が見られる。母の夕霧も「ことひき」として、当時やはり著名であったらしいし、詠歌のたしなみもあり、「中院右大臣家夕霧」の名で、『新勅撰和歌集』に一首入集している。伊行は箏を夕霧にも習い、好尚の同じような傾斜が、父と母との結びつきの機縁になったのであろうか。このような両親から、右京大夫は音楽、文芸のすぐれた天分を受け継いだであろうし、そのうえ、書道や弾琴《だんきん》の妙技が授けられたことは容易に想像されるが、『右京大夫集』を見ると、そのことが具体的に確かめられる。事例の二、三を挙げるなら、ある月の明るい夜のこと、高倉天皇の御笛の音をほめたところが、「それはそら事を申すぞ」という謙遜《けんそん》の仰せ言に、相手と自分との身分関係を忘れて憤然とした右京大夫であった（一六頁）。それは生一本《きいつぽん》な性格のせいもあったろうが、美しい音楽が理解できるという自尊心と天皇への誠意とを軽視されたことへの腹立ちが、そのようなむきになった態度をとらせたといえよう。また、当時琵琶《びわ》の一流の名手であった頭中将《とうのちゆうじよう》実宗《さねむね》が、時折、中宮の御所に参上して音楽の遊びをした時に、「琴ひけ」と勧誘されている（一一頁）。これも、右京大夫の音楽の素養を物語る記事であろう。

『源氏物語』に通じていたことを語る記事もある。中宮徳子の甥《おい》平維盛《これもり》は、「姿、まことに絵物語いひたてたるやうにうつくしく見え」た（一三頁）美男子であった。その維盛が、熊野の海で身を投げた事件を聞いた折の追憶に、

いづれも、今の世を見聞くにも、げにすぐれたりしなど、思ひ出でらるるあたりなれど、きはことにありがたかりしかたち用意、まことにむかし今見る中に、ためしもなかりしぞかし。さればをりをりには、めでぬ人やはありし。法住寺殿の御賀に、青海波舞ひてのをりなどは、「光源氏のためしも思ひ出でらるる」などこそ、人々いひしか。「花のにほひもげにけおされぬべく」など、聞えしぞかし。（三四詞書・傍点筆者以下同）

とあるが、青海波を舞う維盛を記す際に、『源氏物語』「紅葉賀」で、青海波を舞った光源氏を連想し、維盛の美しさを語るのに、「花宴」の「花のにほひもけおされて、なかなかことざましになむ」という光源氏の美しさと重ね合せている。亡き資盛からの古い手紙を料紙に漉《す》き直させて写経し、地蔵六体を墨書きして経供養をした時は、

かき返すやうにおぼゆれば、ひとつも残さず、みなさやうにしたたむるに、「見るも甲斐なし」とかや、源氏の物語にあること思ひ出でらるるも、「なにの心ありて」と、つれなくおぼゆ。（三八詞書）

と、「幻」の巻で、ひとたびは料紙に漉かせようとした紫の上の文《ふみ》を、「かきつめて見るもかひなしもしほ草《ぐさ》おなじ雲ゐの煙とをなれ」と書きつけて、みな焼かせてしまった光源氏の嗟嘆《さたん》に思いを及ぼしている。

『源氏物語』ばかりか、『伊勢物語』六十三段によったと考えられる、

　つくもがみ恋ひぬ人にもいにしへはおもかげにさへ見えけるものを（四七）

があり、相手は藤原隆信であろうが、「ときどきおとづれし人をも、たのむとしはなけれど、さすがに武蔵鐙《むさしあぶみ》とかやにて過ぐるに、なかなかあぢきなきことのみまされば」（一六三詞書）という叙述は、同じく『伊勢物語』十三段の、

　武蔵鐙さすがにかけてたのむには問はぬもつらし問ふもうるさし

の歌意をふまえたものである。以上のほかにも、『万葉集』『催馬楽《さいばら》』『古今集』『後拾遺集』『和漢朗詠集』など、先行文芸の影響と考えられる詠歌がある。このように父母から受けた素質と、出自の環境に育《はぐく》まれて生活や思考の基底にまで浸透した、物語や古歌に関する右京大夫の教養を、家集によって確認することができるであろう。

　はじめに記したように、右京大夫の生年、従って出仕の時期などもつまびらかではない。この点に関して冨倉徳次郎氏・本位田重美氏の研究があり、承安三年（一一七三）十七歳あるいは十八歳で出仕という見解が現在通説となっている。本位田氏は、『右京大夫集』の冒頭にある記事、

　高倉の院御位の頃、承安四年などいひし年にや、正月一日中宮の御方へ、内の上、わたらせ給へりし、おほんひきなほしの御姿、宮の御物の具召したりし御さまなどの、いつと申しながら、目もあやに見えさせ給ひしを、物のとほりより見まゐらせて、心に思ひしこと。

　雲のうへにかかる月日のひかり見る身の契りさへうれしとぞ思ふ（二）

に着目し「宮仕《みやづかへ》後間もない右京大夫の稚《をさな》い驚きがまざまざと描かれてゐるのであつて、そこには二十歳前後の、所謂《いはゆる》もの丶わかる年齢の彼女を想像することは困難」であるという視点から、「彼女が宮

仕に出たと思はれる承安三年を十八歳」と措定し、右京大夫の出生年次を「保元二年あたりと見る従来の説はまず妥当と認めておいてよいであらう」とした。

ところで永万二年（一一六六）の「中宮亮《ちゆうぐうのすけ》重家朝臣家歌合《しげいえあそんのいえのうたあわせ》」の作者に、「右京大夫殿下女房」という名が見られるのであるが、この右京大夫について、本位田氏は次のように付言されている。「同一人と見る説は、当時一流の歌人に伍《ご》して歌合に出席するためにはその年齢が尠《すくな》くとも十五六歳以上であつたと見なければならず、さうすれば承安三年は既に二十二三歳にもなる筈《はず》であるし、それに既に宮仕の経験を持つ彼女なら、前掲のやうな純粋な驚きは先づあり得ないのではないか」という理由で、建礼門院右京大夫と、歌合の作者、殿下女房の右京大夫とは別人とする。

この二人の右京大夫を、本位田氏が同一人と見ることは問題となり得ないとする論拠は年齢の点にある。しかし視角を変えて、歌合の右京大夫の作と『右京大夫集』と類似する表現はないか、その面から二人の右京大夫を同一人物と考えられないかどうか、一応とりあげてみようと思う。

「重家朝臣家歌合」月四番右の、右京大夫の作に、

名にたかき姥捨山《をばすてやま》の月影も秋はことにぞ照りまさりける

があるが、一方『右京大夫集』の題詠歌群のなかに「月依《リテ》レ所《ニ》明《カナリ》」の題で、

名にたかき姨捨山のかひなれや月のひかりのことに見ゆらむ（四九）

の詠歌がある。「名にたかき姥捨山」という表現はすでに、藤原為真《ためざね》の、

名に高き姥捨山は見しかどもこよひばかりの月はなかりき（永久三年十月「顕輔歌合」・『詞花集』）

が見られることが指摘されている（『平安朝歌合大成』）。その表現は右京大夫の独創ではないが、時

間的（歌合）・空間的（『右京大夫集』）な捉《とら》え方の相違はあっても、類似した表現内容をもっている。しかし、名にたかき姥捨山の月のことであるから、作者が変り別人の右京大夫であっても、類型的な表現をとることになったかとも考えられる。

同じ歌合の花二番右、三河の作に、

散り散らずおぼつかなきに花ざかり木のもとをこそ住家にはせめ

があり、『右京大夫集』の、

あけがたまでながめしに、花は散り散らずおなじにほひに、（九四詞書）

が類似の表現を用いている。また同じ歌合の郭公《ほととぎす》五番左の重家に、

五月雨《さみだれ》にしをれつつ鳴く郭公濡れ色にこそ声はきこゆれ

という作があり、『右京大夫集』の、

枯野の荻に、時雨はしたなくすぎて、ぬれいろのすさまじきに、（一七一詞書）

を思い出させる。「散り散らず」とか「ぬれいろ」とか特異な言葉を、「重家朝臣家歌合」から学んで使用したということにならないであろうか。

永万二年「中宮亮重家朝臣家歌合」の作者、右京大夫については不明なのであるが、「殿下女房」の注記があるところから「殿下」は六条摂政基実《もとざね》で、その家の女房であったと考えられる。一方、平清盛の三女、中宮徳子の妹盛子は、基実の北政所《きたのまんどころ》である。もし二人の右京大夫が同一人物であると仮定すれば、摂政基実が永万二年七月二十六日に死去しているから、その後殿下女房の右京大夫は北政所の姉妹の縁で中宮徳子に仕えるようになったとも考えられる。従って歌合の時の年齢を十四、五歳とすると、『右京大夫集』冒頭の承安四年（一一七四）は二十二、三歳ということになる。承安三年

十七歳で、右京大夫が中宮徳子に出仕したとする通説によるとすると、大炊御門《おおいのみかど》の斎院《さいいん》（式子内親王）に仕えた中将の君との贈答（七二・七三）が十二、三歳頃ということになり、この贈答以前に行われている永万二年の歌合の右京大夫は、同一人物と見るには年齢の点で無理があろう。

右京大夫という召名《めしな》（女房の呼び名）の由来については、藤原俊成の後見で、承安三年当時俊成の官職であった右京大夫を名のって出仕したのであると、本位田氏は推定されている。女房として出仕する場合の名は、一般には近親の男性の官職名を用いるのが慣習である。右京大夫の場合、俊成の官職名を用いたという推定の理由は『右京大夫集』の俊成九十賀の記事（一六五〜一六六頁）をはじめとして、民部卿定家から詠歌を求められたこと（一六七〜一六八頁）や、右京大夫の兄尊円は俊成と夕霧との間に生れ、夕霧が尊円を連れて伊行《これゆき》のもとへ嫁《か》したのではないかと考えられている。しかし世尊寺家系によると、曾祖父定実《さだざね》と甥《おい》の行能《ゆきよし》が右京大夫に任ぜられているから、右京大夫の召名は、そのあたりの事情によったとも推定できるであろう。

二人の恋人

右京大夫が、生涯を回想風の一巻の書物としてまとめた『右京大夫集』を、寛永二十一年刊板本《はんぽん》などは上冊と下冊に分けている（九六頁四行目までが上冊、五行目から下冊）。上冊は、作者が平家一門の栄光の象徴である高倉天皇の中宮徳子に出仕した、いわば作者の生涯のうちの公的生活を記している。院政末期の後宮は、平安時代と同じように、歌の贈答、管絃《かんげん》の遊び、貴公子と才媛《さいえん》のサロン的会話のかわされる情趣的な社交の場であった。平安時代と異なるのは、平氏が政権を執っていた時代であるから、旧勢力の貴族の中に平家の公達《きんだち》が数多く同席していたことであった。新興階級の武士出身ではあったが、貴族化した平家の人々は沈滞した旧貴族よりも新鮮で生き生きとしていたであろう。『安元御賀記』の筆者も「右大将（重盛）は青海波《せいがいは》の装束の為に、一家の人人左衛門督《さゑもんのかみ》宗盛、左中将知盛《とももり》、中宮亮《ちゆうぐうのすけ》重衡《しげひら》、権亮《ごんのすけ》少将惟盛《これもり》、左少将資盛《すけもり》、新少将清経、兵衛佐《ひやうゑのすけ》忠房、越前守通盛《みちもり》、是《これ》らを引具して、楽屋へむかはるゝ、其《その》いきほひ人にことなり」と記述している。上冊には、平家文化圏内での王朝貴族ふうの生活に憧《あこが》れ、生き甲斐《がい》を胸のうち深く味わっていた作者の姿勢が語られている。

雲のうへにかかる月日のひかり見る身の契りさへうれしとぞ思ふ（二）

春の花秋の月夜をおなじをり見るここちする雲のうへかな（三）

は、承安四年（一一七四）の元日、主上と中宮を拝見した折、また同じ春、中宮と建春門院と中宮の母二位殿の姿を拝見した折の感激の詠出であるが、作者は、後半生に編纂《へんさん》した、哀れにも悲しい回想の記の冒頭部分に、華やかな生活の記念としてこの二首を配置したのである。

また、関白藤原道長の土御門殿《つちみかどどの》を思わせる清盛の西八条邸に、中宮が行啓された折の、春の夜の管絃の遊びの模様を伝える王朝絵巻ふうの章段もある。

花のさかりに月明《あか》かりし夜を、「ただにやあかさむ」とて、権亮朗詠し、笛吹き、経正琵琶《びは》ひき、御簾《みす》のうちにも琴《こと》かきあはせなど、おもしろくあそびしほどに、内より隆房《たかふさ》の少将の、御文《ふみ》もちてまゐりたりしを、やがてよびて、さまざまのことどもつくして、のちにはむかし今の物語りなどして、あけがたまでながめしに、花は散り散らずおなじにほひに、月もひとつにかすみあひつつ、やうやうしらむ山ぎは、いつといひながら、いふかたなくおもしろかりしを、御返し給はりて、隆房出でしに、「ただにやは」とて、扇のはしを折りて、書きてとらす。

かくまでのなさけつくさでおほかたに花と月とをただ見ましだに（九四）

花と月とを、ただ眺めるだけでも尽きない情趣の漂う春の夜を、「ただにやあかさむ」と、「さまざまのことどもつく」す、中宮の兄弟や甥《おい》など一門の公達《きんだち》の様子は、王朝の絵物語が現出したかと思わせ、作者の耽《たん》美《び》的で物語を愛好する精神は魅了され尽している。

雑芸《ぞうげい》が流行した後白河院政時代は音楽が盛んであったので、箏《そう》や琴にひいで文芸の才も豊かであった作者は、周囲の人々の視線を集める存在であったに相違ない。琵琶の名手であった頭中将実宗《とうのちゅうじょうさねむね》から合奏の誘いがあったり（一一～一二頁）、五節《ごせち》には宗盛から插櫛《さしぐし》が贈られ（三二～三三頁）、忠度《ただのり》から紅葉の枝を贈られるようなこともあって（四七頁）、『右京大夫集』に描かれた貴公子たちとの縦横の交流は、作者の才芸と人柄を物語るものである。こうした宮仕えの雰囲《ふんい》気《き》の中で、作者は、後宮女房としての意識と女性としての意識を、峻《しゅん》別《べつ》していた形跡がある。

なかなかに花の姿はよそに見てあふひとまではかけじとぞ思ふ（七）

「まことに絵物語いひたてたるやうにうつくし」い維盛《これもり》の姿を見ての、実宗と作者との応答であるが、遠い距離にいて思慕を続けていたい、なまじ近付きになりたいなどとは思わないようにしようという、作者の心構えを現していると言えよう。この時代の後宮女房は、男性との交際について頽《たい》廃《はい》的なところがあったが、作者は「なべての人のやうにはあらじと思」い、朝夕「みかはす人あまたありし中に、とりわきてとかくいひしを、あるまじきことやと、人のことを見聞きても思」う（三三頁）、自尊心強く、自身を律していた知的な女性であった。この簡潔な言葉は、ある時期の作者の心の過程を示しており、ここからまた、作者の恋愛への憧憬《どうけい》をうかがうことができる。情熱を大切に思えばこそ、浮薄な恋はするまいという精神のあり方がうかがわれるのである。

恋などするまいという意識を強くもっていたのに、それもつかの間のことで、思いがけず恋におちてしまった作者は、「契りとかやはのがれがたくて」と運命のせいにして、しきりに自己弁護している。その相手は、『右京大夫集』には、恋人として一度もその名が明記されていないが、平重盛の次男で中宮の甥にあたる、資盛であったことは確実といってよい。資盛との恋は、「とかく物思はせし人」（七六詞書）と記しているように、作者のほうが、のがれ得ぬ契りを深く胸に刻みつけられてしまったようである。住吉詣《すみよしもう》でから帰った資盛が、忘れ草に結びつけてよこした、

浦みてもかひしなければ住の江におふてふ草をたづねてぞみる（七六）

の贈歌は、右京大夫の反応をためしてみたいという資盛の意識が働いているともみられるが、作者にとっては、物思いを逆上させずにはおかない残酷な響きをもつ歌で、知的な作者にも似合わず、

住の江の草をば人の心にてわれぞかひなき身をうらみぬる（七七）

と、思わず本心を明かした返歌を送ってしまった。また、「とし月のつもりはててもそのをりの雪のあしたはなほぞ恋しき」（一一四）と、虹《にじ》のたつような恋人との思い出も記すのである。しかし相手は平清盛の孫、重盛の次男で中宮の甥にあたる男性であり、身分的にも年齢の上でも（右京大夫の方が年上）引け目があり、その上資盛は、中納言藤原基家の女《むすめ》を北の方に迎えている。このような恋人が信じられなくて、

人の心の思ふやうにもなかりしかば、「すべて知られず知らぬむかしになしはててあらむ」など思ひし頃、

つねよりも面影にたつゆふべかな今やかぎりと思ひなるにも（一一九）

よしさらばさてやまばやと思ふより心よわさのまたまさるかな（一三〇）

と詠嘆する。疎遠になっていく人を恨むより、一切知りも知られもしなかった昔のような状態に戻したいと考えることは容易でも、考えとはうらはらに感情が独り歩きをしているような歌で、作者の方が愛し過ぎてしまった苦悩、心弱さの告白が見られる。治承元年（一一七七）冬頃にはじまった資盛との恋（冨倉氏説）は、治承二年秋に作者が宮仕えを辞任して後、寿永二年（一一八三）の平家都落ちの頃まで続いているが、「あはれあはれわが心に物をわすればや」（一九六詞書）と、日々につのる思慕の情に苦慮していたのであった。

そういう右京大夫に、さかんに言い寄る、もう一人の男性がいた。『右京大夫集』のなかの恋の贈答が『藤原隆信《たかのぶ》朝臣《あそん》集』に収められている和歌と一致しているところから、右京大夫が資盛のほかに、藤原隆信とも深い関《かか》わりをもったことを認めなければならない。隆信の父藤原為経（為隆とも）は出家して寂超《じゃくちょう》といい、大原の三寂とか常磐《ときわ》三寂などと呼ばれる三人のうちの一人で、母は藤原親忠《ちかただ》の女《むすめ》の美福門院加賀である。為経の出家後、母は俊成の妻となり、成家、定家、八条院三条、建春門院中納言（八条院中納言）、その他の子女を生んだから、隆信は定家の異父同母兄にあたる。歌人としては、家集のほか、勅撰集や歌合《うたあわせ》に多くの作が見られるし、物語作者としては、『うきなみ』という作り物語、『弥世《いやよ》継《つぎ》』という歴史物語を著したという（両作品とも今は伝わらない）。また似絵《にせえ》（肖像画）の開祖といわれ、傑作の名の高い、後白河法皇像、平重盛像、源頼朝像のいずれも隆信の筆と伝えられている。このような芸術上の才人で、しかも好色の評判の高い人であった。康治元年（一一四二）の生れというから、右京大夫よりは十四、五歳も年長になる。『右京大夫集』一三五詞書の「よ人よりも色好むと聞く人……」は、隆信との出会いの経緯を記す個所である。一方、『藤原隆信《たかのぶ》朝臣《あそん》集《しゅう》』

恋五にも同じ贈答歌が載っており、詞書に「ある宮ばらにて、女あまた物かたらひて帰りにしあした、中にすぐれてきこえし人にいひつかはしし」とある。これによれば隆信は「すぐれてきこえし人」と、右京大夫を意識し関心を寄せていたことになる。初対面の翌朝から早速恋の歌の贈答が始まってしばらく続き、隆信はかねがね興味を持っていた年若い才女を、なんとか靡《なび》かせようと、誘惑の歌を詠《よ》みかけてくる。はるか年上の風流才子からの執拗《しつよう》な贈歌に対して、打々発止《ちょうちょうはっし》、負けずに言葉のあやを尽してやり返す作者は、資盛との恋の場合とは別人のような、いかにも磨かれた教養とセンスを持つ後宮女房として、打てば響くような知的女性としての側面を示している。右京大夫としては、世間並みの恋愛関係には決してなるまいと思っていたことなので、ごく普通の歌のやりとりをしているつもりでいたのに、隆信は、それをきっかけにして巧みな恋歌をよこして言い寄ってきた。右京大夫は気強く応酬し拒否し続けたが、「よ人よりも色好む」と世評の高い隆信のような男性が、資盛と右京大夫との間柄を聞き知らぬはずがない。そのことをほのめかしては、自分の方へ靡かせようとするので、

　人わかずあはれをかはすあだ人になさけしりても見えじとぞ思ふ（一四三）

　もろかづらその名をかけて祈るとも神のこころに受けじとぞ思ふ（一四四）

と意志堅固に撃退していたつもりであったが、とうとうこの好色家に捕えられてしまった。資盛の気持に期待がもてず、「つねよりも面影にたつゆふべかな今やかぎりと思ひなるにも」（一二九）や「よしさらばさてやまばやと思ふより心よわさのまたまさるかな」（一三〇）などと焦慮していた時期であったかもしれない。年上の、しかも色好みで、女性の扱いにも馴《な》れている隆信から言葉巧みに誘われ、それまで堅持してきた心情が大きくゆらいでしまったのであろう。しかしその結果は、かえすがえすも悔恨の念にさいなまれるばかりで、

越えぬればくやしかりける逢坂をなにゆゑにかは踏みはじめけむ（一四五）

と詠むようになる。

右京大夫の心情は、中宮に出仕した初期にはナイーヴな驚きの純な旋律を奏でたかもしれないが、「思ひかへす道をしらばや恋の山は山しげ山わけいりし身に」（一五六）と、二人の男性との、ひととおりでない恋の苦悩を経験した作者の青春は、混沌《こんとん》として複雑であったに相違ない。混沌としていればこそ気持も揺れ動くので、隆信とも関《かか》わりをもつに至ったというところに、誇り高い才女といえども、やはり世のなべての女性と同様に、女性の哀《かな》しさが運命づけられていたのである。

恋の当初こそ、隆信は打てば響く才気の溢《あふ》れた作者に興味と関心はあったであろうが、いったん靡《なび》いてしまうと、女のつのる思いとはうらはらに男はつれなく、自尊心を傷つけられながらも引きとめようとする作者に対して、返ってくるのは、浮わついた調子のよい憐愍《れんびん》の言葉であった。強引に押しかけてきて、心の中を土足で踏みにじっておいて、背を向け去って行こうとする隆信ではあったが、作者は断ち切れない思いに動揺していた。

ほとんど前後して始まったらしい二つの恋であるが、資盛との恋のほうは、身分も違い年齢の点でも負い目のある釣り合わない仲であったから、周囲の人たちにも知られぬよう気を遣う、ひたすら忍ぶ恋の心境である。隆信との恋の場合とは違って、時雨《しぐれ》や露に濡れる尾花《おばな》を眺めては涙にくれ、歌の贈答の代りに人には言えない思いを、心に浮ぶまま書き流す、人間右京大夫の真実の恋情の流露が感じられる。年下の資盛には、恋に揺れ動く女心の深い襞《ひだ》が理解できなかったであろうし、ともかくこの恋には、いつも物思いをさせられている「可愛い女」右京大夫の姿が浮び上がるのである。

二人の恋人——物思いばかりさせられる年下の貴公子との恋は内攻して嘆きのモノローグとなり、

一方の恋は廷臣と後宮女房との機知に富む贈答歌として表れ、なまの心情が奏でる素朴《そぼく》なトーンと、言葉のあやを尽す知的なトーンとの華麗な交響楽として『右京大夫集』の中に定着することになった。

涙の追憶を編んで

源平の戦乱が激化するにつれて、さすがに平家一門の運命とともに明日を知れない命を思ってか、資盛は右京大夫の許《もと》を訪れるようになり、「道の光もかならず思ひやれ」（九七頁）と、後世《ごせ》を弔ってほしいと言うようになった。これまでは女の哀《かな》しい想いに対してつれなかった人も、命の最後の日を思うとさすがに心から頼りにするのは作者のひたむきな愛情のほかはなかったものとみえる。

秋の初め頃、平家は都を捨ててゆく。その後の作者は「夜の明け、日の暮れ、なにごとを見聞くに」つけても「思ひたゆむ」ことなく資盛の安否を気遣い、

泣く泣く寝たる夢に、つねに見しままの直衣姿《なほしすがた》にて、風のおびただしく吹く所に、いと物思はしげにうちながめてあると見て、さわぐ心に覚《さ》めたる心ち、いふべきかたなし。ただ今も、げにさてもやあるらむと思ひやられて、（三〇七詞書）

という。これは作者の夢の中の風景であった。蓬々《ほうほう》と吹く風のただ中に憂わしげに佇《たたず》む資盛の姿は、激しい戦乱の中をさまよい続ける平家の悲運の象徴とも思われるが、こうした夢に思い合わせたように、悲報が次々都に届く。それにつけても、どんな悲しいことをいつ聞くことであろうか……と恐れていた予感が、西海壇の浦における一門の壊滅というかたちになって現出し、この時の資盛の死を

『平家物語』は、言葉少なに次のように伝える。

小松の新三位中将資盛、同少将有盛、いとこの左馬頭《さまのかみ》行盛、手に手をとりくんで一所にしづみ給ひけり。（巻十一能登《のと》殿《どの》最期《さいご》）

いつかはその時が来るであろうと「かねて思ひしことなれど、ただほれぼれとのみおぼゆ……かなしきこと、いひ尽すべきかたなし」（三三詞書）と作者はいう。いつの世にあっても死別の悲嘆はつきないが、多くの場合、天寿を全うしての死や病による死別などで、これはいたし方のないことであろう。ところが平家の人々の最期は、かつての世にもその当時にすらない「ためしなき別れ」であって、これも乱世がもたらした無常の現象といってよい。

　平家一門の人と契りを結んで、茫然《ぼうぜん》自失の状態におかれた女人も数多くいた。小宰相《こざいしょう》の身投げ（八〇頁）がまず思い浮ぶ。作者も生き続けなければならないのが情けなく、涙に余る毎日であったが、そのようなある時、いくら嘆いても「なにの甲斐ぞ」（三七詞書）と、明確に自身を取り戻しているのは、やはり作者が知的な女性だったからであろう。「後《のち》の世をばかならず思ひやれ」と言い残した資盛の言葉が、この後作者の命の支えになっているのではないだろうか。源氏方の詮議《せんぎ》が厳重とはいうものの、時めいた平家の公達《きんだち》であるから、菩提《ぼだい》を弔う人はなんといっても数多くあるに相違ない、と作者は一応想像する。だが、資盛の菩提を弔うのは「身一つのことに思ひなされて」——私がしなければならない勤めという意識が、作者に生きる勇気を与えたのではなかろうか。それは資盛の忌日に、例によって一人法要を営みながら、自分の死後は、資盛の菩提を弔ってくれそうな人は全然いない、そのことの方が、私自身の死よりももっと悲しい（二六八詞書）と悲嘆にくれていることからしても明白であろう。かつては、作者が一方的に思うだけであったつれない恋人だが、その人の死を境にして、恋人のためには自分に代れる者はいない、資盛が永遠に自分だけの恋人になったという意識が、その後の作者の生き方の基調になったと考えられる。以前の作者の物思いは、相手からの愛の報いを期待しての低迷であり苦悩であったが、喪失と絶望の淵《ふち》をくぐって一層純一になった作者の愛は、対象を越えた無限の距離のなかに注がれているのである。

せめて思い出のよすがにと亡き人の領地を訪れ（一一六〜一一八頁）、またある所へ行った途中、都落ちの際焼失した昔の人の邸宅の跡に車を留めて時の経つのも忘れて眺める（一一九頁）のであるが、「いつを限りにか……」と深い吐息をつく作者の姿は、かつて題詠に歌材とした「別れを惜しみて、かの山の上に立てりて夫を見送りけるが、化して立てる石と」（永万二年「中宮亮重家朝臣家歌合」俊成の判詞）なってしまった望夫石《ぼうふのいわ》伝説（『十訓抄』・『古今著聞集』）の女性を髣髴《ほうふつ》させるのである。ある時には悲しい思い出を振り捨てるように、比叡《ひえ》の坂本に旅立つが、琵琶湖《びわこ》の湖岸に立ちつくしては、

恋ひしのぶ人にあふみの海ならば荒き波にもたちまじらまし（二五八）

と、また追憶の涙にくれる。日吉の社《やしろ》に参詣《さんけい》した折は、空も暗くなるほど雪が降ってきて輿《こし》の簾《すだれ》を上げると横なぐりに吹き込む雪が、払うそばから袖《そで》の上にまだらに凍りつくのが興味深く、亡き人に見せたいと思うにつけ、

なにごとを祈りかすべき我が袖の氷はとけむかたもあらじを（二五二）

と詠嘆する。ここで恋人とのいまわしい死別の直後に、作者の同じような心境が見られたのを思い起す。

なぐさむこともなきままには、仏にのみ向ひたてまつるも、さすがをさなくよりたのみ聞えし

かど、憂き身思ひ知ることのみありて、またかくためしなき物を思ふも、いかなるゆゑぞと、

神も仏も恨めしくさへなりて、

さりともと頼む仏もめぐまねば後の世までを思ふかなしさ（二三一）

という、「神も仏も恨めしくさへ」思う章段である。ここでは、それにしても幼い頃から頼んできた仏であるのに、救って下さらないから恨めしくさえなる、と不信の念を表明しているが、二五三では、いくら祈っても、亡き人を思う涙はつきることがないと思うと詠《よ》む。神も仏も恨めしく思いながらも、祈ることのあるうちは救われているのであろうが、これは、何を祈願したらいいのか祈ることがなくなってしまったという、凄惨《せいさん》なまでの虚《うつ》ろな心の深淵《しんえん》をかいまみさせるであろう。しかし、死別した思いびとから後世を弔うことを託されて（愛の確証が残ったことで）作者の心は満たされ、神も仏も恨めしいほどの苦しい思い出も時とともに美しくなって、亡き恋人へのつきることのない追憶に再生することになった。すなわち、つきることのない涙の追憶が『右京大夫集』をつらぬく主題なのである。

右京大夫の作品集は、なにのために、いつどのようにしてまとめられたのであろうか。詞書をたどってみると、まず、個々の詠草は、

……見まゐらせて、心に思ひしこと。（三詞書、以下同）

……と申ししを聞きて、心ちにふとおぼえし。（一五三）

……おもしろかりし音《ね》ども、まづ思ひ出でらる。（一六六）

と、それぞれ詠じたものであることを示している。次の例では、折々に詠んだ歌や思いを、書きつけたり手習いに書きとどめたことが示される。

さしも心にしむかへりだちの御神楽《みかぐら》もえ見ざりし、くちをしくて、御すずりのはこに、薄様のはしに書きつけておく。（一一〇）

……知られなばいかにとのみかなしくおぼえしかば、手習ひにせられしは、（一一三）

反故《ほうぐ》どもとりしたたむるに、いかならむ世までもたゆむまじきよし、かへすがへすいひたる言の葉のはしに書きつけし。（一六三）

七夕五十一首の序にあたる詞書は、

年々《としどし》、七夕に歌をよみてまゐらせしを、思ひ出づるばかり、せうせうこれも書きつく。（三七一）

とある。これによると、当時の七夕の詠草が残っていたとも、または散逸してしまった歌詠を思い出して、思い出せただけ書きつけたともうけとれる。人の記憶には限界があり、記憶のうちにある一首一首を確かに呼び起すのは困難であろうし、編纂《へんさん》の時点で過去のあれこれを思い出して作歌するというのも、往時の感動を正確になぞって表現するのは不可能に近い。先の一一〇、一一三、一六三の詞書にもうかがわれるように、過去の明暗の折に詠《よ》まれていた歌や歌反故が、作者の手もとにあったのであろう。そして「かへすがへす、憂きよりほかの思ひ出でなき身ながら、年はつもりて、いたづらに明かし暮す」（三五七詞書）晩年が訪れた時、これらの詠草や心覚えをもとに、昔日の回想のうちに沈潜しながら、跡付けて記していったと考えられる。

詠作は、贈答歌、恋歌、旅歌、題詠歌群、七夕歌群など変化に富んでいるが、他人の眼を意識したいわゆる家集を残すことを躊躇《ちゅうちょ》している、『右京大夫集』の序と跋《ばつ》にあたる個所をみると、編纂のモチーフが明らかになるであろう。

家の集などいひて、歌よむ人こそ書きとどむることなれ、これは、ゆめゆめさにはあらず。ただ、あはれにも、かなしくも、なにとなく忘れがたくおぼゆることどもの、あるをりをり、ふと心におぼえしを思ひ出でらるるままに、我が目ひとつに見むとて書きおくなり。(一詞書)

ここで作者は、自身の生き方を大きく変容させた、あわれにも悲しく忘れ難い一連の追憶の世界の中に詠歌を位置づけて、思い出すままに書き残すのがこの集である、ということを語っているようだ。

先に述べた点とやや矛盾《むじゅん》した言い方になるが、作者の中には広い意味での家集をまとめようという意識があったかもしれない。だがその内容は世の歌詠《うたよ》みの家集とは違うもので、いわゆる家集的なものも内にとり入れながら、より全体的で繋《つな》がりのある世界を書きおくという、いわば自伝的日記的なものにしようという意図が看取されるであろう。ちなみにこの時代の女流の日記は、多くはある主題をもつ回想や告白であり、これが単なる記録を文芸作品にまで高める要素であるが、『右京大夫集』中にも同じ性格が見出だされよう。「あはれにも、かなしくも、なにとなく忘れがたくおぼゆることども」と記すように、平家の栄耀《えよう》、源平争乱、平家没落という時代的な悲劇を背景とした資盛への恋愛が主軸となっていて、様相はそれぞれ異なるが、『蜻蛉《かげろう》日記』や『和泉式部《いずみしきぶ》日記』のように、愛の心情をつづったものである。

『右京大夫集』に現れた作者の生活の移り行きから、次のような四度の大きな結節点を考えることができるであろう。

㈠、承安三年(一一七三)末頃から治承二年(一一七八)(十一月以前か)までの五、六年間の宮仕えの期間。

㈡、「心ならずも」退任して里に籠《こも》っていた頃。

㈢、「寿永元暦などの頃の世のさわぎ……」に平家の滅びゆく運命に恐れおののいていた頃。

(四)、「さるべき人々、さりがたく言ひはからふことありて、思ひのほかに、年経てのち」に再び出仕した頃。

の四度の身の上の変化である。

それぞれの記事は歳月の流れの中に配列されているが、ある事がらを思い起すと連想は連想を呼び、繫《つな》がりのある事がらがいくつか集められている。その連環の様相は連歌《れんが》の世界の展開に似ているともいえよう。さらに配列相互の間は年代順でないこともあるが、これは時間の意識よりも、気分の連続に傾斜しているからと思われる。また詞書は、長めのもの短かめのものが交錯して長さのリズムを構成し、内容においても、華やかな記事のあとには悲嘆の記事が見られるなど、明と暗のリズムが繰り返されている。ほぼ三百六十首の詠歌で深切な情感を吐露した作者は、生涯の記念にという家集の編纂にあたっては、連想の環《わ》を自由に拡《ひろ》げているように見えながら、実は、長さのリズム、明暗のリズムなど配列美が計算されていて、作者の知性とテクニックがうかがわれる。

家集の冒頭の序と跋文《ばつぶん》とは、書きぶりの類似とか、同語による表現から、編纂にあたって書き添え、首尾と形とを整えたのではないかと考えられる。序で「我が目ひとつに見むとて書きおくなり」と記し、跋で再び「これはただ、我が目ひとつに見むとて書きつけたる」と繰り返す。文字通りに受けとめれば、作者は他人の目については何も期待していない。しかし、この「我が目ひとつに見むとて書きおく」の類の表現は、他にも先例があり、『右京大夫集』独自のものではない。

この草子、目に見え心に思ふ事を、人やは見んとすると思ひて、つれづれなる里居《さとゐ》のほどに書き集めたるを(中略)ただ心ひとつに、おのづから思ふ事を、たはぶれに書きつけたれば、ものにたちまじり、人なみなみなるべき耳をも聞くべきものかはと思ひしに、「はづかしき」なんども

ぞ、見る人はし給ふなれば、いとあやしうあるや。(『枕草子』三一九段)

いうまでもなく、跋にあたり成立・流布に関する問題をふくむ重要な章段である。ここに「人やは見んとすると思ひて」とか「ただ心ひとつに、おのづから思ふ事を」書きつけたとあり、作者清少納言が他人の見る目を意識していたとも、あるいは作者の謙遜《けんそん》の辞とも解されている。右京大夫の場合はどうであったろうか、「我が目ひとつに見むとて」と記した意識の底流を考えてみたい。

平家が長門《ながと》の国壇の浦で壊滅し、一門と運命を共に入水《じゅすい》した資盛の亡き後、定命《じょうみょう》というものがあるので、自ら命を絶つことも、出家も、独り身を隠すこともできないと考える作者は、資盛が「後の世をばかならず思ひやれ」と言い残した言葉に支えられ、資盛の菩提《ぼだい》を弔うのは「身一つのことに思ひなされて」生きる決意をする。動乱もおさまり、晩年を迎えた作者は、動顚《どうてん》しながらもともかく悲嘆に耐えてきた生涯を書きつけて、自分という人間がこの世に生きていたという記念にしたいと思ったのではなかろうか。いうまでもなく、それは現在の自分自身に対する存在証明である。当初は恋人への追憶を中心にして、出会いからの経緯、宮仕え生活の思い出をまず書き、人生の証《あか》しにしたいという悲願をこめた自分自身のひそかな営みであったが、他人に求められると、少しだけ見せたこともあったという(一六七頁)。『右京大夫集』によれば、作者は、当時の歌人と言われる人たちとしばしば歌を贈答し、小松の大臣《おとど》の菊合《きくあわせ》に代作をしたり、中宮に代って時忠への返歌を詠出したりする記事があるので、宮廷では歌人としての力量が認められていたことが知られる。また、宮廷女房としての充分な資質と教養から、歌人としての作者の自尊心もうかがわれる(一六五頁)。もともと他人の目を意識しないひそかな手記ではあっても、歌詠《うたよ》みとして自他ともに許す作者は、請われるままに、人に示す機会もあったと想像される。「我が目ひとつに見む」と記した作者の意識をそのように考えることもできる。

「我が目ひとつ」で他人の見る目を予想しないということは、作者の文芸意識が稀薄《きはく》であるということにはならない。自身の思いに真実に、生きていたことの証しを書こうとした姿勢は、自分の存在の強い主張である。人間や人生を凝視し観照するのが文芸作品の発想の根本であるから、この家集は素朴ではあるが、文芸の始源のものであったと考えられるのである。

星夜讃美の歌人

月をこそながめなれしか星の夜の深きあはれをこよひ知りぬる（三五二）

説明的な詠歌であるが、「深きあはれ」はむしろ詞書の描写にうかがわれる。

「……夜に入りて、雨とも雪ともなくうち散りて、むら雲さわがしく、ひとへに曇りはてぬものから、むらむら星うち消えしたり……」とあるが、「むら雲さわがし」とか「むらむら星うち消えしたり」などは、天象気象を動的に表現する、後代の『玉葉集』『風雅集』の作の先蹤《せんしよう》と見ることができよう。歌にも「月をこそながめなれしか」とあるように、古くから月は、物語や和歌によく見られるが、星は七夕の歌ぐらいで、取り上げられ方が月に比較すると少ないように思う。冴《さ》えかえった冬空に乱舞するような、星のきらめきに驚嘆する作者は、鋭い美的感覚をもち、捉《とら》えた星月夜の美しさを「花の紙に箔《はく》をうち散らしたるによう似たり」と描写している。『右京大夫集』のこの個所に着目した新村《しんむら》出《いずる》氏は、作者を「星夜讃美の女性歌人」（『南蛮更紗《なんばんさらさ》』大正十三年刊所収）と、愛情をこめて賞讃し、

「花の紙に箔をうち散らしたるによう似たり」の比喩《ひゆ》をとり上げて、
さすがに彼女は世尊寺家に生れた女性であつた。物すごい深夜の星の景を写すにふさはしい詞を忘れなかつた。紺色の紙に箔をうち散らした様だと星ぞらを形容した。この一句のために右京大夫の個人的特色がおのづとよく現はされた。家柄はさすがに争はれぬと感じさせる。紺紙に金箔を砂子のやうに散らした模様を連想したのは彼女の場合ほんとに活きた比喩である。世尊寺流の手にも似かよふといはれる藍紙万葉を私たちに想浮べさせもし、追福に書きもしたらう紺紙金泥の絵巻をも私たちの眼に映じさせる。私たちは信ずる、あの文句がこの一節に対して画龍点睛となつてゐる。

と絶讃されている。

ところで作者は、「以前も星月夜は見馴れていたが、今夜初めて見たような気がする」と、あたかもこれまで迂闊《うかつ》だった自身に恥じ入るような口調であるが、亡き人を追憶する涙にくれている作者にとっては、星空の美しさに心の晴れたひと時だったのではないかと思われる。「年々、七夕に歌をよみてまゐらせしを、思ひ出づるばかり、せうせうこれも書きつ」けたという七夕の星合《ほしあい》の歌、五十一首が配置されている。作者の七夕を詠《よ》んだ歌を見る前に、七夕の行事や、先行の七夕歌についてふれておきたい。

七月七日、七夕に牽牛《けんぎゅう》・織女《しょくじょ》の二星をまつる乞《き》巧奠《こうでん》は、中国から入ってきたもので、中国での起源も非常に古く、西暦紀元前十二世紀頃の周初の頃から行われたという。この行事は、当夜香花を供え庭上に真菰《まこも》の葉を編んで作った葉薦《はごも》を敷き、竿《さお》の端に五色の糸をかけて、一事を願えば三年のうちに必ずかなうという儀である。この乞巧が七夕と結びつき、裁縫・書・詩歌・音楽などの上達を祈る行事となった。しかし盛んに行われたのは、二星会合のありさまを眺めることであった。内裏《だいり》では清涼殿の東庭に葉薦を敷き、殿上《てんじよう》の椅子を庭に並べて二星の会合を見、作文や管絃の遊びを夜通し行う。また七夕の夜盥《たらい》に水を張り、水に星を映すことも行われた。公家の邸宅でも内裏に倣《なら》って同じ作法で行われたことはいうまでもない。二星の相対する間にある無数の小恒星が白く光って川のように見える天《あま》の川《がわ》や、鵲《かささぎ》が翼を並べて天の川に渡すといわれる想像上の「鵲の橋」などが詠歌にとり入れられ、七夕は棚機《たなばた》つ女《め》、織女星の意にも用いられている。天上のはかなくも美しい星合が、人々にさらに空想をたくましくさせ、壮大な銀河を背景として相逢う二星を髣髴《ほうふつ》させる詩を作らせたり、二星に感情を移入した多くの歌を詠出してきたのである。

『万葉集』には百数十首の七夕歌がある。

ひさかたの天《あま》つ印《しるし》と水無《みな》し川隔てに置きし神代し恨めし（二〇〇七）

天上の越えてはならない境界線として水のない天の川を、牽牛と織女との隔てに置いた遠い神代が恨めしいという意であるが、「隔てに置きし神代」とあるものの、日本の神代からこうした伝説があったわけではなく、中国の伝説をとり入れて、わが国の風土や環境に融合させたものと考えられる。また、

天地《あめつち》と別れし時ゆ己妻《おのづま》は然《しか》ぞ年にある秋待つわれは（二〇〇五）

ともあって、天地の別れた神話の時代から、自分の妻は一年に一度逢うだけである、だからわたしは秋の来るのを待っているという彦星の心情を詠じた作。

古《いにしへ》に織りてし機《はた》をこの夕《ゆふべ》衣に縫ひて君待つわれを（二〇六四）

のような歌では、織女は機を織るばかりではなく、それを彦星の着物に縫いあげて待っていたと万葉

人たちが考えていたことがわかる。「足玉も手《た》珠《だま》もゆらに織る機を君が御衣《みけし》に縫ひ堪《あ》へむかも」（二〇六五）の作も見られ、あの方のお着物に間にあうように縫いあげられるかしら……、くよくよ思い悩む女心は、万葉の昔も今もさして変りがないようだ。

　二星が逢う七夕としては、

　月かさねわが思ふ妹《いも》に逢へる夜は今し七夜を続《つ》ぎこせぬかも（二〇五七）
　遠妻《とほつま》と手枕《たまくら》交《か》へてさ寝《ぬ》る夜は鶏《かけ》はな鳴きそ明けば明けぬとも（二〇二一）

の歌がある。月日をかさねて恋い慕ってきた妻に逢うのも一夜限り、鶏が鳴いて夜明けを告げれば別れて帰って行かねばならない。逢える夜がもう七夜も続くようにしてくれないものかなあ、とはかなさを愁《うれ》え、そしてまた、たとえ夜明けになっても、鶏よ鳴かないでおくれ、と無理強《じ》いもする。『万葉集』の例では、待つ七夕、逢う七夕、別れの七夕を二星に代って詠《よ》み、自分たちの恋の歌と同じように、というより二星に自分の感情を投影して、自由に詠出しているのが『万葉集』の七夕歌であろう。

　勅撰集の時代になると、七夕は秋歌の主な歌題となって、四季の部立《ぶだて》の中に定着する。採択された作品は、待つ七夕、逢う七夕、別れの七夕と、時間的に推移するように配列されている。しかし半面題詠として詠まれたため、構築的・技巧的に流れ作者の人間性の陰影は稀薄である。『新古今集』を例にあげれば、

　ながむればころもですずしひさかたの天《あま》の川原の秋の夕暮（式子内親王）
　星合ひの夕べすずしき天の川紅葉《もみぢ》の橋をわたる秋風（権中納言公経）

のように、万葉歌に見られた、星合の待つ、逢う、別れの情感は捨て去られ、秋の季節感が客観的に詠出されることになっている。

七夕歌の様相の変遷を簡単にたどったが、平安時代頃から七夕の夜に思うことを梶《かじ》の葉に書いて供えると、それがかなうという風習があったようで、

天の川と渡る舟の楫《かぢ》の葉に思ふことをも書きつくるかな（『後拾遺集』上総乳母）

たなばたのとわたる舟の梶の葉にいく秋書きつ露のたまづさ（『新古今集』皇太后宮大夫俊成）

があり、『平家物語』にも、上総乳母の「天の川」の歌をふまえたと思われる次の詞章がある。

秋の初風吹きぬれば、星合の空を眺めつつ、天の戸渡る梶の葉に思ふ事書く比《ころ》なれや（巻一妓王）

同じ頃、右京大夫も七夕に歌を詠んで供えていた。思い出して記録したのが、家集の五十一首だという。「年々、七夕に歌をよみてまゐらせしを、思ひ出づるばかり」としか書いてないので詠出の年次は不明であるが、最後の作に「いつまでか七《ななつ》のうたを書きつけむ知らばやつげよ天の彦星」（三三一）とあり、七夕にちなんで七枚の梶の葉に七首の歌を書く風習からすると、七、八年間にわたる詠出かとも考えられるが不明である。読み進むと二七一から二九九までは、年に一度のはかない天上の恋に対する思いやりと同情、年に一度しか逢わない約束への非難、七夕の風習を詠んだものなどで、特に作者の嘆きも見当らないから、まだしあわせな頃の詠出かもしれない。万葉歌ほど対象と自身が未分化ではないが、新古今歌の客観的な季節感とも違う、心情の流露がある。ところが三〇〇を境として、様相が変ってくる。このあとに「秋ごとに別れしころと思ひ出づる心のうちを星は見るらむ」（三〇七）をはじめ、資盛との別離後と思われる作が多い。

人かずにけふはかさましからごろも涙にくちぬ袂《たもと》なりせば（三〇〇）

彦星の行合の空をながめても待つこともなきわれぞかなしき（三〇一）

七夕の契りなげきし身のはては逢《あ》ふ瀬《せ》をよそに聞きわたりつつ（三〇二）

などになると、かつては七夕の恋のはかなさに同情し、それに似た資盛との逢う瀬が稀《まれ》なことを嘆いたが、今は、そしてこれからも恋人の訪れを待つことのない、袖《そで》が朽ちてしまうほど涙にくれる身の果てになったという、資盛との別離後の悲しみが反映している。

あはれとや思ひもすると七夕に身のなげきをも愁《うれ》へつるかな（二八三）

あはれとや七夕つめも思ふらむ逢ふ瀬もまたぬ身の契りをば（二八七）

あはれともかつは見よとて七夕に涙さながらぬぎてかしつる（二九五）

書きつけばなほもつつまし思ひなげく心のうちを星よ知らなむ（三一七）

などは、さらに悲嘆にくれてやり場のない身の嘆きを、七夕ならわかってくれようと、七夕に訴える心情に基づいている。かつては年に一度の星合に同情してきたが、今は年に一度すら待つことがなくなってしまった身の上を訴えることに転じて、さらに、

なげきても逢ふ瀬をたのむ天《あま》の河《がは》このわたりこそかなしかりけれ（三一六）

引く糸のただ一すぢに恋ひ恋ひてこよひ逢ふ瀬もうらやまれつつ（三一八）

と、羨望《せんぼう》をこめた歌になる。

秋の季節感を客観的に詠出するこの時代には、例の少ない『万葉集』の七夕歌に近い詠歌であるが、作者は年々七夕に歌を書きつけて星に供えてきた。それは年中行事としての意味もあったかもしれないが、平家の都落ちが「秋のはじめつかた」七月であったことを思えば、「秋ごとに別れしころと思ひ出づる」作者にとって七夕の季節は、資盛との恋と別離の思い出に繋《つな》がり、二星の逢う瀬は右京大夫にとってよそ事とは思われない。待つことがなくなったとはいうものの、星合は、追憶の中に生きている資盛と自分との姿の投影である。『万葉集』以来長い歴史をもつ、「七夕の歌」という文芸の営

みによって哀《かな》しい愛をよみがえらせた作者の場合、七夕の伝説はロマンであると同時に人生そのものでもあった。

平家の人々の素顔

『平家物語』が、男たちの世界から平家の興亡を描いているのに対して、『右京大夫集』は、女性が平家一門の栄華と崩壊を見聞したその回想の記であり、叙事詩の世界を抒情詩《じよじようし》によって表現した作品である。作者が仕えた中宮徳子は平清盛の女《むすめ》であったから、作者も平家の人々と親しく交際する機会が多かった。そうした環境の中で、資盛に思いを寄せることになったのだが、『平家物語』が語る人間像と、『右京大夫集』の伝える平家の人々の姿にはかなり隔たりがある。

重盛の長男で、資盛の異母兄にあたる維盛《これもり》は、清盛・重盛の正統を継ぐ後継者であるから『平家物語』にも記述が多い。巻五富士川では、治承四年（一一八〇）大将軍となり、三万余騎を率いて東国へ向う。「赤地の錦《にしき》の直垂《ひたたれ》に、萌黄威《もえぎをどし》の鎧《よろひ》着て、連銭葦毛《あしげ》なる馬に黄覆輪《きふくりん》の鞍《くら》おいて乗り給へり」。その時維盛は「生年《しやうねん》廿三、容儀《ようぎ》体拝《たいはい》絵にかくとも筆も及びがた」い颯爽《さつそう》たる若武者振りである。ところが合戦となると、富士の沼に群がっていた水鳥の羽音を源氏の大軍の来襲と思いこみ、戦いもせずに敗走した。巻七火打合戦では、大手の大将軍として砺浪山《となみやま》へ向ったが、倶梨迦羅《くりから》で敗れ「稀有《けう》の命生《いき》て」退却する。都落ちの後は、故郷の家族に心が傾いて、商人に託して手紙を送る。家族からの便りを見ては、出家の志も失せ「たゞこれよりやまづたひに宮こへのぼつて、恋しきものどもをいま一度みもし、見えて後、自害をせんにはしかじ」（巻十横笛）と泣く泣く語るというふうに、都の妻子を気遣う愛執に迷う人物として描写される。

『右京大夫集』に登場する維盛は、まず賀茂祭の日「まことに絵物語いひたてたるやうにうつくしく見え」た凛々《りり》しい警固の姿である。頭中将実宗《とうのちゅうじょうさねむね》が「うらやまし見と見る人のいかばかりなべてあふひを心かくらむ」（六）と羨望《せんぼう》の視線を送った女房たちのアイドルが、若き日の維盛であった。また、西八条の清盛別邸に中宮を迎えた春の夜の宴《うたげ》の追憶場面には「権亮《ごんのすけ》（維盛）朗詠し、笛吹き、経正《つねまさ》琵琶《は》ひき、御簾《みす》のうちにも琴《こと》かきあはせなど、おもしろくあそびしほどに、内より隆房《たかふさ》の少将の、御文《ふみ》もちてまゐりたりし……」とあり、その席にいた全員が、隆房から「何でもいいから皆歌を書きなさい」と言われ、「自分のように歌を詠《よ》めない者はどうしよう」と困惑している維盛は、『平家物語』からはうかがわれない素顔を見せている。ある時作者が、維盛の恋愛問題に口を出し、悩んでいる女性の様子を知らせようと維盛に歌を贈る。右京大夫のおせっかいに不愉快を覚えたものの、詠歌に自信のない維盛は対等の応酬ができず、冴《さ》えない返歌を作る。『平家物語』に、維盛の一行が熊野の那智に参詣した際、籠《こも》りの修行僧の中に顔を知っていた者がいて、後白河法皇の五十の御賀の日に維盛が舞った青海波《せいがいは》が見事であったことを回想し、やつれ果てた姿に涙する場面がある（巻十熊野参詣）。右京大夫も維盛の入水《じゅすい》を聞き、その折の維盛の美々しさを回想している。『平家物語』は距離を置いた客観的な筆で描くが、『右京大夫集』は、見馴《な》れた一門の人々を内側から悲しみをこめて回想するのである。

　重衡《しげひら》も『平家物語』では多くの章段に登場する。平家が東大寺・興福寺を焼き、大仏を破壊した時の大将軍が重衡であったために、一の谷で生捕りにされた後、鎌倉へ護送され、木津川畔で処刑される。

小八葉《こはちえふ》の車に先後の簾《すだれ》をあげ、左右の物見をひらく。土肥次郎実平、木蘭地の直垂に小具足ばかりして、随兵卅余騎、車の先後にうちかこんで守護したてまつる。京中の貴賤これをみて、「あないとをし、いかなる罪のむくひぞや。いくらもまします君達《きんだち》のなかに、かくなり給ふ事よ。入道殿にも二位殿にも、おぼえの御子にてましまひしかば、御一家の人々もおもき事におもひたてまつり給ひしぞかし。院へも内へもまひり給ひし時は、老たるも若《わかき》も、ところををき、もてなしたてまつり給ひし物を。これは南都をほろぼし給へる伽藍《がらん》の罰《ばち》にこそ」と申あへり（巻十内裏女房）。

重衡が、都大路を引き回された時の様相である。『右京大夫集』では、捕われの重衡を「憂き身になりて……」と、やはり内側から同情の筆で描く。作者は、特に重衡とは親しかったようで、人のために細かく気を配る親切な人として伝え、「心憂く、かなしさいふかたなし」と痛切に嘆くのである。また明るい性格の人であったということなど『平家物語』からはまったく分らないが、『右京大夫集』には、女房たちの団欒《だんらん》の場に入ってきて、「さまざまをかしきやうにいひて、我も人もなのめならず笑」わせ、「聞かじ」とこわがる女房たちに、鬼の話などをして驚かすような人であったとある。

一門の都落ちの途中から引き返して、藤原俊成の邸へ行き、鎧の引き合わせから歌の巻物を取り出して、勅撰集への入集を乞うた忠度《ただのり》も、右京大夫と親交があったことがわかる。紅葉狩《もみじがり》に行った忠度から見事な枝に結んだ歌を贈られ、作者は互角《ごかく》に応答する。文武両道にすぐれた忠度の、これも日常の素顔が『右京大夫集』によって伝えられているのである。

やはり都落ちの一門を離れて仁和寺《にんわじ》の御室《おむろ》を訪れ、名器の琵琶青山《せいざん》を返して行った経正《つねまさ》の思い出もある。西八条に中宮を迎えた春の宵の宴で、経正が「うれしくもこよひの友の数にいりてしのばれしのぶつまとなるべき」(九七)と詠み、「自分だけがとりわけ懐かしく思い出されようと、いい気になっているよ」と、一座の人たちからからかわれ、むきになって弁解する姿も生き生きと写されている。

このほかにも、「此《この》一門にあらざらむ人は皆人非人《にんぴにん》なるべし」(巻一禿髪《かぶろ》)と言った時忠、父清盛を諫《いさ》めた重盛、兄亡きあと平家の責任者になって苦悩した宗盛、壇の浦の勇将知盛《とももり》、九州で前途をはかなんで海に沈んだ清経など、平家の群像を内側から描いて、軍記物語が伝える人々と違った人間性を生き生きと描いている。

繰り返し畳みかけ

題詠歌の中に、

入日さす峯のさくらや咲きぬらむ松のたえまにたえぬしら雲(三一)

がある。題は「松間《まつのあひだの》　夕花《ゆふべのはな》」。『全釈』は「『たえま』と『たえぬ』とが対照して用いられている」と指摘する。このほかにも「なべての色にいろそへてみれ」(九〇)「霜にしもしく」(一二八)「つきに月こそやどりけれ」(一二九)などをあげ「同音の語を重ねることは右京大夫の常套《じょうとう》とするところ」とも言われた。また、「同音重層の技法は彼女の独壇場である」(集)と、すでに先学が作者の詠歌技法について意見を述べている。この特色については、

思ひかへす道をしらばや恋の山は山しげ山わけいりし身に(一五六)

が拠《よ》りどころにした、源重之の、

筑波山端《は》やま茂山茂けれど思ひ入るにはさはらざりけり（『重之集』・『新古今集』恋一）

という先行歌もあるが、『右京大夫集』では同音同語を繰り返し畳みかける手法を頻繁《ひんぱん》に用いている。その場合、「松のたえまにたえぬしら雲」「霜にしもしく」「つきに月こそ宿りけれ雲ゐの雲よたちなかくしそ」のたぐいは、作品を構築する技術として意識的に言葉のあやをつくしているのかもしれないが、次の例のような場合は、そうとばかりは言い切れないであろう。

とにかくに心をさらずおもふこともさてもとおもへばさらにこそおもへ（六八）

作者は、自分は世間の人のように恋愛事件を起したりはするまいと思っていたのに、いつか恋の物思いの虜《とりこ》になってしまう。六はその頃の詠出だが、「なべての人のやうにはあらじ」と、日頃そのことにばかりこだわってきたので、いったん屈折して心が恋の物思いに占領されると、今度はその物思いにこだわり始める。心の底に拘泥《こうでい》の意識が潜在するので、そこから意識するとしないとにかかわらず、繰り返し畳みかける表現が生じてくるのではなかろうか。資盛との恋の始め頃に、手習いに思い浮ぶまま書いた、

散らすなよ散らさばいかがつらからむしのぶの山にしのぶ言《こと》の葉（一三）

なども、そういう深層心理が現れたものと考えられる。つまり、二人の間を人に知られ噂《うわさ》にでもなったら……と、気遣う心が昂《こう》じての繰り返し畳みかけ表現である。「散らすなよ」と「しのぶ」は、外向きと内向きの違いこそあれ、知られたくないひめごとにこだわっている意識が揺曳《ようえい》している。

……さすが思ひなれにしことのみ忘れがたさ、いかでいかで今は忘れむとのみ思へど、かなはぬ、かなしくて（三三四詞書）

いかで今はかひなきことを嘆かずて物忘れする心にもがな（三三五）

忘れむと思ひてもまたたちかへり名残りなからむことぞかなしき（三三六）

とある「忘る」の繰り返し畳みかける表現も、ただ修辞の面ばかりでなく、過去にこだわり現在の自分にこだわる表現主体を離れては考えられない。「忘れたい」と繰り返すことは結局忘れられないことなので、拘泥する心の襞《ひだ》を読みとることができる。三六の歌などは、忘却をせつに望みながらも、つらい過去が消失してしまうことが悲しくて、過去の悲嘆を自分のほうへたぐり寄せるような姿勢を示しているのであるから、表現が繰り返し畳みかける傾向をとるのが当然と言えるであろう。

享受《きようじゆ》と評価

平家文化圏内の所産である『右京大夫集』には、作者が親しく交際した平家の公達《きんだち》の素顔が見られたが、『平家物語』と、右京大夫および『右京大夫集』も密接な関係がある。『平家物語』巻六新院崩御に、次のような章句がある。

又ある女房、君かくれさせ給ひぬと承はッて、かうぞおもひつゞけける。

雲の上に行末とをくみし月の光きえぬときくぞかなしき

右京大夫の、高倉上皇の崩御を悲しんだ哀傷歌として『右京大夫集』にも載っている（三〇二）。「ある女房」は右京大夫であって、物語の虚構のために、故意に作者名が隠されているのである。

また『右京大夫集』の中で、次のように、小宰相《こさいしよう》にふれた記事がある。

小宰相殿といひし人の、びんひたひのかかりまでことに目とまりしを、としごろ心かけていひける人の、通盛《みちもり》の朝臣《あそん》にとられてなげくと聞きし。げに思ふもことわりとおぼえしかば、その人のもとへ、

として、贈答歌（一六四・一六五）が載っているが、『八坂《やさか》本平家物語』の「小宰相」は、この贈答の個所をとり入れて「としごろ心かけていひける人」を資盛にしている。これは『八坂本平家物語』の作者が『右京大夫集』を読んでとり入れ、虚構化したのであろう。「我が目ひとつに見む」と意図して書き記した家集が、成立からほど遠くない時点で人々の目にふれ、なお『平家物語』異本の素材として受容されていたのであった。

『徒然草』の百六十九段には、

何事のしきといふ事は、後の嵯峨《さが》の御代まではいはざりけるを、ちかき程よりいふことばなりと中侍《はべり》しに、建礼門院の右京大夫、後鳥羽院御位のころ、またうちずみしたることをいふに、「世のしきもかはりたることはなきに」とかきたり。

とある。右京大夫が、知人の勧めによって後鳥羽天皇の宮廷に再出仕した時のことにふれた、「世のけしきも、かはりたることなきに」（一五一頁）の断章をとり入れたのであろう。作者兼好は「世のしきも……」と引用しているから、そのような本文をもつ『右京大夫集』がその当時あったのかもしれないが、ともかく『徒然草』の作者が、この家集を見ていたことは確かであろう。

近世になって「をうなの歌どもをあつめ侍れば、なづけて、をみなへしの物語」と序文にある『女郎花物語』にもとり入れられている。この物語は北村季吟《きたむらきぎん》撰と推定されているが、後鳥羽天皇付きの女房として再出仕した頃の「今はただしひて忘るるいにしへを思ひいでよとすめる月影」（三三）を引

き「あはれあさからぬうたなるべし」という。続いて最後の部分を次のようにとりあげる。

「定家卿新勅撰集をえらばれしとき。右京の大夫のうたをいれられんとするに。後鳥羽院のうきやうのだいぶともかくべきに。わがもとよりのこゝろざしならずとて。けんれいもんゐんのうきやうの大夫と作者にかゝせ侍しやさしくやごとなき心ばせなりけんかし」と称揚して結んでいる。

また同じ近世の荒木田麗女がその著『月のゆくへ』の資料として、『右京大夫集』をしばしば引用し、しかも言葉を巧みに書きかえているのである。

近代になって『右京大夫集』の本文、注釈及び作者の伝記などの研究が著しく進んだ。先学とその文献については凡例に記したから参照されたい。

新村出氏が、『南蛮更紗』で「星夜讃美の女性歌人」として絶讃されていることは先にふれた。また、佐藤春夫氏には『右京大夫集』を現代ふうに書き直した「ひとりすみれ物語」(『日本女性』昭和十六年十一月〜十七年十月)がある。題名の由来は、題詠歌のなかにある、

名所のすみれ

おぼつかなならびの岡の名のみしてひとりすみれの花ぞつゆけき（三九）

による。「宮廷の一女性の可憐哀婉《かれんあいゑん》に多恨な生涯の時につけ折にふれてためいきの如く洩れ出でた吟詠とその身の一切とをこの一巻にとどめたものが建礼門院右京大夫集である」といい、「彼女はこの一巻のなかに自らを語り伝へたほかには歴史のどこにも一切姿を見せてゐないからその生年も歿年もその名さへ知るべくもない」ので、「今彼女の豊かな才藻《さいさう》と美《うる》はしい情操とを憐《あはれ》む者」が、現代の読者のために書き直しを試みた、と温かい執筆意図を記している。文学史上主流になるような歌集でないことは確かであるが、しかし佐藤氏が心を痛めるほど、忘れ去られた作品ではないのである。

さらに近くは、中村真一郎氏の『建礼門院右京大夫』(昭和四十七年)、大原富枝氏の『建礼門院右京大夫』(昭和五十年)など作品鑑賞と評論、創作の類が世に送られた。中村氏は「平家時代の宮廷の一女性の書き残した『家集』は独特な魅力があるので、その魅力の背景をなす歴史的事実の幾分と、また魅力そのものについての若干とを、私は今日の読者に向って、愉しく語りたかった」と、執筆の意図を述べられた。また「私がこの家集に最初にふれたのは、あの不幸な戦争中であった。そして当時の若者たちは争ってこの本を愛読していた。今日にして思えば、青年たちは自らを資盛になぞらえ、少女たちは右京大夫の運命のなかに自分の未来を占っていたのだった」と、回想の記を添えられている。

『右京大夫集』は、成立してからさほど隔たらぬ時期から人々の目にふれ、享受されてきた。恋と追憶に情熱を捧げ尽した生命の証《あか》しとして作品集を遺すという発想は、文芸作品が生れる原点に関《かか》わるものである。したがって『右京大夫集』は、時代を越えて、自らの人生を大切に考える人々の共感をよび起す。『建礼門院右京大夫集』はそういう魅力をそなえた歌集なのである。

付録

人名一覧

一、『建礼門院右京大夫集』に登場する人物のうち、頭注に収録しきれなかった略伝を、付録として五十音順に掲げた。
一、生没年、家系、官職の他、この家集に関連のある事項を収めた。資料は、市古貞次編『平家物語研究事典』その他に拠る。
一、姓名の下に、本文の頁数を示した。

あ　行

大炊御門の斎院（式子内親王）　三八
生年未詳、建仁元年（一二〇一）没と推定される。後白河天皇の第三皇女。母は藤原季成の女《むすめ》成子で、守覚法親王、以仁《もちひと》王、殷富門院亮子と同腹。平治元年（一一五九）十歳前後で賀茂斎院となり、十一年後嘉応元年（一一六九）病のため退下《たいげ》。萱《かや》斎院とも呼ばれた。晩年は出家、法名承如法。歌道に精進し、『千載集』に九首入集したのをはじめ、『新古今集』の代表歌人の一人にも数えられる。家集に『式子内親王集』がある。

か　行

宮内卿　一六五
生没年未詳。父は源師光《もろみつ》、母は後白河院女房安芸《あき》。後鳥羽院女房。建仁元年（一二〇一）の「千五百番歌合《うたあわせ》」に「薄く濃き野辺のみどりの若草に跡までみゆる雪のむらぎえ」と詠《よ》み、「若草の宮内卿」という異名をとったことが『増鏡』おどろの下に出ている。歌に身を入れるあまり病になり夭折したという。『新古今集』に十五首入集。

建春門院　一〇・一四・四五
平滋子。康治元年（一一四二）生、安元二年（一一七六）没、三十五歳。堂上平氏平時信の女《むすめ》。母は藤原顕頼女。後白河院の後宮女房小弁《こべんの》局《つぼね》時代に院の寵《ちょう》をうけ、永暦二年（一一六一）高倉天皇を生んだ。仁安元年（一一六六）従三位、二年女御《にょうご》となり、嘉応元年（一一六九）建春門院の院号を宣下された。高倉天皇即位後は皇太后と呼ばれた。

建礼門院　一〇・一一・一四・一六・三一・三七・四一・四八・五四・五六・六三・九〇・一三〇
平徳子。久寿二年（一一五五）生、没年未詳。平清盛二女、母は平時子。宗盛、知盛、重衡と同腹。後白河法皇猶子（養子）として高倉天皇に入内《じゅだい》、中宮となり、養和元年（一一八一）建礼門院の院号宣下。治承二年（一一七八）十一月言仁《ことひと》親王を生み、四年に親王が八一代安徳天皇として即位したので「天子の国母《こくも》」となった。寿永二年（一一八三）一門とともに都落ちし、元暦二年（一一八五）壇の浦で入水《じゅすい》したが救助された。帰京後剃髪《ていはつ》して大原寂光院に住み、仏道に精進した。『平家物語』灌頂巻《かんじょうのまき》の女院出家、大原御幸に、その悲劇的生涯が詳述されている。

小宰相　一七九
生年未詳。父は藤原憲方、母は藤原顕隆女。寿永三年（一一八四）一の谷の合戦で討死した平通盛《みちもり》の後を追って入水。その時懐妊中であったという。上西門院の女房であった頃、宮中一の美人と呼ばれ、通盛に見初《そ》められた頃からのいきさつが『平家物語』巻九小宰相身投に詳しい。

小侍従　三七

生没年未詳。石清水《いわしみず》八幡宮別当大僧都紀光《きのこ》清の女《むすめ》、母は花園左大臣家女房小大進《たいしん》。「千五百番歌合」に「八十の秋」「八十の年」とあるので、八十歳頃まで存命したらしい。四十歳前後で二条天皇、太皇太后宮多子、後に高倉天皇に出仕する。『平家物語』巻五月見に「待宵《まつよい》のふけゆく鐘の声聞けば帰るあしたの鳥はものかは」と詠《よ》み、「待宵の小侍従」と呼ばれた話が詳しい。家集『小侍従集』。

後白河院　一五四

第七七代天皇。大治二年（一一二七）生、建久三年（一一九二）崩御、六十六歳。鳥羽天皇第四皇子、母は待賢門院璋子。近衛天皇病没の後、鳥羽上皇、美福門院、関白藤原忠通《ただみち》らに推されて即位。在位三年で譲位し、以後三十四年間院政を行った。その間保元の乱、平治の乱、さらに源平合戦の動乱を通じ、政治上の辣腕《らつわん》を振るった。十余歳の頃から好んだ今様《いまよう》への関心から『梁塵秘抄《りょうじんひしょう》』『梁塵秘抄口伝《くでん》集』を編纂《へんさん》。

後鳥羽天皇　一五一・一六五

第八二代天皇。治承四年（一一八〇）生、延応元年（一二三九）崩御。高倉天皇第四皇子、母は七条院殖子。安徳天皇が平家一門とともに都落ちした後四歳で即位。建久九年（一一九八）十九歳で譲位、承久三年（一二二一）まで院政を行い、鎌倉の武家政権に対し朝権回復をはかった。承久の変で敗れ、隠岐《おき》島に遷幸され島で崩御。蹴毬《けまり》、刀剣等への嗜好《しこう》からやがて和歌に精進し、自らも詠《よ》み『新古今集』撰進を主宰した。

近衛（藤原）基通　一五

永暦元年（一一六〇）生、天福元年（一二三三）没。摂政藤原基実長男、母は藤原忠隆の女。摂政、関白を歴任、従一位。出家後山城の国普賢《ふげん》寺に閑居したので普賢寺殿ともいう。平清盛の女寛子を妻とした。治承三年（一一七九）二位中将から内大臣、関白となる。平家の都落ちとともに都を出たが、途中から引き返した。

さ　行

西園寺（藤原）公経　一五六

承安元年（一一七一）生、寛元二年（一二四四）没。藤原実宗二男、母は藤原基家の女。後鳥羽院院政のとき、政治をほしいままにした源通親《みちちか》に対抗し、一時後鳥羽院の寵を得たが疎外された。承久三年（一二二一）承久の変に際して、上皇の計画を鎌倉幕府に密告した。変後内大臣、太政大臣、従一位。牛車《ぎっしゃ》に巴《ともえ》の文様をつけたので「巴の大将」と呼ばれた。琵琶にすぐれ、また和歌を好んで『新古今集』『新勅撰集』『続後撰集』に入集している。

西園寺（藤原）実宗　二・三・三・一五六

久安五年（一一四九）生、建暦二年（一二一二）没、六十四歳。権大納言藤原公通の男、母は内大臣藤原通基の女。元久二年（一二〇五）内大臣となり建永元年（一二〇六）辞任、出家した。坊城、または大宮の入道内大臣と呼ばれた。琵琶の名手。『千載集』および『新古今集』に入集。

三条の女御　一四

藤原琮子。通称三条内大臣藤原公教の女。母は藤原清隆の女。後白河院の女御で、梅壺女御と呼ばれた。

白河殿　一四・一五

平盛子。平清盛の女で建礼門院徳子の妹。六条摂政藤原基実の妻。高倉天皇の母代《ははしろ》。

尊円法師　五九
右京大夫の兄。延暦寺僧。『尊卑分脈』に世尊寺伊行の子として「山尊円　改定伊」とあり、「勅撰作者部類」には「法師　皇太后宮大夫俊成子」とある。

た　行

平清経　三九・一〇六
長寛元年（一一六三）生、寿永二年（一一八三）没。平重盛の三男。左中将、正四位下。美濃の国洲俣《すのまた》合戦で源行家の軍を破ったときの大将軍の一人（『平家物語』巻六祇園女御）、のち一門とともに都落ちして太宰府まで行き、平家軍が緒方維義《おがたこれよし》の叛逆《はんぎゃく》によって海上にさまよったとき前途を悲観して豊前の国柳浦で入水《じゅすい》（『平家物語』巻八太宰府落）。

平維盛　三・一四・一五・四八・四九・六三・八八・一〇五
一〇六
保元三年（一一五八）生、寿永三年（一一八四）没。平重盛の長男。嘉応二年（一一七〇）右近衛少将、後に中宮権亮《ごんのすけ》を兼ね承安三年（一一七三）従四位下。治承四年（一一八〇）東国に挙兵した源頼朝の軍を討つ大将軍となり、富士川の合戦で敗走。同年十一月右近衛中将。寿永二年源義仲追討の大将軍となり砥浪《となみ》山に戦い敗れた。寿永三年軍陣を脱出して高野山に参り、出家。次いで熊野三山巡拝の後、那智の沖で入水。北の方は藤原成親の女。

平重衡　一四・一五・九一・九二・一〇四
保元元年（一一五六）生、元暦二年（一一八五）没。平清盛の五男、母は平時子。従三位になったので本三位中将と呼ばれた。治承四年（一一八〇）以仁《もちひと》王を支援した東大寺、興福寺を攻める大将軍として両寺を焼き、その際東大寺の大仏を損壊させた。治承五年洲俣合戦の大将軍として源行家の軍に大勝。都落ちの後、備中の国水嶋の合戦にも源義仲の軍に勝つ。寿永三年（一一八四）一の谷の合戦で生け捕られ、伊豆の国へ護送され、奈良焼討の罪を問われ木津川畔で斬られた。『玉葉集』に入集。

平重盛　三〇・三一・三二・四〇・五三・七六
保延三年（一一三七）生、治承三年（一一七九）没、四十三歳。平清盛の長男、母は高階基章《たかしなもとあきら》の女。保元の乱の功で正五位下、左衛門佐、遠江守。平治の乱でも功績をあげ累進。仁安二年（一一六七）従二位、治承元年内大臣。鹿《しし》ヶ谷《がたに》事件の後に父清盛を諫《いさ》めたことのほか『平家物語』巻一から巻三までに、平家の中心人物としての事蹟が数多く記されている。

平資盛　一五・一六・四〇・五七・七六・九三・九七・一〇一
一〇三・一〇八・一二五
応保元年（一一六一）生、元暦二年（一一八五）没、二十五歳。平重盛の二男、母は藤原親盛の女とも藤原親方の女ともいう。仁安元年（一一六六）従五位下に叙せられ越前守となる。承安四年（一一七四）侍従、安元元年（一一七五）正五位下、治承二年（一一七八）右近衛権少将、寿永二年（一一八三）蔵人頭、従三位。嘉応二年（一一七〇）鷹狩りの帰り関白松殿（藤原基房）の行列と衝突し、後日平家側の武士が報復の襲撃をしたいわゆる「殿下乗合《てんがにのりあい》」事件を起した。中納言藤原基家の女を妻にしたと、『愚管抄』に記事があり、容貌が異母兄維盛によく似ていたという。藤原師長（妙音院）に師事し琵琶、琴、朗詠等を学んだ。和歌も『新勅撰集』に一首、『玉葉集』に一首入集しており、「資盛家歌合《うたあわせ》」を行う。寿永三年（一一八四）一の谷の合戦で源義経の軍に三草山で敗れる。壇の浦の合戦で弟有盛、従兄弟《いとこ》の行盛と手を組んで入水したと、『平家物語』巻十一能登殿最期に記されている。

平忠度　四七
天養元年（一一四四）生、寿永三年（一一八四）没、四十一歳。平忠盛の男、母は鳥羽院の御所に仕えた女房と伝えられる。正四位下、左兵衛佐、薩摩守。武芸にすぐれ、大将軍、副将軍としてたびたび従軍。都落ちの際、和歌の師藤原俊成に詠草を預け、後に『千載集』に、「さざなみや志賀の都は荒れにしをむかしながらの山桜かな」が読人知らずとして入集した話が『平家物語』巻七忠度都落にある。一の谷の合戦で討死。『千載集』以外にも勅撰集に十首入集。家集は『忠度集』。

平親長　一五七・一五九
生没年未詳。平親宗の男。正治元年（一一九九）右衛門権佐、安貞二年（一二二八）治部卿、天福元年（一二三三）出家。

平親宗　一五七
天養元年（一一四四）生、正治元年（一一九九）没、五十六歳。堂上平氏平時信の男で、平時忠の弟、平時子、平滋子は姉妹。寿永二年（一一八三）蔵人頭、中納言に進む。家集『中納言親宗集』。

平経正　四八・五〇
生年未詳、寿永三年（一一八四）没。平清盛の弟平経盛の長男。経俊、敦盛《あつもり》らの兄。左兵衛佐、左馬権守、但馬守、正四位下。和歌は『新勅撰集』以下に七首入集、家集に『経正朝臣集』がある。『平家物語』巻七竹生嶋詣によれば、琵琶の名手であったという。一の谷の合戦で討死。

平時忠　四三
大治二年（一一二七）生、文治五年（一一八九）没。平時信の長男。久安三年（一一四七）左衛門尉、平治元年（一一五九）刑部大輔、翌永暦元年右少弁を兼ねる。翌年後白河上皇の皇子憲仁《のりひと》親王立太子事件に連座して出雲《いずも》の国に流されたが許され復位。仁安二年（一一六七）参議、翌年従三位、権中納言に至る。嘉応元年（一一六九）再び出雲へ流罪。許されて、治承三年（一一七九）正二位、権大納言に昇る。天皇の外戚《がいせき》、平清盛の側近として権勢を振い平関白の異名をとった。壇の浦合戦の際捕えられて帰京、能登の国に流されて死んだ。

平知盛　四五
仁平二年（一一五二）生、元暦二年（一一八五）没。平清盛の四男、母は平時子。平治元年（一一五九）八歳で蔵人となり、従五位下、翌年武蔵守、以後左兵衛佐、春宮大進《とうぐうだいじん》、中務権大輔を歴任、仁安三年（一一六八）には正四位下、左近衛中将に至る。安元三年（一一七七）二十六歳で従三位、翌々年春宮権大夫兼左兵衛督。その翌年後白河院別当、正三位。さらに参議、権中納言、従二位に昇る。都落ちの後、智謀の武将として本領を発揮した。壇の浦合戦の際入水。

平通盛　七九
生年未詳、寿永三年（一一八四）没。平教盛《のりもり》の長男、母は藤原資憲の女。中宮亮《ちゅうぐうのすけ》、建礼門院別当、非参議従三位に昇り、越前三位と呼ばれた。一の谷の合戦で源義経に鵯越《ひよどりごえ》で敗れて討死、首が八条河原に懸けられた。小宰相との恋のいきさつは『平家物語』巻九小宰相身投に詳しい。

平宗盛（八島のおとど）　三一・三三
久安三年（一一四七）生、元暦二年（一一八五）没。平清盛の三男、母は平時子。平治元年（一一五九）遠江守、淡路守、美作守、左兵衛佐、左馬頭を歴任。仁安二年（一一六七）には、二

十一歳で従三位、右近衛中将、参議になった。安元三年（一一七七）三十一歳で右大将、兄重盛が左大将で、いわゆる兄弟左右大将となり、正二位、権大納言に進む。この大納言栄進が藤原成親に恨まれ鹿ヶ谷事件の原因となった。父清盛、兄重盛没後、一門の指揮をとる立場になる。寿永元年（一一八二）権大納言、内大臣に至る、翌二年従一位。寿永二年安徳天皇を奉じて都落ちする。壇の浦合戦で捕虜となり、鎌倉へ送られ、京都へ戻される途中近江の国篠原で斬られ、首は獄門にかけられた。

高倉天皇　九・一六・三七・九五
第八〇代天皇。応保元年（一一六一）生、治承五年（一一八一）崩御。後白河天皇皇子、母は平時信の女建春門院滋子。仁安元年（一一六六）六歳で立太子、翌々年即位、在位十二年。詩の才に富み、笛の名手。『平家物語』巻六紅葉や、葵前、小督等に、柔和で仁慈深い插話が載っている。

は　行

八条の二位（平時子）　一〇
生年未詳、元暦二年（一一八五）没。二位殿、二位尼《にいのあま》と呼ばれる。堂上平氏平時信の女で平清盛の妻。宗盛、知盛、重衡、建礼門院の母。永暦元年（一一六〇）従三位、翌年憲仁《のりひと》親王（高倉天皇）の乳母《めのと》。仁安三年（一一六八）清盛が出家した際ともに出家した。承安元年（一一七一）女徳子が入内《じゅだい》した後従二位。治承四年（一一八〇）三宮に准ぜられる。平家の都落ちに同行し、壇の浦合戦の際、安徳天皇を抱いて入水。

藤原兼光　五六
久安元年（一一四五）生、建久七年（一一九六）没。藤原資長の長男、母は源季兼の女。弁官、検非違使別当などを経て、権中納言正二位に至る。儒学にすぐれ文章博士《もんじょうはかせ》。高倉天皇、後鳥羽天皇の侍読《じどく》。『千載集』初出の歌人。日記『姉言記（兼光卿記）』を残した。

藤原公衡　三〇
保元三年（一一五八）生、建久四年（一一九三）没。藤原公能《きんよし》の四男、母は藤原俊成の妹。藤原（徳大寺）実定の同母弟。兄実守の養子となる。従三位左近衛中将。家集に『三位中将公衡卿集』があり『千載集』以下の勅撰集に、二十六首入集している。

藤原定家　一六七・一六八
応保二年（一一六二）生、仁治二年（一二四一）没、八十歳。藤原俊成の二男、母は藤原親忠の女。文治二年（一一八六）九条家の家司《けいし》となる。建久元年（一一九〇）「千五百番歌合」の作者、判者、建仁三年（一二〇三）和歌所寄人《よりうど》となり、『新古今集』撰者の一人となる。建暦元年（一二一一）従三位、建保五年（一二一七）民部卿。承久の変後、九条家、西園寺家が政界の中心になったので栄進し、正二位権中納言となる。天福元年（一二三三）出家、嘉禎元年（一二三五）七十四歳で『新勅撰集』を撰進。『新勅撰集』の撰を定家が命ぜられたのは貞永元年（一二三二）で、すでに権中納言であるが、右京大夫は以前の官名で民部卿と書いたか、あるいは定家の民部卿時代に勅撰の命が下ったのか。『近代秀歌』『毎月抄』、日記『明月記』、家集は『拾遺愚草』。

藤原隆信　六六・六八・六九・七〇・七一・七二・七三・七四・七八
康治元年（一一四二）生、元久二年（一二〇五）没、六十四歳。父は藤原為経（寂超《じゃくちょう》）、大原三寂の一人。母は藤原親忠の女で美福門院加賀と呼ばれた。右京大夫、越前守、上野介などを歴任。歴史物語『弥世継』『うきなみ』の作者。肖像画の名人で、後白河法皇像、平重盛像、源頼朝像の作者といわれる。『千載集』等に入集。家集『藤原隆信朝臣集』。

藤原隆房　一五・四八・一五五
久安四年（一一四八）生、承元三年（一二〇九）没、六十二歳。藤原隆季の長男、母は藤原忠隆の女であるから近衛（藤原）基通とは従兄《いと》弟《こ》。加賀守、左中将、蔵人頭などを歴任、正治元年（一一九九）正二位、建仁四年（一二〇四）権大納言。建永元年（一二〇六）出家、法名寂恵。平清盛の四女が妻。冷泉少将といわれていた頃小督と恋仲であったが、小督が高倉天皇に召されてからは縁が切れたことなど『平家物語』巻六葵前、小督などに見える。家集『隆房集』（艶詞とも）。

藤原俊成　一六五・一六六
永久二年（一一一四）生、元久元年（一二〇四）没、九十一歳。藤原俊忠の三男、母は藤原敦家の女。皇太后宮大夫正三位に至り、五条三位と呼ばれた。安元二年（一一七六）出家、法名釈阿。平安末期の大歌人で、文治三年（一一八七）『千載集』の撰者。『古来風体抄』、家集『長秋詠藻』。

藤原成親　四四・五三
保延四年（一一三八）生、治承元年（一一七七）没。藤原家成の三男、母は藤原経忠の女。権大納言、正二位。早くから後白河院の近臣として、また平家一門とも妹や女を縁組させて結びついていた。平治の乱、憲仁親王立太子事件、延暦寺との争い等で解官されたがその都度許された。鹿ヶ谷で平家討滅を密議した時の主謀者として、平清盛に捕えられ備前の国へ流され殺された。

藤原範光　一六八
久寿元年（一一五四）生、建保元年（一二一三）没、六十歳。藤原範兼の男、母は源俊重の女で、歌人源俊頼の孫にあたる。蔵人、紀伊守、下野守、勘解由次官を経て、建久九年（一一九八）後鳥羽院院司、大蔵卿、春宮亮《とうぐうのすけ》等から建仁元年（一二〇一）従三位、大宰大弐、さらに参議、右衛門督、検非違使別当、権中納言に昇り、従二位。承元元年（一二〇七）出家。

藤原泰通　六三
久安三年（一一四七）生、承元四年（一二一〇）没。父は藤原為通、母は源師頼の女。藤原成通の養子。高倉宰相中将と呼ばれる。承安五年（一一七五）左中将、寿永二年（一一八三）参議、建久十年（一一九九）権大納言、建仁二年（一二〇二）按察使、承元二年（一二〇八）出家。

ま　行

源雅頼　八四
大治三年（一一二八）生、建久三年（一一九二）没、六十五歳。源雅兼の男。治承三年（一一七九）に権中納言を辞任したが、通称源中納言。また「がらい」と音読されることが多い。『尊卑分脈』には、雅頼に女子があったことが記入されていない。

源通宗　一六三
仁安三年（一一六八）生、建久九年（一一九八）没、三十一歳。源通親の長男、母は藤原忠雅の女。左中将、蔵人頭、後鳥羽院別当を経て、建久九年正月参議に任ぜられたが五月に没した。

源師光　一六五
生没年未詳。源師頼の男、母は藤原能実の女。正五位下、右京権大夫、侍従を歴任。仁安三年（一一六八）出家、法名生蓮。『千載集』をはじめ勅撰集に二十六首入集。家集は『源師光集』。源具親、宮内卿の父。

勅撰集入集歌

一、建礼門院右京大夫の勅撰集入集歌を、詞書とともに掲げた。
一、表記は、『二十一代集』（太洋社）によった。末尾の数字は『国歌大観』番号。
一、『夫木和歌抄』の表記は、国書刊行会本によった。

〔新勅撰和歌集〕

高倉院御時藤つほの紅葉ゆかしき由申けるに人にむすひたる紅葉をつかはしける

建礼門院右京大夫

111 吹風も枝にのとけき御代なれはちらぬ紅葉の色をこそみれ（雑一・一二〇〇）

題しらす

建礼門院右京大夫

197 忘れしの契たかはぬよなりせは頼やせまし君かひとこと（恋三・八四四）

〔玉葉和歌集〕

思ふ事侍ける比梢は夕日の色しつみて哀なるにまたかきくらししくるゝを見侍て

建礼門院右京大夫

61 夕日うつる梢の色のしくるゝに心もやかてかきくらすかな（恋四・一六五三）

思ふ事侍ける比鶯のなくをきゝて

建礼門院右京大夫

67 物思へは心の春もしらぬ身に何うくひすのつけにきつらむ（雑一・一八三四）

かたらひける女の枕にたれかゝに思ひうつると忘るなよ夜な夜なれし枕はかりはと書つけて侍けるを後に見つけてよみてつかはしける

前右近中将資盛

147 心にも袖にもとまるうつりかを枕にのみや契をくへき（恋三・一五六八）

女のもとより常に夢になんみゆる心のかよふにはあらしをあやしくこそと申て侍ける返事に

前右近中将資盛

153 かよひける心の程は夜をかさねみゆらん夢に思ひあはせよ（恋五・一七五〇）

返し

建礼門院右京大夫

154 けにもその心の程やみえくらん夢にもつらき気色なりつる（恋五・一七五二）

前右近中将資盛に物申ける比前左近中将重衡くさのゆかりを何か思ひはなつ同しことと思へと申侍けれは

建礼門院右京大夫

196 ぬれそめし袖たにあるをおなしのゝ露をはさのみいかゝわくへき（恋三・一五四二）

寿永二年の秋月あかき夜風のをと雲の気色ことにかなしきをなかめて都の外なる人の事思ひやられて読侍りける

建礼門院右京大夫

205 いつくにていかなることを思ひつゝこよひの月に袖しほるらん（雑五・二四八五）

都を住らかれて後物申ける女のもとより前右近中将維盛はかなくなりにける事を聞ったへて哀もいとゝいろそふさまにいひをこせて侍ける返事に

前右近中将資盛

221 あるほとかあるにもあらぬうちに猶かくうきことをみるそかなしき（雑四・二三三二）

やみなる夜ほしの光ことにあさやかにて晴たる空ははなの色なるかこよひ見そめたる心ちしていとおもしろく覚えければ

建礼門院右京大夫

251 月をこそなかめなれしか星の夜のふかきあはれをこよひしりぬる

（雑二・二一五二）

前右近中将資盛身まかりて後志賀の浦を過侍けるに風吹きあれて波のたつをみるにもかゝるわたりにもあらましかはなと思ひ出られて読侍りける

建礼門院右京大夫

258 恋忍ふ人にあふみの海ならはあらき波にも立ましらまし（雑四・二四〇三）

おなし比何となき物語を人のしけるに思ひ出らるゝ事ありて涙のとゝめかたくこほれければ

261 うき事のいつもそふ身は何としも思ひあへても涙落けり（雑四・二三四一）

文治元年夏の比明はなるゝ程雨すこしふりて郭公なきわたるも哀に聞てよみ侍ける

建礼門院右京大夫

266 あらすなるうき世のはてに時鳥いかて鳴音のかはらさるらん（雑一・一九一八）

前右近中将資盛身まかりて後忌日に忍ひて仏事なといとなみてもわかなからん世にたれかは是程もとふらはんなとかなしく思ひつゝけて読侍ける

建礼門院右京大夫

268 いかにせんわか後の世はさても猶むかしのけふを問人もかな（雑四・二三四〇）

〔風雅和歌集〕

小松内大臣の家に菊合し侍けるに人にかはりて読侍ける　建礼門院右京大夫

56 移しうふる宿のあるしも此花もともに老せぬ秋そかさねん（賀・二一七五）

高倉院御時、内裏より女房あまたいさなひて上達部殿上人花見侍けるに右京大夫折ふし風の気ありとてともなひ侍らさりけれは花の枝に付けてつかはしける

小侍従

70 さそはれぬ心の程はつらけれとひとり見るへき花の色かは（春中・一七二）

返し　建礼門院右京大夫

71 風をいとふ花のあたりはいかゝとてよそなからこそ思ひやりつれ

（春中・一七三）

式子内親王斎院に侍ける比御かきの花を折て建礼門院右京大夫もとにつかはし侍とて　中将

72 しめのうちは身をもくたかす桜花惜しむ心を神にまかせて（雑上・一四五一）

返し　建礼門院右京大夫

73 しめの外も花としいはん花はみな神に任せてちらさすもかな

（雑上・一四五二）

左近中将維盛熊野浦にて失にけるよし聞て読侍りける　建礼門院右京大夫

215 かなしくもかゝるうきめをみくま野の浦はの波に身を沈めける

（雑下・一九九六）

おなし頃右近中将資盛西国に侍けるにたよりにつけて申つかはしける

217 おなし世と猶思ふこそかなしけれあるかあるにもあらぬ此世を

（雑下・一九九七）

建礼門院大原におはしましける比尋まいりたるに夢の心ちのみして侍けれは思ひつゝけ侍ける　右京大夫

239 今や夢むかしや夢とたとられていか
に思へとうつゝとそなき
(雑下・一九〇五)
〔**新千載和歌集**〕
なけく事侍ける比よみ侍ける
建礼門院右京大夫
232 いさゝらは行衛もしらすあくかれん
跡とゝむれはかなしかりけり
(雑中・一八〇八)
〔**新拾遺和歌集**〕
此歌を賀せられむとてめされてまいりて
終夜見侍てなへてならぬみちの面目いみ
しくおほえけるあまりにつとめて申つか
はしける
建礼門院右京大夫
355 君そ猶けふよりも又かそふへき九か
へりの十のゆくすゑ (賀・七〇七)
返し
皇太后宮大夫俊成
356 亀山の九かへりの千とせをも君か御
代にそそへゆつるへき (賀・七〇八)
〔**新後拾遺和歌集**〕
暗夜の帰雁といふ事を
建礼門院右京大夫
35 花をこそ思ひもすてめ有明の月をも
また帰る雁金 (春上・七三)
〔**新続古今和歌集**〕
雲の上もかけはなれ世中心ほそく覚けれ
は心みに山里にまからんとてほうこなと
取したゝめ侍とていかならん世まても絶
はつましきよしいひたる人のことのはの
はしに書つけける　建礼門院右京大夫
162 なかれてとたのめしかとも水茎のか
きたえぬへき跡のかなしさ
(雑下・二〇三二)
高倉院かくれさせ給ぬときゝて年比みな
れ奉ける事なとかすかすおもひ出て
建礼門院右京大夫
202 雲の上に行末とをくみし月の光きえ
ぬと聞そかなしき (哀傷・一五七〇)
付〔**夫木和歌抄**〕
喚子鳥〔稲荷社歌合暁喚子鳥〕巻五・春五
36 夜をのこすねさめにたれをよふこ鳥
人もこたへぬしのゝめの空
杜若〔稲荷社歌合古池杜若〕巻六・春六
38 あせにけるすかたのいけの杜若いく
むかしをかへたてきぬらん
七夕〔家集七夕心を〕巻十・秋一
288 七夕にけふやかすらん野へことにみ
たれおるなる虫のころもは
七夕〔家集七夕心を〕巻十・秋一
277 聞はやなふたつの星の物かたりたら
ひの水にうつらましかは
七夕〔家集七夕心を〕巻十・秋一
274 声のあやは音はかりしてはたをりの
露のきぬをや星にかすらん
薄〔稲荷社歌合雨中草花〕巻十一・秋二
48 過て行人はつらしなはなすすきまね
くまそてにあめはふりきて
月〔家集秋歌中〕巻十三・秋四
65 名にたかきふたよの外も秋はたゝい
つもみかける月のいろかな
冬月〔家集冬の夜の月のあかきに賀茂に
まうて〕巻十六・冬一
118 神かきや松のあらしもおとさえてし
もに霜おくふゆのよのつき
恋〔稲荷社歌合寄催馬楽恋〕
巻三十六・雑十八
52 みし人はかれ〲になる東路にしけ
りのみゆくわすれくさかな

新潮日本古典集成〈新装版〉

建《けん》礼《れい》門《もん》院《いん》右《う》京《きょうの》大《だい》夫《ぶ》集《しゅう》

平成三十年三月三十日 発行

校注者 糸《いと》賀《が》きみ江《え》

発行者 佐藤隆信

発行所 株式会社 新潮社

〒一六二-八七一一 東京都新宿区矢来町七一

電話 〇三-三二六六-五四一一（編集部）

〇三-三二六六-五一一一（読者係）

http://www.shinchosha.co.jp

印刷所 大日本印刷株式会社

製本所 加藤製本株式会社

装画 佐多芳郎／装幀 新潮社装幀室

組版 株式会社DNPメディア・アート

ISBN978-4-10-620847-8 C0392

新潮日本古典集成

古事記　西宮一民
萬葉集　一～五　青木生子　井手至　伊藤博　清水克彦　橋本四郎
日本霊異記　小泉道
竹取物語　野口元大
伊勢物語　渡辺実
古今和歌集　奥村恆哉
土佐日記　貫之集　木村正中
蜻蛉日記　犬養廉
落窪物語　稲賀敬二
枕草子　上・下　萩谷朴
和泉式部日記　和泉式部集　野村精一
紫式部日記　紫式部集　山本利達
源氏物語　一～八　石田穣二　清水好子
和漢朗詠集　大曽根章介　堀内秀晃
更級日記　秋山虔
狭衣物語　上・下　鈴木一雄
堤中納言物語　塚原鉄雄
大鏡　石川徹

今昔物語集　本朝世俗部　一～四　阪倉篤義　本田義憲　川端善明
梁塵秘抄　榎克朗
山家集　後藤重郎
無名草子　桑原博史
宇治拾遺物語　大島建彦
新古今和歌集　上・下　久保田淳
方丈記　発心集　三木紀人
平家物語　上・中・下　水原一
金槐和歌集　樋口芳麻呂
建礼門院右京大夫集　糸賀きみ江
古今著聞集　上・下　西尾光一　小林保治
歎異抄　三帖和讃　伊藤博之
とはずがたり　福田秀一
徒然草　木藤才蔵
太平記　一～五　山下宏明
謡曲集　上・中・下　伊藤正義
世阿弥芸術論集　田中裕
連歌集　島津忠夫
竹馬狂吟集　新撰犬筑波集　木村三四吾　井口壽

閑吟集　宗安小歌集　北川忠彦
御伽草子集　松本隆信
説経集　室木弥太郎
好色一代男　松田修
好色一代女　村田穆
日本永代蔵　村田穆
世間胸算用　金井寅之助　松原秀江
芭蕉句集　今栄蔵
芭蕉文集　富山奏
近松門左衛門集　信多純一
浄瑠璃集　土田衞
雨月物語　癇癖談　浅野三平
春雨物語　書初機嫌海　美山靖
與謝蕪村集　清水孝之
本居宣長集　日野龍夫
誹風柳多留　宮田正信
浮世床　四十八癖　本田康雄
東海道四谷怪談　郡司正勝
三人吉三廓初買　今尾哲也